KB101967

주무르면
다 고침!

주무르면 다 고침! 5

강준현 현대 판타지 소설

초판 1쇄 찍은 날 § 2019년 3월 8일
초판 1쇄 펴낸 날 § 2019년 3월 15일

지은이 § 강준현
펴낸이 § 서경석

총괄팀장 § 최하나
편집책임 § 김대용
디자인 § 고성희

펴낸곳 § 도서출판 청어람
등록번호 § 제387-1999-000006호
등록일자 § 1999. 5. 31
어람번호 § 제1-3010호

주소 § 경기도 부천시 부일로 483번길 40 서경B/D 3F (우) 14640
전화 § 032-656-4452 팩스 § 032-656-4453
http://www.chungeoram.com
E-mail § chungeorambook@daum.net

© 강준현, 2018

ISBN 979-11-04-91954-1 04810
ISBN 979-11-04-91881-0 (세트)

※ 파본은 구입하신 서점에서 교환하여 드립니다.
※ 저자와 협의하여 인지를 붙이지 않습니다.
※ 이 책은 도서출판 청어람과 저작자의 계약에 의해 출판된 것이므로,
무단 전재 및 유포·공유를 금합니다.

MODERN FANTASTIC STORY
강준현 현대 판타지 소설
5
도서출판 청어람
주무르면 다 고침!

주무르면
다고침!

목차

30. 길고 긴 밤

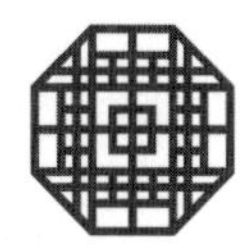

[작업 중이던 타워크레인이 무게를 이기지 못하고 넘어지며 주변 빌라와 집을 덮친 현장에 나와 있는 서태양입니다. 화면에 보시는 바처럼 크레인이 덮친 빌라는 완파했다고 할 만큼 참혹합니다. 현재 119 구조대원들이 내부에 있던 주민을 구하기 위해 애쓰고 있습니다만 상황이 여의치 않습니다.]

응급실로 뛰어 가던 두삼은 몇몇 사람들이 바라보고 있는 TV에 잠시 시선을 뒀다.

'저 일 때문에 부른 건가?'

마음이 급해졌다.

[…주말을 맞아 집에서 편히 쉬고 있던 가족들이 낡은 너라 피

해자들은 더욱 늘어날 전망입니다. 아! 말씀드리는 지금 또 한 명의 사람을 구조했습니다. 가족으로 보이는 이들이 달려가는군요. 서둘러 병원으로 옮겨야 하는 상황 같습니다. 부디 무사히 병원에 도착해 치료받기를 간절히 바라봅니다.]

기자의 말처럼 부디 병원까지 살아오길 바라며 두삼은 다시 뛰기 시작했다.

응급실로 들어가는 복도에 들어서자 시끌벅적한 소리와 함께 피 냄새가 훅 풍기는 느낌이다.

"후우!"

숨을 쉴 때마다 불쑥 나왔다가 들어가는 마스크를 느끼며 민청하를 찾았다.

응급실에서 한 번 일한 적은 있었지만 여전히 이방인에 불과했다. 안내해 주는 사람이 없으면 환자에게 손을 대지 못한다.

'어디 있는 거야?'

당장 들어오는 환자의 상태를 보고 싶은데 도통 보이질 않았다.

그때였다. 웬 덩치 큰 사내가 다가왔다.

피 묻은 가운을 입은 걸 보면 의사인 건 확실한데, 보기엔 백정이나 살인마처럼 보일 만큼 험악하게 생겼다.

한데 생김새와 달리 그가 쭈뼛거리다가 말했다.

"…마스크 선생?"

"네?"

"원장님이 말한 마스크맨이냐고 묻는 거요."

"…아, 네."

"급하니 빨리 말하겠소. 난 응급센터 노상철 팀장이오. 원장님이 조금 전에 연락해 당신이 올 거라더군요."

노상철은 정부 지원금이 들어와 응급센터를 발족할 때 들어온 이였기에 두삼은 모를 수밖에 없었다.

"아! 그러시군요. 제가 어떤 일을 하면 됩니까?"

"그건 내가 묻고 싶소. 원장님께선 급한 환자의 상태를 파악하게 하고 바이탈을 잡게 하면 될 거라고 하시던데… 솔직히 현재 응급실을 책임지고 있는 사람으로서 당신에 대해 감이 잡히지 않소. 그러니 당신이 잘하는 걸 말하면 그에 맞춰 자리를 마련하겠소. 단! 시답지 않다고 생각되면 그 즉시 여길 떠나야 하오."

두삼은 이런 경우는 처음이라 잠시 고민했다.

'어떤 역할을 맡을지 결정하라는 말이군.'

지금까지는 그저 시키는 것만 했다. 환자를 가리키면 상태를 파악하면 됐다.

"시간 없소! 내가 이러고 있는 동안 응급실이 엉망이 될 거라곤 생각하지 않소?"

그는 이 상황이 별로 마음에 들지 않는 모양이다.

두삼은 결정을 내리고 물었다.

"환자가 처음 들어오면 어떻게 합니까?"

"…손이 비는 선생이 바이탈을 잡고 검사를 하오."

"기존 방식과 마찬가지군요. 그럼 제가 들어오는 환자의 상태를 파악하겠습니다. 가능하다면 급한 부분은 임시 조치를 하죠."

지난번처럼 그냥 급해 보이는 환자를 볼 수도 있었다.

그 편이 눈에 띄지 않고, 위험을 삼수할 필요도 없었다.

하지만 조금 전 TV에서 보고 들은 것이 생각을 바꾸게 만들었다.

살리고 싶다.

이제는 정체를 숨기느라 미적거리고 싶지 않다.

또한 더 이상 마스크맨 따위로 불리고 싶지도 않다.

“지금 이곳으로 향하고 있는 환자가 얼마나 될 것 같소? 그 인원을 다 살펴보겠다니… 하아~”

“어차피 제가 다 처리하지 못하면 손이 빈 선생님께 가지 않습니까. 그러니 그렇게 하겠습니다.”

그는 잠시 빤히 쳐다보다가 말했다.

“좋소. 입구부터 접수대까지가 당신의 영역이오. 조금이라도 지체된다고 느껴지면 그땐 바로 다른 선생을 투입시키겠소.”

“그러죠. 참, 환자를 인계받을 선생님들에게 제 말을 전해줄 사람이 필요하고, 도와줄 간호사도 필요합니다.”

“전자는 내가 하겠소. 그리고 간호사는… 이 간호사님! 이쪽으로 오셔서 저 좀 도와주세요.”

그는 여기저기 뛰어다니는 40대 초반의 간호사를 불렀다.

“좋습니다. 그럼 저기 있는 환자부터 시작하죠. 이 간호사님이시죠? 이 침통 좀 부탁드립니다.”

들고 온 침통을 넘겼다.

침통 내부엔 0.5㎝, 1㎝, 1.2㎝ 등 혹시나 누군가의 실수로 침이 몸속에 박혀도 다치지 않게 만들어진 길이의 침들이 들어 있었다.

혹시 몰라 준비해 둔 건데 오늘 쓰이게 된 것이다.

“제가 보겠습니다!”

의식 없는 환자에게 의사가 붙기 전에 얼른 다가갔다. 그리고 하얗게 빛나는 손을 단전에 올렸다.

가장 빠르게 위아래로 훑어볼 수 있는 곳이 단전이었다.

내부로 들어간 기는 스캐너가 작동하듯이 환자의 내부를 훑었다.

집중을 해서일까, 평소보다 훨씬 많은 정보가 머릿속으로 들어왔다.

"좌측 두개골 골절. 약간 뇌 손상이 있고 내부에 출혈로 인해 압력이 높습니다. 좌측 빗장뼈와 제1 늑경골 역시 골절. 깨끗하게 부러져 근육 손상이 보이지만 급한 건 아닙니다."

머리를 때린 무언가가 빗장뼈까지 때린 것이다.

"다른 곳엔 특별한 증상 없음. 기본 조치로 내부에 고인 피를 빼고 혈관을 막겠습니다. 노 선생님, 환자 머리를 좌측으로 45도 돌리시고 움직이지 않도록 고정하세요."

노상철은 일단 지켜보기로 했는지 순순히 베개를 이용해 환자의 고개를 돌렸다.

"김 간호사님! 주사기."

김 간호사는 주사기를 까서 바로 건넸다.

두삼은 바늘 부분만 빼서 깨진 두개골 쪽에 비스듬히 꽂았다.

투둑! 뚝! 뚝뚝!

꽂자마자 침의 끝에서 피가 흘러나왔다.

"검사가 끝난 후 수술 시 이 바늘은 제거해도 됩니다. 다만 지금 꽂는 침의 경우, 출혈이 있는 혈관을 찾았을 때 뽑으면 편할 겁니다."

끝이 노랗게 칠해진 침을 머리의 몇 군데 혈에 꽂았다.

"됐습니다. 흐름을 거의 둔화시키고 압력이 낮아지고 있습니다. 다음으로 가죠."

구급대원들과 대기하고 있던 수련의가 환자를 데리고 오고 있었다.

"잠시 보겠습니다."

"…누구?"

수련의가 의문을 표할 때 방금 전 환자에 대해 설명하고 인계를 마친 노상철이 와서 설명했다.

"환자를 분류하는 선생님이시다. 잠시 대기하고 있다가 데리고 가서 기본적인 조치를 취하도록."

"예, 선생님!"

두삼은 방해 없이 단전에 손을 올렸다. 한데 올리자마자 바로 손을 떼며 말했다.

"당장 기관 삽관을 하고 혈액을 더 달아야 합니다! 늦으면 환자 심장이 멈춥니다, 빨리!"

"이쪽으로!"

응급센터 팀장 직위를 노름으로 딴 건 아닌지 말이 떨어지기 무섭게 노 선생은 침대를 잡고 옮겼다.

그리고 자리를 잡자 의사와 간호사들이 달라붙어 바이탈을 잡을 준비를 했다.

그동안 두삼은 환자를 살폈다.

찰과상만 입은 듯한 환자의 내부는 엉망이었다.

전면에 강한 충격을 받았는데 비장과 대장이 파열됐고 갈비뼈는 성한 것이 없다. 또한 부러진 갈비뼈가 폐와 위, 심장의 바로 아래 대동맥에도 일부 박혀 있어 상태가 좋지 않았다.

줄줄이 외친 두삼은 서둘러 목 부근에 침을 꽂았다.

"일단 전신 마취를 시켜둔 상탭니다. 내부의 출혈을 잡도록 하겠습니다."

"BP 80에 50! 환자 의식이 없습니다. 대량의 내부 출혈이 있는 상태입니다."

"혈액! 더 달아!"

누구의 말이 먼저 나왔는지 모를 만큼 여기저기서 동시에 말이 터졌다.

시끄럽게 울리는 의료진의 외침에도 두삼은 내부에 집중했다.

출혈을 빨리 잡지 않으면 검사는커녕 수술대에 오르기도 전에 사망할 가능성이 높았다.

침을 꽂을 상황이 아니었다. 내부로 기를 보내 막으면서 외부로는 손가락을 이용해 혈을 막았다.

'비장은 포기해야 해.'

비장만 다쳤다면 판단을 수술의에게 맡겼겠지만 대량 출혈을 만드는 폐와 대동맥까지 다친 상황, 거기에 출혈 부위가 너무 많기에 어쩔 수가 없었다.

"출혈로 인한 쇼크가 올 것 같아! 아직 멀었어?"

기기와 두삼을 번갈아 보던 노상철이 급박하게 외쳤다.

"알고 있습니다! 이대로 두면 곧 죽습니다! 비장으로 통하는 혈관을 막습니다. 그리고 환자를 가수면 상태로 만들어 피의 흐름을 느리게 만들겠습니다!"

"…그게 가능하다면 말하지 말고 당장 부탁하네!"

혈류의 속도를 줄이는 건 한의대를 들어간 날 할아버지가 전수해 주신 것으로 공중보건의를 할 때 섬에서도 썼던 기술이다.

피 묻은 두삼의 손이 환자의 몸을 뛰어다녔다.

"됐습니다! 검사할 시간 없습니다. 지금 당장 수술실로 올라가야 합니다!"

"그건 안 돼! 지금 환자의 내부는 피로 가득할 텐데 출혈 부위 찾다가 숨질 거야. 최소한 CT라도……."

"안 됩니다! 아무리 피의 흐름이 느려졌다고 해도 버틸 수 없습니다. 혈관외과 전철희 선생님과 외과 선생님을 불러주세요. 제가 설명하겠습니다."

전철희가 온다면 살릴 확률은 더욱 높아질 것이다. 뚫린 대동맥을 기로 막아두면 되니 말이다.

"전철희 선생은 오늘 퇴원했어."

"그럼……."

다른 사람이라도 불러달라고 하려는데 뒤에서 전철희의 목소리가 들렸다.

"이야~ 한 선생이 날 다 찾는 날이 있을 줄이야."

"선생님!"

솔직히 전철희가 부를 때마다 조금 귀찮았다. 하지만 앞으론 기꺼이 그의 부름에 응할 것이다.

근데 노상철도 전철희를 잘 아는 모양이다.

"술 마신다고 실컷 놀리고 가더니 멀쩡하네?"

"네가 일한다고 생각하니 먹고 싶지 않더라."

"지랄!"

"그러게 말이다. 무시하고 마셨어야 안 오는 건데. 얘기는 나중에 하고 환자 상태는 어때?"

두삼은 얼른 설명했다.

"폐 끝자락에 있는 대동맥에서 뼈가 박혀 있는 부분이라는 거지? 해놨어?"

파이프처럼 만들어놨느냐는 물음이었다.

"네, 선생님."

"수고했다. 다른 건 상철이 네가 할래?"

"환자가 계속 오고 있는데 통제해야지."

"그럼 내가 알아서 데리고 갈게. 지금 바로 수술실로 옮겨. 일반외과 레지던트 없나?"

환자가 수술실로 옮겨가는 걸 보고 응급실 입구가 보이는 접수대로 갔다.

약간의 쉴 틈이 생기자 노상철이 말했다.

"…진맥을 통해 신체 내부를 살펴볼 수 있다니 축복받은 능력이군요."

"운이 좋았죠. 말씀 편하게 하세요. 반말하다가 갑자기 높임말을 쓰십니까?"

"험! 아깐 급해서 그랬지. 한데 좀 전에 혈도를 짚는 것 같던데 맞나?"

잠시 대답을 하지 못했다. 그러나 이미 본 사람 앞에서 무슨 소용이 있을까 싶다. 게다가 현재는 환자가 우선이었다.

"…네. 기를 이용해 침처럼 사용할 수 있습니다. 할아버님께 배웠죠."

"살아계시나? 다른 건 아니고 기회가 된다면 나도 배울 수 있을까 하고."

"돌아가셨습니다. …오는군요."

은은하게 드르륵거리는 소리가 들렸다. 얼른 준비를 하고 입구로 뛰어갔다. 그리고 문이 열리자마자 환자를 봤다.

우측 옆구리에 길쭉한 대리석 조각이 박혀 있었고 왼쪽 다리는 피투성이가 된 채 힘없이 덜렁거렸다.

"아악! 악! 아, 아파요! 소, 손대지 마! 아악!"

환자는 거의 패닉 상태였다. 한데 비명을 지를 때마다 배에서 피가 조금씩 솟는 게 위험해 보였다.

얼른 손을 올렸다.

다친 부위는 겉으로 보이는 두 곳. 다리뼈는 산산조각이 났고 배는 거친 대리석이 대장과 소장을 완전히 꿰뚫었다.

"강한 충격으로 인해 종아리, 정강뼈, 넙다리뼈가 심하게 골절됐습니다. 절구도 손상되었습니다. 복부는 대장, 소장 연결 부위를 관통했고 손상 정도는 30퍼센트입니다. 두 곳을 마취할 테니 수혈과 기본 조치를 한 후 바로 검사실로 보내야 할 것 같습니다."

환자가 실린 침상이 안으로 들어가자 곧바로 새로운 환자가 들어왔다.

"좌측 두부와 안면 골절. 경추 손상이 심합니다. 신경 다발에 손상이 의심됩니다!"

"왼팔 골절, 다른 곳은 괜찮습니다만 검사 요망입니다."

"간 파열! 당장 수혈량을 늘리고 응급수술을 해야 합니다. 아!

뇌에 출혈이 있습니다!"

'도대체 얼마나 많은 사람이 다쳤을까?'라는 의문마저 들지 않을 정도로 제정신이 아니었다.

어린아이, 청소년, 장년, 노인까지 줄줄이 들어왔고 두삼은 기계적으로 몸속 내부를 살피고 외쳤다.

일일이 조치를 취할 수 없을 만큼 빠르게 들어왔다.

마취를 하는 건 엄두도 안 났다. 그저 경각에 달린 부분은 살펴보면서 조치를 취하고 나머지는 알려주는 게 다였다.

그럼에도 불구하고 침상이 가끔 밀렸다. 그럴 땐 마치 자신이 환자를 죽이는 것 같다는 느낌에 압박감이 장난이 아니었다.

그래서일까 평소와 달리 기운을 마구 쓰다 보니 기운이 간당간당했다.

'좀 더 냉정해야 해. 만일 환자들이 더 있었다면 꼼짝없이 손 놓고 있을 뻔했잖아.'

두삼의 기운이 간당간당하다는 문제도 있지만, 수술을 할 의사가 부족한 것도 문제였다.

불행 중 다행으로 폭발적으로 밀려오던 환자들이 더 이상 오지 않았다.

"이제 응급실에서 한 선생의 역할에 대해선 다들 알고 있는 것 같고, 환자도 거의 다 도착한 것 같으니 난 수술실에 들어가야겠어."

"…그러십시오."

"혹시 급한 환자들이 오면 최대한 바이탈을 잡고 있는 쪽으로 손써줘. 수고해."

노상철은 어깨를 툭 치곤 수술실로 갔다.

"휴우~"

그가 간 후 닫힌 응급실 입구와 응급실 내부를 돌아보며 한숨을 뱉었다.

환자가 더 이상 오지 않아 다행이라는 안도감과 신음을 흘리며 자신의 수술 차례를 기다리고 있는 환자들에 대한 안타까움이 담긴 한숨이었다.

한데 한숨을 쉬기엔 이르다고 말하고 싶었을까 한쪽 구석에서 환자의 상태를 체크하는 기계에서 삑삑거리는 소리가 들렸다.

두 명의 의사가 있었지만 둘 다 당황하는 것으로 보아 인턴이나 레지던트 1년차로 보였다.

수술을 할 수 있는 이들은 거의 모두 들어갔다. 현재 응급실을 지키고 있는 이들 중 환자의 상태에 적극적으로 반응할 수 있는 이들은 몇 명이나 될까.

'저 사람을 내가 봤던가?'

기억에 없다. 자신이 응급실에 도착하기 전에 도착했던 사람이다. 아직까지 응급실에 있다는 건 급한 환자는 아니라는 판단 때문일 것이다.

"죄송한데 제가 잠깐 볼 수 있을까요?"

당황해서 이것저것 하고 있는 이들에게 말했다.

"무, 물론입니다. 이건 환자의 검사 기록입니다."

흘낏 보니 다리가 부러진 걸 제외하곤 별다른 게 없었다.

"베란다에서 담배를 피우고 있던 환잔데 크레인이 넘어지는 걸 보고 이층에서 뛰어내렸답니다. 급박하게 뛰어내리느라 잘못 떨어졌는지 다리가 부러지고 몸에 여러 군데 타박상이 있었습니다."

고통스러운지 배 부근의 옷을 꼭 쥔 채 있는 환자에게 물었다.

"어디 불편하세요?"

"…그, 글쎄요. 흐으! 다리가 아픈 것 같기도 하고 배가 아픈 것 같기도 하고……."

거칠게 숨을 쉬며 식은땀까지 흘리고 있어서 얼른 환자의 단전에 손을 올렸다. 그리고 거의 남지 않은 기운을 안으로 들여보내자 서서히 그의 내부를 볼 수 있었다.

"심근경색!"

관상동맥 중 하나가 급격하게 수축되면서 혈전이 쌓이고 있었다.

원래 건강이 안 좋던 사람이 오늘 갑작스럽게 겪은 스트레스와 고통으로 인해 급성 심근경색이 일어나고 있는 것이다.

"흉부외과 선생님께 급한 환자가 있다고 연락해요! 일단은 막겠지만 좁혀진 부위가 많습니다."

혈관 내부에 기를 넣어서 당장 줄어들지 않게 할 순 있다. 하지만 얼마나 갈지 모른다. 근본적인 치료를 해야 했다.

'그나저나 이것으로 기도 끝이구나. 제발 쓸 일이 없기를…….'

마지막 기운을 주입해 혈관이 더 좁혀지지 않도록 만들었다.

의식하지 않아도 임독양맥을 돌던 기운이 거의 사라지자 허탈감이 더 크게 찾아왔다.

끝내고 뒤로 물러서는데 어지러워 비척거렸다.

"괜찮으세요? 선생님."

두 명의 수련의 중 더 피곤해 보이는 이가 물었다. 뒤에 있는 기둥에 살짝 기댄 후 말했다.

"…아! 괜찮습니다. 조금 무리했나 봅니다. 흉부외과 선생님은?"

"내려오신다고 했으니 곧 오실 겁니다. 아! 저기 오시는 분들인가 보네요."

돌아보니 지강욱 과장이 여러 명의 수련의들과 함께 오고 있었다.

"이 환잔가? 검사 결과 줘봐."

태블릿을 건네받아 검사 결과를 확인하던 그의 표정이 구겨졌다. 당연했다. 어디에도 심근경색이란 검사 결과가 없었기 때문이다.

큰소리가 날 것 같아 나서려 하는데 그가 예상외로 부드러운 목소리로 말했다.

"검사도 하지 않고 심근경색이라는 진단을 내린 사람은 누군가? 인턴 자넨가? 아님, 1년차 자넨가."

인턴에게 말할 때와 1년차에게 말할 때와 말투가 사뭇 다른 건 착각인가?

"제가 진단했습니다, 선생님."

"어? 자네는……."

"시연회 때 뵀죠. 현재 환자의 관상동맥이 심각하게 좁혀졌습니다. 위험 부위는 진행을 막아뒀는데 다른 부분도 꽤 위험합니다."

"관상동맥이라고만 말하면 어떻게 하나?"

"아! 오른 관상동맥 밑 부분 중에 다섯 시 방향으로 내려가는 부분이 유독 심합니다."

"예각가지를 말하나 보군. 심장에 대해 자세히 알지도 못 하면서 조치를 취했다니 생각보다 재주가 여러 가지인 모양이야?"

"……."

"믿어보지. 자네들은 보호자에게 동의서를 받아오고, 너희들은 바로 검사실로 가서 심장 혈관 CT 찍어."

수련의들은 바로 움직이기 시작했고 어느새 자리엔 둘만 남았다.

"꽤 피곤한 모습이군. 마취에 도움이 될까 해서 청하에게 부르라고 했는데 다른 일을 한 모양이군."

자신에 대해 알고 있었던 모양이다.

"비밀인가 보군?"

"…비밀은 아닙니다만 안 좋은 기억이 있어서 가급적 알려지지 않길 바랐습니다."

"꽤 피곤하게 사는군."

"그러게요. 오늘 같은 날은 무척 번거롭네요. 곧 다 밝혀지는 날이……!"

드르륵!

오늘 수없이 들었던 침상 끄는 소리가 들렸다.

거리가 얼마인데 들릴까. 환청이겠지 싶으면서도 혹시 몰라 입구 쪽을 봤다.

드르르르르르륵!

소리가 점점 커지는 것이 분명 환청은 아니었다. 얼른 뛰어가면서 몸속 기운을 살폈다.

'빌어먹을! 아직 내부를 살펴볼 정도도 되지 않아.'

벌컥!

문이 열리고 침상이 들어왔다. 근데 자신이 고민하고 있다는 걸 알았을까? 내부를 살펴볼 상황이 아니었다.

환자가 오길 대기하고 있던 레지던트가 침대 위에 올라선 상태에서 심폐소생술을 하고 있었다.

침대를 미는 구급대원이 외쳤다.

"헉헉! 오는 도중 택시 안에서 숨이 멈췄습니다. 시간은 3분 30초 지났습니다."

응? 택시?

구급대원이랑 환자가 왜 택시를 타?

이상해서 쳐다보니 침대를 끄는 구급대원 두 명의 상태도 좋지 않았다. 한 명은 다리를 절뚝거리고 있었고 다른 한 명은 이마에 피를 흘리고 있었다.

아무래도 오는 도중 교통사고가 일어난 모양이었다.

환자는 바로 침상이 있는 곳으로 옮겨졌다. 그리고 환자를 맡게 된 레지던트는 각종 장비를 달고 주사를 넣은 후 외쳤다.

"제세동기!"

두삼은 그들이 하는 양을 보고 두 손을 꽉 쥐었다. 혹시 몸 내부를 살펴보면 심장이 멈춘 이유를 찾을 수 있지 않을까 해서다.

물론 못 찾을 가능성도 있었다. 아직까지 심장이 멈춘 환자의 내부를 살펴본 적이 없지 않은가. 그러나 아무것도 할 수 없다는 데서 오는 패배감은 어쩔 수가 없었다.

조금만 더 침착했더라면, 그래서 기운을 아껴 썼더라면 분명 이 환자를 돌볼 만큼은 남아 있었을 것이다.

'…난 아직 부족해.'

불치에 가까운 병들을 고치며 승승장구하다 보니 솔직히 자만심도 없잖아 있었다.

'빨리 복구돼! 복구하란 말이야!'

패배감이 짙어지자 스스로에 대한 분노가 치솟아 내부를 향해 외쳤다. 하지만 화를 낸다고, 또 외친다고 해서 기적처럼 기운이 복구되는 일은 없었다.

"아! …아, 아빠!"

"여보……!"

언제 왔을까, 구급대원과 비슷하게 엉망이 된 모녀가 두삼의 옆에 와서 숨이 멈춘 환자를 보고 있었다.

모녀는 치료에 방해가 되지 않으려는 것인지 소리 죽여 울며 두 손을 꼭 잡고 아빠가, 남편이 살아나길 기도했다.

하지만 상황은 좋지 않았다. 제세동기가 실패하자 아트로핀을 0.5㎎을 더 투여하고 다시 심폐소생술을 했다.

"큭! …제발!"

심폐소생술을 하는 레지던트는 자신도 모르게 중얼거렸다. 한데 그 목소리엔 절망감이 가득했다.

다른 이들도 죽음을 직감했는지 하나둘씩 환자에게서 시선을 피하거나 고개를 숙였다.

'빌어먹을! 힘내! 당신 부인과 자식을 위해서라도 힘내란 말이야!'

두삼은 무기력한 자신을 탓하며 환자를 향해 외쳤다.

'안 돼! 포기하지 마! 좀 더 해봐.'

심폐소생술을 하는 레지던트의 손이 점점 느려지고 있었다. 잠시 후면 침대에서 내려와 죽음을 선고할 것이다.

"……!"

문득 드는 생각.

'혹시 할아버지라면 이런 상황에서도 환자를 살릴 수 있을까?'

대답은 즉각적으로 나왔다. 이미 경험이 있으니 가능할 것이라고.

얼마 전 할아버지의 의료 기록을 찾아봤다. 환자의 병명은 그저 급성 심장마비였다.

이상한 건 치료 방법이었는데 임맥의 구미혈, 족소음신경의 신봉혈, 족양명위경의 응창혈, 그리고 마지막으로 별표가 그려져 있었다.

그 혈들을 자극하라는 건지 아님 이어서 찌르라는 건지 도무지 의미를 알 수 없었다. 만일 이어서 찌르려 한다면 침을 수평으로 해서 피부를 꿰듯이 찔러야 했는데 말도 되지 않았다.

다 좋게 봐서 피부를 꿰듯이 찌른다고 하자. 하면 별표는 어떻게 할까. 어딘가에 위치하는 혈이라는 건 의료 기록을 읽다 보니 알 수 있었지만 '어디인지'는 할아버지가 살아 돌아오지 않는 이상 모른다.

'진즉에 밝히던가. 이제 와서 생각해 본들…….'

편안한 표정으로 누워 있는 환자를 봤다.

'…죄송합니다. 다음번엔 이와 같은 일이 발생하면 고칠 수 있도록 노력하겠습니다.'

다른 사람들과 마찬가지로 두삼도 포기를 했는지 환자를 보는 눈이 촉촉해졌다.

그때였다.

숨을 멈춘 환자의 얼굴을 보고 있어서인지 연관된 기억 역시 불쑥 나타났다.

'아! 그때 내가 할아버지의 치료 모습을 봤었구나!'

의사가 죽음을 선고하기 전까지 죽은 게 아니라고 말한 후 환자를 안에 들인 할아버지가 치료를 할 때 자신은 옆방에서 그 모습을 지켜보고 있었다.

기억 속 할아버지는 긴 장침을 꺼내 환자의 심장을 향해 조심히 찔렀다. 그리고 몇 초 후 침을 뽑는 순간 죽었던 환자가 '흐아아아아~' 괴성을 지르며 살아났다.

그 모습이 어찌나 무섭던지 바로 칸막이 뒤로 몸을 숨기는 장면으로 기억이 끝났다.

아마도 죽은 사람이 되살아나는 모습의 충격 때문인지 기억 깊숙한 곳에서 잠들어 있었던 모양이다.

당시의 공포심마저 떠올랐지만 지금의 두삼에겐 그 정도 감정은 아무 방해도 되지 못했다.

환자를 살리고 싶다.

두삼은 할아버지가 환자를 찌르는 장면을 집중적으로 떠올렸다. 긴 장침이 어느 정도의 기울기로 환자의 몸속으로 들어가는지, 들어가다가 어디에서 멈추는지를 뚫어지게 쳐다보며 인체의 경락도와 비교했다.

'아! 알겠어!'

의료 기록에 적혀 있던 혈들이 어떤 의미인지를 알게 됐다.

정면을 보자 레지던트는 심폐소생술을 멈추고 침대에서 내려와 응급실에 걸린 시계를 흘낏 봤다.

사망 선고를 하려는 것이다.

"현재……."

"잠깐만요! 제가 환자를 한번 봐도 될까요?"

"심폐소생술은 더 이상……."

재빨리 다가가 말하자 레지던트는 잠시 어찌할 바를 몰라 했다. 그때 아직 수술실에 들어가지 않은 지강욱이 다가와 말했다.

"해보게 하게. 어차피… 몇 분 늦게 선고를 한다고 해서 달라지는 건 없지 않나."

"…그렇긴 하죠."

레지던트는 물러섰다. 두삼은 얼른 자리를 잡고 심정지 상태인 환자 앞에 섰다. 제세동기를 사용해서 기계 모양대로 화상을 입은 환자의 가슴팍을 바라봤다. 허리춤에 차고 있던 스승님이 주신 침통을 꺼냈다. 그리고 그중 가장 긴 장침을 꺼냈다.

'할아버지, 스승님 도와주세요!'

잠시 눈을 감고 두 분께 기도를 한 두삼은 눈을 떴다. 그리고 장침을 거침없이 비슷하게 꽂았다. 할아버지가 적어둔 혈 자리는 침을 꽂는 자리가 아니고 침이 지나가는 자리를 적어둔 것이다.

즉, 대각선으로 들어간 침이 그 혈 자리를 지나 심장에 위치한 별표(이름 없는 혈)까지 들어가면 된다.

멈칫!

절반쯤 찌르던 침을 멈췄다. 그리고 살짝 비틀어 방향을 달리했다. 침은 심장 주변에 위치한 장기들과 혈관, 신경을 피해 들어갔다.

'다 왔어!'

현재 내부를 볼 수 없기에 감에 의존할 수밖에 없었다. 심장 겉면에 혈 자리가 있다는 게 신기했지만 신체에 대해선 아직 아는 것보다 모르는 것이 비교하기 힘들 만큼 많았다.

'뚫리면 안 돼! 누르듯이…….'

뾰족한 침의 앞면이 심장을 찌른다는 느낌이 손끝으로 전해졌다. 금세라도 뚫릴 것 같은 느낌에 극도로 집중해 침을 서서히 찔러 넣었다.

마치 손끝으로 몸속을 들여다보는 느낌이다.

위태위태했지만 뚫리지 않고 멈췄다. 마침내 혈의 중앙에 도착한 것이다. 성공했다는 안도의 한숨을 내쉬기도 전에 내부에 조금 남아 있던 기운이 손끝으로 빠져나갔다. 그리고 침을 지나 환자의 심장 혈에 전해졌다.

'헉! 내부를 보겠다고 기를 썼다면 실패했을지도 모르겠군.'

식은땀이 등을 타고 내려갔다.

이제 침을 빼야 할 때였다. 침을 당기자 눌려 있던 심장이 원래대로 돌아왔다. 그 순간 심장이 움찔하는 느낌이 침을 통해 느껴졌다. 그리고 멈췄던 거대한 기계가 에너지를 받아 재작동하는 듯한 울림이 들렸다.

쿠쿵!

혹시 깨어나는 환자가 다칠 수 있었기에 서둘러 침을 뺐다.

참고 있던 숨을 뱉으려 할 때 자신의 숨소리와는 비교도 안 되는 큰 숨소리가 들렸다.

"크아아아아하아아아아압!"

심장이 다시 뛰며 환자가 깨어난 것이다.

기관 삽관이 되어 있는 것이 불편한지 바동거렸지만 짧은 순간 의료진 어느 누구도 움직이지 못했다.

죽음에서의 귀환이었다.

*　　　*　　　*

두삼은 식사가 담긴 카트를 끌고 고연아가 입원해 있는 병실 앞에 섰다.

30분이나 늦었으니 얼마나 화를 낼까 싶었다.

'하루 이틀도 아닌데, 뭐.'

하지만 지금처럼 멍한 상태라면 욕을 한다고 해도 허허허 웃고 지나갈 것 같았기에 문을 열고 들어갔다.

고연아는 침대에서 책을 보고 있다가 두삼이 들어가자 책을 덮고 입을 열었다.

"고생 많이 했나 봐요?"

"욕해도 들어줄게. 오늘 정말… 응?"

당연히 화를 낼 줄 알고 변명을 하는데 예상과는 다른 말이 들렸다.

"…여기서도 사이렌 소리 다 들려요. 설마 내가 일하느라 늦은 사람에게 욕할 거라 생각했어요?"

응! 넌 그런 캐릭터니까.

"아, 아닙니다. 늦어서 미안해서 그렇죠."

"아닌 것 같은데……?"

"진짜예요! 하하. 배고프겠네요. 얼른 밥 먹어요."

현재 고연아는 팔다리는 자유롭게 움직이고 있었다. 하지만 식사를 할 때 다시 마취를 시켜야 했다.

도대체 어떻게 생겨먹은 몸인지 식사 때 풀어두면 발작 비슷한 증상이 나면서 구토를 했다.

식사 후 물리치료를 마치고 난 후에 풀어주면 그땐 또 괜찮았다.

"…오늘은 말이 없네요?"

"아, 몸의 기운을 많이 소모해서 정신이 멍해서요. 응급실에서 있었던 일 얘기해 줄까요?"

"…됐어요. 당장 쓰러질 것 같은 얼굴로 얘기해 봐야 무슨 재미예요?"

"그동안 내가 했던 말 재미있었나 보네요?"

"…아, 아니거든요!"

"하하! 알았어요. 식사해요."

씹기를 기다렸다가 목을 쓰다듬어 목으로 넘어가게 만들었다. 소화가 잘되게 오래 씹어야 해서 식사 시간은 30분 정도 걸렸다.

"이제 약 먹고 물리치료 하죠."

"근데 물리치료 한 번 쉬면 문제 생겨요?"

"문제가 생길 정도는 아니에요. 팔다리를 쓰게 되고 내 말대로 운동을 잘해줘서 근육은 잘 붙고 있거든요. 지금은 소화를 잘 시키고 근육이 올바르게 붙도록 하기 위해 한다고 생각하면 돼요."

팔다리를 움직인다는 건 몸 전체를 움직이는 것과 다름없었다. 걸으면 허리 근육과 배 근육이 만들어지고 팔을 쓰면 가슴, 등 근육이 생긴다.

"그럼 오늘은 쉬어요."

"무슨 일 있어요?"
"없어요. 그냥 쉬고 싶어요."
반대할 이유가 없었다. 안 그래도 잠깐 휴식을 취하고 싶었다.
"음, 그래도 소화가 될 때까지 기다렸다가 팔다리는 풀어줘야 하니 여기 앉아서 얘기나 하죠."
침대 앞에 의자를 놓고 앉았다.
"얘기는 됐어요. 그냥 잠이나 잘래요."
"…그래요, 그럼."
멍하니 그녀가 자고 있는 걸 보려니 온몸이 나른해졌다. 눈꺼풀이 천근만근이다.
'자면 안 되는데…….'
어느새 의자에 앉아 꾸벅꾸벅 조는 두삼.
언제 눈을 떴는지 고연아는 그런 두삼을 물끄러미 바라봤다. 그러다 낮게 중얼거렸다.
"내가 선생님께 해줄 수 있는 게 이것밖에 없네요. 잠깐이라도 쉬세요."
그녀는 마치 소중한 것을 보듯이 두삼을 봤다.
두삼은 고연아가 따듯한 시선으로 자신을 보는지도 모른 채 코까지 골며 깊은 잠에 빠졌다.

* * *

푹 잔 잠이 보약보다 낫다는 말을 실감했다.
고연아의 배려로 1시간이 넘게 잠들었다가 일어나니 개운했다. 심지어 기운도 절반 가까이 차 있었다.

"아! 당직!"

그때 까맣게 잊고 있던 당직 의사의 할 일이 떠올랐고 바로 입원실로 향했다.

"선생님, 아무리 당직이 처음이라고 해도 기본적으로 하실 일에 대해선 들으셨을 텐데요?"

나이가 있는 간호사의 눈빛이 꽤나 매섭다.

"죄송합니다! …김 간호사님. 입이 열 개라도 할 말이 없습니다."

그녀가 자신에 대해 아는 것도 없는데 변명을 해봐야 구차할 뿐이다.

"…월요일 날부터 수련의들이 오면 달라지겠지만 오늘은 제가 환자에 대해 말씀드릴 거예요."

"감사합니다. 그럼 한번 돌아볼까요?"

"…회진하시려고요?"

"그래도 제가 맡게 된 환자들인데 밤새 일이 있으면 안 되잖아요."

수련의들이 오면 그들이 하겠지만 일단은 혼자이니 한 바퀴 돌 생각이었다.

"준비할게요."

"아뇨. 제가 휑 하니 다녀오겠습니다."

"선생님이 혼자 다니는 거 보기 안 좋아요."

싫다는데도 굳이 드레싱 카를 끌고 따라나서는 그녀였다. 일에 대해선 꽤 고집이 있는 모양이다

한강대학병원에 잘되어 있는 것 중 하나로 꼽히는 게 바로 전

산 시스템이다. 어느 위치를 가든 태블릿 PC만 보면 해야 할 일이 명확하게 보인다.

가령 오늘같이 당직을 서는 경우 입원 환자의 명단을 볼 수 있다.

즉, 당직할 동안 자신이 관리해야 하는 이들이 누구인지 정확하게 나와 있다는 것이다. 내일 당직이 끝나면 볼 수 있는 권한 역시 사라진다.

일단 1인실부터.

생명에 귀천은 없지만 우선 순위는 존재한다.

1인실을 쓰는 환자와 6인실을 쓰는 환자가 똑같이 대접받는 것도 이상하다.

노크를 하고 들어가자 단아한 50대의 아주머니가 드라마를 보고 계셨다.

"안녕하세요. 혹시 불편한 거 있으세요?"

한방부인과를 통해 입원한 환자로 호르몬 불균형으로 인한 통증, 갱년기로 입원하게 되었다고 진료 기록에 나와 있었다.

"덕분에 괜찮아졌어요."

"잠깐 진맥을 하겠습니다."

기를 사용하지 않았다. 입원 환자가 몇 명인데 모두 기를 이용해서 보다간 다 보기도 전에 기가 탈탈 털릴 것이다.

오로지 맥박이 뛰는 정도, 속도, 전해져 오는 느낌으로만 상태를 살폈다.

'음, 진맥 실력이 이렇게 좋았나?'

장갑을 얻고 기를 통해 내부를 보게 된 후 진맥을 등한시했지만, 기본적으로 진맥 능력은 평균 이상이었다.

한데 아까 침을 꽂을 때 느꼈던 손 감각이 남아 있는지 진맥만으로도 내부가 느껴지는 기분이었다. 갱년기 증상인 심장박동이 조금 빠른 걸 제외하곤 딱히 특별한 건 없었다.

“괜찮으시네요. 혹시 이상 있으시면 지체 없이 연락 주세요.”

한 명의 환자에게 마냥 시간을 허비할 순 없었다. 현재 입원 환자는 총 73명. 아무리 짧게 봐도 2시간은 넘게 걸릴 터였다.

1인실에서 다소 천천히 진행되던 회진은 2인실, 3인실로 갈수록 빨라졌다.

“일일이 보시는데도 상당히 빠르시네요?”

이동 중 김 간호사가 말했다. 사무적인 말투 때문에 설렁설렁 본다고 말하고 싶은 건지, 아님 칭찬인지 모르겠다.

“진료 기록을 확인하고 진맥을 하니 좀 더 쉽게 파악이 되네요. 그렇다고 절대 설렁설렁 보는 건 아닙니다.”

“…그런가요?”

이번 말투로 확실히 전자임을 알게 됐다.

‘환자에 대한 애정이 각별한 건가?’

간호사 일은 3D 직종이다. 의사보다 간호사 구하는 걸 더 힘들어하는 병원도 있다.

지방의 일부 병원의 경우, 간호사를 구하지 못해 지방정부가 나서는 경우도 있으니 말 다했다.

이런 상황이다 보니 직업의 사명감과 환자에 대한 애정이 없다면 버티기가 힘들다.

‘늦으면서 미운털이 제대로 박힌 모양이네.’

함께 일하는 간호사들과 가급적 좋은 관계를 유지하고 싶었다. 그렇다고 구구절절 설명하기도 애매했다.

'나중에 오해가 풀리겠지.'

어차피 당직은 하루뿐이다. 그러니 김 간호사와 다시 만날 일은 오다가다 만나는 게 다였다. 4인실까지 아무 문제가 없었다. 그리고 마지막으로 6인실에 들어섰다.

"아이고! 저 나쁜 년! 저런 것들은 머리끄덩이를 잡아채서 혼쭐을 내야 해."

"맞아, 맞아!"

"콜록콜록! 에구구구!"

드라마에 몰입한 환자들, 감기가 걸렸는지 기침을 하는 환자, 간식을 먹었는지 음식 냄새가 풀풀 났다. 병실인지 시장인지 구분이 안 될 정도로 시끄럽다.

'응급실에 비하면…….'

응급실을 한 번 겪고 긍정적으로 바뀐 두삼이다.

"이옥자 환자분."

"여기! 여기예요, 선생님."

"허리는 좀 어떠세요?"

"저녁 약을 먹어서인지 지금은 버틸 만해요."

"진맥 좀 할게요."

"난 됐고 저기 저 아줌마나 봐줘 봐요. 오십견이라는데 밤새 아주 끙끙 앓아서 잠도 제대로 못 자요."

"이인하 씨도 볼 테니 걱정 마시고 팔 주세요."

"괜찮은데……."

시선은 드라마에 두고 내미는 팔을 잡았다.

맥이 조금 불규칙적이다. 혹시나 싶어 태블릿을 넘기니 검사 기록도 있었다.

'음? 신경외과로 가셔야 할 분이 왜 한방센터에?'

추간판 탈출증이 심했다. 이 정도면 수술을 받는 게 더 나았다. 물론 이유가 있으니 이곳에 입원했을 것이다. 한데 그런 분이 낮은 의자에 걸터앉아서 TV를 보고 있다니.

"환자분. 당장 침대로 올라가서 허리 찜질 하세요."

"조금 전까지 했어요. 저것만 보고 다시 할게요. 침대에선 잘 안 보여서."

"TV를 끌까요? 아님 올라가실래요?"

궁서체 모드로 말하자 같이 보던 나이 든 환자가 나섰다.

"TV 방향 틀어줄 테니까 얼른 올라가, 이 여자야. 이거 다음 드라마는 안 볼 거야?"

"에구구구구! 올라가요, 올라가."

"김 간호사님, 이옥자 환자, 항상 자세에 신경 쓰라고 기록해 두세요."

"네, 선생님."

이옥자 환자가 침대에 올라가는 걸 확인한 후 다른 환자들을 보기 시작했다. 다들 기록된 병 외에도 다른 병을 가지고 있었지만 환자의 나이를 감안한다면 이상할 것이 없었다.

마지막으로 끙끙 앓으면서도 팔을 위로 올리기 위해 애쓰고 있는 이인하 환자에게 갔다.

"환자분 밤에 많이 아프세요?"

"약을 먹으면 잠깐 괜찮은데 금세 아프네요. 하지만 선생님이 아플 거라고 하셨고… 그보다는 굳으면 안 된다고 운동하라고 하셨어요."

"잠깐 진맥 좀 할게요."

오십견이 맞다면 옳은 치료 방향이었다. 하지만 다른 이유라면 병을 키우는 일이다.

먼저 진맥으로 살펴봤다. 고통을 느끼며 하는 운동 때문인지 맥이 상당히 불안정했다. 어쩔 수 없이 기운을 그녀의 어깨로 보냈다.

'어깨 연골 파열!'

연골 주위에 염증이 엄청 심했고 그 범위가 점점 넓어지고 있었다. 연골 파열인 경우는 오십견과 정반대로 팔을 쓰지 않고 염증과 연골에 주사를 놓아 치료가 되게 해야 했다.

도저히 이해할 수가 없었다.

작은 한방병원도 아니고 환자가 어깨가 아프다면 MRI를 찍어서 확인만 해도 되는 일이다.

'도대체 누가?'

얼른 담당의를 살펴봤다.

한방재활과 이경진 교수다.

그는 현재 한방센터에서 센터장 고웅섭을 제외하곤 나이가 가장 많았는데 실력이 좋고 항상 웃고 다니는 모습에 싫어하는 이가 거의 없었다.

다만 의학적인 지식과 관련해서는 꽤나 고지식하고 자존심이 강하다는 평을 받았다. 과학적인 데이터보다 경험의 데이터를 더 믿는 편이랄까.

'미치겠네. 하필이면 이 양반이냐. 얼마 전 고 센터장님이랑 기기 사용 때문에 언쟁을 했다던데.'

이방익의 말에 따르면 회의 도중 의료 기기를 적극적으로 사용하라는 사항에 그가 태클을 걸었고, 얘기 끝에 자신의 경험이 기기보다 낫다는 말을 했다고 했다.

물론 언성이 높아지다 보면 자존심에 쓸데없는 말을 할 때가 있다. 한데 그 말을 자존심 강한 노학자가 했다면 문제가 된다.

다른 사람들이야 그러려니 하고 넘어갈 수 있지만 과연 스스로가 용납할 수 있을지 의문이다.

'연골 파열이라고 말하면 그만둔다고 하는 거 아냐?'

팔 운동을 하고 있는 환자도, 자존감이 강한 이경진도 걱정이다.

그래도 일단 환자가 우선이다.

"이인화 님, 운동을 멈추세요. 뭐가 잘못됐는지 모르지만 선생님이 적어둔 기록엔 운동은 하지 말라고 되어 있습니다."

"…그럴 리가요. 선생님이 직접 어떻게 하는지 보여주셨는데요."

"전산 시스템의 오류 때문인 것 같습니다. 여기 보시면 아시겠지만 현재 최대한 움직이지 말라고 되어 있습니다."

"…그, 그런가요?"

어정쩡한 말과 복잡하게 써져 있는 의료 기록을 단번에 파악할 수가 없다는 점을 이용했다.

"네. 오늘은 제가 간단히 침을 이용해 고통을 없애 드릴 테니 편히 주무시고요. 아프지 않다고 움직이지 마시고요."

의문을 가지기 전에 서둘러 어깨에 시침을 했다.

"어? 고통이 사라졌어요."

"시침이 잘됐나 보네요. 내일 아침 식사 후에 다시 들를게요. 그리고 잠시 후 간호사 편으로 약을 보낼 테니 드세요."

"감사합니다, 선생님."

"별말씀을요. 쉬세요."

밖으로 나오자 김 간호사가 물었다.

"뭐가 잘못된 건가요?"

"뭐가요?"

"선생님, 저희가 하는 일이 환자를 케어하는 일이에요. 그러기 위해선 정확하게 알아야 해요."

시치미를 떼려 했지만 그녀의 말이 옳았다.

"이인화 환자는 오십견이 아니라 연골 파열이에요."

"예? …그걸 진맥으로 알아내셨다고요?"

"빨리 봐도 허투루 보지 않는다고 말했잖아요."

김 간호사는 놀란 표정을 짓다가 곧 무슨 생각을 하는지 미간을 찌푸리며 말했다.

"…그렇다면 담당 선생님께 말을 하고 조치를 취하시는 게 맞지 않나요?"

"제가 그걸 왜 모르겠습니까. 다만 말을 전하기가 곤란합니다."

"곤란한 점이 뭔지는 몰라도 나중에 이경진 선생님이 알게 되는 게 더 곤란하게 될 것 같은데요."

"그렇긴 하죠."

"설명해 보세요."

"네?"

"혼자보단 둘이 더 낫지 않겠어요?"

갑자기 호의적으로 나오니 뭔가 싶다. 그러나 일을 저질러 놓고 대책이 없는 상황에서 도움을 주겠다는데 그 제안을 뿌리칠 수가 없었다.

이경진과 고웅섭 사이에 있었던 일과 자신이 왜 그랬을 수밖에 없었는지를 설명했다.

"결국 이경진 선생님이 그만둘 것 같아서 그랬다?"

"다른 이유가 있을 리가 없잖아요. 저야 그냥 전화 드리기만 하면 되는 일인데."

"하긴 그러네요. 그래서 생각해 둔 방법은 있으세요?"

"이제부터 생각해 봐야죠. 아! 치료할 사람이 있어요. 그거 끝내고 해야겠네요."

"…한 선생님 의외로 대책 없는 분이네요"

"생각이 많은 걸로 해주세요. 그리고 아까 함께 생각해 주신다고 하신 분이 계셨던 것 같은데?"

"풉! 머리는 좋으시네요."

환자를 열심히 봤다고 생각해서인지, 비밀을 공유해서인지 김 간호사의 표정은 한결 부드러워졌다.

"좋은 대안을 주신다면 간식 쏠게요."

"먹으려면 열심히 해야겠네요."

"그럼 얼른 마무리 짓죠."

남아 있는 6인실을 돌았다. 다행히 문제가 있는 이들은 없었다.

김 간호사와 헤어져 진료실로 왔다. 그리고 상자를 챙겨서 다시 입원실로 올라갔다. 그리고 가장 구석에 있는 1인실로 갔다.

노크를 하고 들어가자 이준호가 반겼다.

"어서 오세요, 선생님."
"말도 안 했는데 저인 줄 어떻게 알았어요?"
"사람마다 걷는 소리가 조금씩 다르거든요."
"제 발걸음은 어떤데요?"
"걷는 속도가 빠르세요. 남들보다 1.5배 빠르다고 할까요. 아마 바빠서 그런 거겠죠?"
"아니라고 말을 못 하겠네요. 누워요."
오늘로 네 번째 뜸을 뜬다. 뜸을 뜨기 전에 일단 기를 주입해 눈 주위를 살폈다.
'이런! 또다시 굳어버렸어. 굳어지게 하는 호르몬이 발생하는 거야, 뭐야?'
경락이라는 도로에 쌓인 딱딱한 진흙덩어리들을 뜸과 마사지를 통해 말랑말랑하게 만들어놓으면 그 다음 날 어김없이 다시 딱딱하게 변해 있었다.
오늘도 마찬가지.
'정말 원인부터 찾아봐야 하는 건가? 하아~ 장비를 가져왔으니 좀 더 지켜보자.'
느낌이 이상하다고 생각됐을까 이준호가 물었다.
"역시 다시 딱딱해졌습니까?"
"네, 그러네요. 지속시킬 방법을 생각해 왔으니 일단 뜸부터 뜨죠."
가방을 열자 입구가 긴 삼각 플라스크처럼 생긴 뜸이 나왔다. 길쭉한 부분의 두께가 성냥개비 정도이니 상당히 작았다.
눈 주위에 기름을 살짝 발랐다. 뜸이 잘 붙도록 하고 화상을 덜

입게 하는 기름으로 장인규가 다년간의 노력으로 만든 것이다.

눈 주위의 혈 자리에 뜸을 촘촘히 놓았다. 그리고 길쭉하게 생긴 가스 점화기로 약간의 틈을 둔 후 불을 붙였다.

"뜨겁지 않습니까?"

그는 대답 대신 손을 들어 OK 표시를 했다.

뜸은 꽤나 지루하면서도 집중을 요하는 작업이었다. 기준점까지 타고 나면 얼른 바꿔서 다시 불을 붙여줘야 했는데 자칫 방심하면 화상을 입었다.

50분 남짓 계속 뜸을 뜬 후 기를 보내 굳어 있는 노폐물의 상태를 확인했다. 살짝 말랑해진 느낌.

얼른 뜸을 떼어내고 경락 마사지를 시작했다. 기를 잔뜩 머금은 손가락들로 말랑해진 노폐물을 더욱 말랑하게 만드는 작업이었다.

"아! 아!"

가끔 비명 소리가 들렸지만 멈추지 않았다.

완전히 말랑말랑해졌을 때 손을 뗐다.

"수고하셨어요."

"참느라 고생했어요."

"선생님이 고생하셨죠."

"하하! 서로 고생했다고 해요. 자! 이건 앞으로 쓰고 다닐 물건이에요."

"…안경인가요?"

그는 거의 보이지 않는 시력으로도 두삼이 준비한 물건을 알아봤다.

“테두리에서 지속적으로 적외선이 발생하는 안경이에요. 제작을 부탁했죠. 한동안 눈을 보호하기 위한 안대는 차고 다녀야 할 거예요. 배터리로 작동되니 꼭 챙기고요. 뜨겁진 않겠지만 혹시 이상이 있으면 여기 버튼을 누르면 되고, 올 때마다 배터리는 교환해 드릴게요.”

“…감사합니다. 선생님께 너무 신세만…….”

“제가 감사는 언제 하라고 했죠?”

“가능성이 보일 때와 다 나았을 때요.”

“그래요. 그 두 번이면 족해요. 착용 잘하고 쉬어요.”

그가 안대와 안경을 착용하는 걸 본 후 김 간호사에게 갔다.

그녀는 두삼을 보자마자 빙긋 웃으며 외쳤다.

“좋은 생각이 났어요!”

“그래요? 그럼 일단 야식부터 시키고 들어보죠.”

배가 너무 출출한 밤이었다.

* * *

야간 당직을 서는 간호사는 모두 다섯.

두 명은 입원실을 전적으로 담당하는 간호사이고, 나머지 셋은 각 과의 간호사들이었다.

김 간호사, 김영임은 전자로 주임의 직책을 맡고 있었다.

“특실을 맡고 있는 분이라 일반 병실은 무시하는 줄 알았어요. 죄송해요, 한 선생님.”

야식이 도착해서 맛있게 먹기 시작한 지 얼마 되지 않아 김영임이 말했다.

"애초에 늦은 게 잘못이죠. 그 얘긴 그만하고 방법을 말해보세요."

"제가 이경진 선생님 담당 간호사에게 전화를 걸어서 혹시 도움이 될까 싶어 이것저것 물어봤거든요."

"그래서요?"

"이경진 선생님, 건망증이 조금 심하시대요. 환자 얼굴과 병명도 헷갈려 하신대요. 그래서 담당 간호사가 항상 환자가 들어오기 전에 병명을 알려준대요."

"그 말인즉, 진료 기록만 고치면 된다는 건가요?"

"그렇죠."

"좋은 생각이긴 한데 수정하는 거는 담당 의사만 가능해요. 그리고 수정하면 기록에 남게 되고요. 아무리 이 선생님이 건망증이 심해도 기록이 수정되어 있으면 의심을 할걸요."

"당연히 전산 팀에서 수정을 해야죠."

"아! 그럼 되겠네요. 그럼 당장 연락해서 고쳐달라고 말해야겠어요."

"저는 전산 팀에 아는 사람 없어요. 한 선생님은 있으세요? 그리고 전산 팀에서 그거 수정할 수 있는 권한이 있는 사람 별로 없을걸요."

산 너머 산인가?

"…무슨 해결 방법이 이리 어정쩡해요?"

"전 그래도 한 가지 생각했으니 전산 팀 문제는 한 선생님이 해야 하지 않겠어요? 같이 해결하기로 했잖아요. 같이!"

주는 대로 받는다더니 아까 써먹었던 방법에 자신이 당했다.

전산 팀에 힘을 쓸 수 있는 사람을 생각해 봤다.

민규식과 공동희. 민규식에게 얘기하면 무조건 가능할 테지만 현재 해외 학회에 참여 중이다.

'일단 원장님은 최후의 보루로 남겨놓고.'

늦은 시간이라 공동희에게 메시지를 보냈다.

[뭐 해? 급하니까 확인 즉시 연락 줘.]

5분 후쯤 연락이 왔다.

—이 시간에 급할 일이 뭐가 있어?

"어디야?"

—집. 방금 들어왔어.

"웬일로? 오늘 같은 주말엔 애인과 같이 있어야 하는 거 아닌가?"

—어제 같이 있었어. 연 이틀은 무리다.

자랑하는 듯한 말투에 놀려줄까 하다가 그게 급한 게 아니라서 본론을 꺼냈다.

"너 혹시 전산 팀에 아는 사람 있어?"

—연계해서 일할 일이 많으니 대부분 알지. 근데 갑자기 전산 팀은 왜?

이경진과 관련된 일을 설명했다.

—뭔 오지랖이냐. 그 양반이 '그럴 수도 있지'라고 뻔뻔하게 나올 수도 있는 일이잖아.

"그럴 수도 있지만 내가 볼 땐 아냐. 아무튼 가능해?"

—야, 그거 전산 팀에서도 함부로 만지면 안 되는 거야. 법적

으로도 문제 생겨.

"진단 좀 잘못된 거 고치는 건데 무슨 문제. 설령 일이 커져서 잘못된다고 해도 벌금형이나 받겠지. 그리고 솔직히 이런 경우가 없었다고 말할 수 있냐?"

—…가끔 있긴 하지.

사실 꽤 자주 있는 일이다.

인간의 몸을 살피는데 왜 그렇지 않겠는가.

자신의 실수를 남기기 싫은 의사들이 수정을 요구하는 경우가 있었고, 차후에 문제가 될 소지가 있는 경우가 아니라면 웬만해선 고쳐줬다.

물론 수술 관련해서는 예외였다. 그건 수기로 기록된 자료까지 있어 절대 수정 불가였다.

"할 수 있어? 없어? 아님 원장님께 연락하고."

—해줄게. 아이~ 전산 팀장 엄청 까칠한데…….

"다음 주에도 뜸 해줄게. 물론 몸에 아주 좋은 보약도 한 첩 해주고."

—병원 약재 네 맘대로 쓰는 건 안 돼!

"누가 보면 병원 이사장 아들인 줄 알겠다. 아는 형이 보내준 약재들 집에 많거든."

—그렇다면 상관없지. 이르면 오늘 밤 안에, 늦어도 내일 아침까지 처리해 둘게.

다행히 잘 해결됐다.

"왜 고생을 사서 하는 건지 모르겠다. 환자에게 좋게 된 걸로 만족하자."

오지랖도 어지간히 떨자고 다짐해 본다.

한방센터의 당직은 해도 본관의 당직과는 달랐다. 위급한 상황이 오면 움직여야 하는데 딱히 생길 일도 없었고, 혹시 큰 문제가 생긴다 해도 치료가 아닌 본관으로 이동시키는 것이 다였다.

"당직실에 가서 쉬세요, 선생님. 이제 할 일도 거의 없어요. 일 있으면 연락드릴게요."

야식을 먹고 의자에 앉아 멍 때리고 있자 김 간호사가 말했다.

"아무래도 그래야겠네요. 그럼 수고하세요."

당직실은 입원실 근처에 있어서 금방 도착했다. 간단히 씻고 누우려는데 전화가 울렸다. 무슨 일인가 싶어서 얼른 받았는데 김 간호사가 아닌 노상철이었다.

—세 번 울리고 안 받으면 끊으려고 했는데, 뭐 하나?

"당직실에서 쉴까 해서요."

—당직 참 날로 먹는군.

"…아니라고는 말 못 하겠네요."

—얼굴 좀 봤으면 하는데? 괜찮나?

"네, 가겠습니다."

'내일 뵙죠'라고 말하려다가 자리에서 일어났다. 아침엔 할 일이 많았다.

"자러 들어간 분이 왜 금세 나오세요?"

"본관에서 누가 보자고 하네요. 일 있으면 바로 연락주세요."

아까와 달리 이번엔 느긋하게 걸어갔다. 그는 아까 만났던 곳에서 서성이고 있었다. 고생이 많았는지 꽤 피곤한 얼굴이다.

"마스크를 했을 땐 나이가 있는 줄 알았는데, 요즘 들어온 인턴보다 어려 보이는군. 얼굴도 잘생겼고."

지금은 마스크를 할 필요가 없었기에 그냥 왔다.

"감사합니다. 마스크를 한 이유는 제가 한의사라서 괜한 소문이 날까 봐 그런 겁니다. 병원에서 현재 진행하는 프로젝트가 잘 진행되면 그땐 마스크를 벗어도 상관없겠죠."

"한방 마취에 관한 것 말이군."

"그렇죠."

"복잡하군. 험! 아무튼 조금 전에야 정리가 끝나서 연락이 늦었어."

"고생하셨습니다."

"내 일인데, 뭘. 한 선생이야말로 고생했지."

"고생했다는 말을 하려고 부르신 건 아닌 것 같고 무슨 일이십니까?"

"이거 주려고."

"아! 잊고 있었네요."

침통이었다.

"가급적 다 챙기려고 했는데 정확하게 몇 개인지 알 수가 있어야지. 혹 보이면 챙겨줄게."

"그냥 은으로 만들었다 뿐이지 대단한 침도 아닌데요. 나머진 신경 안 쓰셔도 됩니다. 감사합니다."

"그리고 아까 한 선생이 살린 환자 가족이 고맙다는 인사를 하고 싶다는데 어쩔래?"

"들켜도 상관없다고 생각하지만 그렇다고 드러내기는 조금 그러네요. 그 전에 행한 심폐소생술 덕분인지도 모르는데 제가 다

한 것처럼 인사를 받는 것도 싫고요. 마음은 잘 받았다고 말해 주세요."

"자네 뜻이 정 그렇다면 그렇게 전하지."

이후 말이 끊겼다. 오늘 잠깐 함께한 사이에 무슨 할 말이 그리 많을까, 이만 가보겠다고 말하려는데 머뭇거리던 그가 말했다.

"…근데 혹시 응급센터에서 일해볼 생각 없어?"

"조금 전 제가 한 말은 그새 잊으셨어요?"

"난 그딴 거 신경 안 써. 응급센터에서 환자 목숨 구하는 거보다 중요한 건 없으니까."

"전 신경 쓰이네요. 그리고 이곳만큼은 아니겠지만 저 엄청 바쁩니다."

"…아쉽군. 한 선생은 정말 응급실에 필요한 사람인데. 자네라면 분명 수없이 많은 목숨을 구할 수 있을 거야. 오늘 환자를 살린 것처럼."

"…운이 좋았습니다."

그때의 기분이 다시 떠오른다.

환자를 살렸다는 기쁨도 있었지만 그전에 느꼈던 무기력감과 부족함이 더 크게 다가왔다.

"어째 기뻐 보이지 않는군?"

"기쁘기도 합니다만… 좀 더 많은 것을 배우고 스스로를 변화시켜야 한다고 생각했습니다."

"내가 생각했던 것보다 더 대단한 친구군. 근데 가끔은 우쭐해도 되네. 특히 오늘 같은 날에는. 나는 보지 못했지만, 본 인턴이 그러더군. 소름이 돋을 만큼 감동을 느꼈다. 그리고 자신도 반드시 자네처럼 되겠다고."

"…그렇습니까? 그럼 오늘만 건방지게 굴어볼까요?"

"내 앞에서 하지 말고 다른 데 가서 해."

"방금 하신 말씀과 좀 다르지 않습니까?"

"뭐… 그건 그렇고, 오늘 같은 날 가끔 불러도 되지?"

잠깐 생각하다가 말했다.

"…네."

돌아서서 가려 할 때였다.

반쯤 먹은 피자 조각을 든 인턴이 노상철에게 외쳤다.

"노 선생님! 강변북로에서 트럭이 얼음길에 미끄러지면서 8중 추돌 사고가 났답니다. 환자 받을 여력이 있느냐고 묻습니다."

"당연히… 받을 수 있다고 해. 간식 먹는 애들한테 준비하라고 하고."

"예! 알겠습니다."

인턴이 가고 나자 복도에 멍하니 서 있는 두삼을 향해 그가 중얼거렸다.

"오늘 무슨 날인가? 한 선생, 일 좀 도와줄 수 있지?"

두삼은 고개를 푹 수그리며 말했다.

"오늘은 일복이 많네요. 옷 갈아입고 올게요."

* * *

2월의 마지막 날.

끔찍할 만큼 바빴던 주말이 지났다. 월요일이 이렇게 반가웠던 적이 있었나 싶다. 안마과로 가는데 공동희가 보였다. 가볍게 수인사를 한 후 말했다.

"고맙다."

"약속한 거나 잊지 마라."

"걱정 마. 오래 끓여야 하는 거라 내일쯤 될 거다."

"오케이! 수고해라."

헤어진 후 과로 들어가자 꽤 부산스럽다. 원흉은 세 명의 수련의의 어깨에 팔을 두르고 있는 엘튼 리였다.

"오! 저기 왔다. 걸 그룹을 떡 주무르듯 하는 우리 과의 행운아."

떡이라니, 말본새하곤.

"한 선생, 이리 와. 이번에 우리 과에서 40일 동안 함께 일하게 된 인턴들. 여긴 최영환 선생, 여긴 교현성 선생, 여긴… 아무튼 인사해."

'호불호가 확실하구나.'

이름을 듣지 못한 인턴은 살집이 있고 결코 잘생겼다고 할 수 없는 얼굴을 가지고 있었다.

"반가워요. 있는 동안 가급적 많은 걸 배우고 가길 바라요. 잘 지내봐요."

"예! 선생님!"

"말은 편하게 할게. 근데 엘튼 선생님. 전문의 과정 선생들이 없으니 우리가 한 명씩 맡게 되는 겁니까?"

"응. 자자! 그러지 말고 이 친구들에게 특실에 대해 얘기 좀 해. 그래야 우리 과를 선택할 거 아냐."

"우리 과는 아직 시험도 없잖아요."

"무슨 상관이야. 우리가 침구나 다른 걸 못하는 것도 아니고. 레지던트 과정은 우리에게 받고 시험은 원하는 걸로 보면 되지. 안 그래들?"

"…네, 선생님."

40일간 엘튼 리에게 교육받는 사람은 절대 우리 과를 선택할 일이 없을 것 같다.

"그럼 제가 담당할 인턴은 누굽니까?"

"여기 이 친구."

알 것 같았지만 물었다. 아니나 다를까 아직 이름을 모르는 인턴이 자신의 몫이었다.

"근데 한 선생 분위기가 조금 바뀌었다?"

"제가요?"

"뭐랄까? 눈빛이 더 깊어졌다? 카리스마가 생겼다? 더 잘생겨졌다?"

뭘 기대하고 물었을까. 생각이 어린 건지 일부러 저러는 건지 도통 모르겠다.

"참! 근데 토요일 날, 크레인 사건으로 부상당한 사람들 우리 병원에서 처리했다면서?"

"…그렇다고 들었어요."

"사망자 4명인데 병원에 도착해서 사망자는 아무도 없었다며? 그리고 어젠 총리까지 와서 응급센터 지정 병원으로 큰일 했다고 칭찬했대. 대단해! 우리 병원."

그랬나? 모르겠다. 교통사고까지 처리가 끝나고 나자 어디선가 불이 난 건지 화상 환자들이 들이닥쳤었다.

거짓말 하나도 안 보태고 해가 뜨는 걸 응급실에서 봤다.

그 후 VIP실과 특실에 들렀다가 이준호를 본 후에 겨우 퇴근을 할 수 있었다.

"게다가 진짜 대박인 건 뭔지 알아? 숨이 멈춘 환자를 어떤 한 의사가 침 한 방에 살려냈단다. 캬아~ 대박 아니냐? 이만 한 장침으로 가슴을 푹! 찔러서 멈춘 심장을 다시 뛰게 만들었단다."

류현수랑 붙여주면 잘 어울리겠다. 이번 얘기는 인턴들에게 통한 모양이다.

"정말이에요, 선생님?"

"근데 그런 분이 우리나라에 있나요? 혹시 중국인 아닐까요?"

"허어~ 얘네들이 모르네. 한의학이 많이 약해졌다곤 하지만 숨겨진 실력자가 얼마나 많은지 알아? 내가 아는 것만 해도 3대 문파, 8대 세가. 그리고 마지막으로 전설의 고수. 제일 재미있는 게 전설의 고수가 중국의 고수와 붙는 얘긴데 말이야."

류현수와 비교한 것이 민망할 정도로 사람을 확 잡아끄는 말솜씨였다. 자신도 모르게 그의 말에 집중하고 있었다.

'3대 문파에 8대 세가라니. 재미있긴 한데 듣고 있을 시간이 없네.'

딱! 얘기에는 별 관심이 없는지 딴 짓을 하는 이름 모를 인턴에게 손가락을 튕겨 시선을 끈 후에 그에게 진료실로 들어오라고 손짓했다.

"앉아. 이름이 어떻게 돼?"

"양태일입니다."

"양 선생, 반가워. 난 한두삼. 현역? 아님 예비역?"

"다녀왔습니다."

군대를 다녀와서 수련의 과정을 거치는 것과 졸업 후 바로 거치는 경우 둘 다 장단점이 있었다.

"잘됐네. 그럼 나이가 스물아홉? 서른?"

"스물여덟입니다. 고등학교를 조기 졸업했습니다."

"오! 공부 잘했나 보네. 서로에 대해선 천천히 알아가기로 하고 짧은 기간이지만 잘 지내봐. 혹시 필요한 거 있음 바로바로 물어보고. 가만있자. 뭐부터 알려줘야 할까? 아!"

뭐니 뭐니 해도 스케줄이 제일 중요했다. 두삼은 얼른 종이에 일주일치 스케줄을 적었다.

"자. 이건 내 스케줄이야. 비어 있는 부분은 나 혼자 움직이는 시간. 그동안은 책을 읽어도 좋고 엘튼 선생님이나 이 선생님 옆에서 배워도 좋아. 실력을 확인하고 나면 별도의 숙제를 내줄 수도 있으니까 약속 같은 건 잡지 말고."

"알겠습니다. 근데 시간표대로라면……?"

"맞아. 지금 난 가봐야 해. 조금 뒤에 올 테니까 그때 다시 얘기하자. 간다."

"…아, 네……."

뭔가 할 말이 있는 것처럼 보였지만 일단은 환자를 보러 가는 게 우선이었다.

31. 두삼을 원하는(?) 사람들

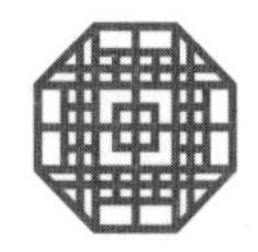

인천공항.

새하얀 개량 중국식 복장을 입은 노인이 이국적으로 생긴 미녀와 다정하게 입국장을 나오자 공항에 있는 많은 사람들의 시선이 그들에게로 향했다.

백발의 머리와 수염을 기른 신선처럼 보이는 노인의 모습에 신기해하다가 곧 서양과 동양의 매력이 섞인 미인을 보고 감탄을 터뜨렸다.

하지만 두 사람은 다른 사람들의 시선을 신경 쓰지 않고 곧장 공항 밖으로 향했다. 자세히 본 사람들은 그들 주위를 어슬렁거리면서 지키고 있는 이들이 있다는 걸 눈치챘을 것이다.

"아빠! 근데 한국에 온 김에 공개방송 가면 안 돼?"

미녀의 나이를 생각한다면 다소 그와 맞지 않는 어린애 같은

톤으로 말했다.

"허허허! 왜 안 되겠니? 아빠 일 끝나고 네 마음대로 놀다가 가자꾸나."

"아싸!"

"그렇게 좋으냐?"

"물론이죠!"

"녀석하곤. 허허허!"

조손 지간인 줄 알았던 두 사람은 부녀 지간이었다.

흐뭇하게 자신의 딸을 바라보던 노인은 낯선 사내가 다가오자 표정이 순간 싸늘해졌다. 사내는 일정 거리를 두고 멈춘 후, 고개를 숙이며 유창한 중국어로 말했다.

"중국의 천정명 회장님께서 어르신을 불편함 없이 모시라고 해서 온 조한영입니다."

"천 회장이 보냈다고? 쯧! 이럴 것 같아서 말없이 왔는데……."

"부디 거절하지 말아주십시오. 불편함 없이 모시겠습니다. 모실 차량은 준비해 뒀습니다."

여러 대의 고급 승용차가 준비되어 있었다.

"거절하는 것도 예의가 아니겠지."

"감사합니다! 호텔로 모시겠습니다."

"아니. 내 딸은 호텔로 데려다주고 난 따로 가야 할 곳이 있네."

"말씀만 하십시오. 어디로 모실까요?"

"악양!"

정확한 한국 발음이었지만 사내는 일순 말을 하지 못했다.

악양이라는 지명을 머릿속에서 검색해 봤지만 들어본 적이 없는 곳이었다.

하지만 내비게이션으로 찍으면 되는 일이었기에 얼른 대답했다.

"알겠습니다. 오르시죠."

"잠깐만. 려령아, 아빠는 갈 곳이 있으니 호텔에 가 있으려무나."

"앗! 아빠가 말하던 그 사람 만나러 가는구나. 같이 가면 안 돼? 아빠를 이겼다는 그 사람, 나도 보고 싶어."

"차로 5시간은 걸릴 텐데? 그리고 어쩌면 그곳에서 며칠 자야 할지도 몰라."

살짝 미간을 찌푸리며 묘한 표정을 짓던 장려령은 시골에서 자야 한다는 말에 마음을 바꿨다. 그녀는 벌레를 싫어했다.

"그럼 그냥 쇼핑하고 있을래요."

"허허! 늦게 되면 연락하마. 그리고 저기 있는 사람에게 필요한 걸 말하려무나."

"그럴게요. 꼭! 이기고 오세요, 아빠."

쪽! 볼에 뽀뽀를 하자 노인은 허허롭게 웃곤 주변에 있는 이들에게 24시간 철저히 경호하라는 뜻의 손짓을 보낸 후 차에 올랐다.

"악양이 경상남도 하동군 악양면입니까?"

"그렇네."

"혹시 정확한 주소가 어떻게 되는지요?"

"일단 면사무소까지 가면 내가 알려주겠네."

"알겠습니다. 한데 무슨 일로 거기까지……?"

"쯧! 천 회장이 꽤 말 많은 친구를 붙였군."

노인은 혀를 찬 후 더 이상 말하기 싫다는 듯 눈을 감아버렸다.

사내는 천 회장이 최선을 다해 모시라는 노인과 친해지면 좋겠다는 생각에 말을 했는데 오히려 역효과가 나자 얼른 사과했다.

"죄송합니다! 제가 쓸데없는 질문을 해서 심기를 어지럽혔습니다. 두 번 다시……."

"시끄럽군. 천 회장에게 말하지 않을 테니 조용하게. 그리고 이제부터 내가 묻는 말이나 지시하는 일이 아니면 입 닫고 있어."

"…알겠습니다."

기사와 사내는 숨 쉬는 것도 조심해야 했다. 그 덕에 노인은 방해받지 않고 생각을 할 수 있었다.

'한언수! 살아 있겠지? 아니, 살아 있어야 해. 당신을 이기기 위해 내가 얼마나 노력했는지 아나!'

중의학에 관해선 적이 없다고 자만이 하늘을 찌르던 시절, 치료차 한국에 왔다가 그를 만나 패배를 하고 자그마치 40년간 노력했다.

그리고 마침내 뛰어넘었다는 생각에 한국으로 온 것이다.

'과거의 나라고 생각하면 안 될 거야. 과거 당신의 실력을 뛰어넘은 건 15년 전이야!'

그때 찾아갈까도 생각했었다. 하지만 한언수라고 놀고먹진 않았을 터. 그에게 중의학의 새로운 경지를 보여주고픈 마음에 15년을 더 노력했고, 결국 기가 기만이 아님을 알아냈다.

물론 다시 패배하게 되면 일어설 수 없겠다는 두려움에 15년을 더 연마했는지도 모른다.

문득, 언제부턴가 부인하고 있던 생각, '살아 있을까?'라는 의문이 머릿속을 스쳤다. 한언수가 살아 있다면 여든. 사실 죽었다고 해도 이상하지 않을 나이다.

'아냐! 그 건강하던 사람이 벌써 죽었을 리가. 나 역시 아직 팔팔하지 않는가.'

중국에 있을 땐 이 정도면 마음이 진정이 됐는데 곧 만난다고 생각하니 자꾸 불안했다. 결혼도 늦게 하면서까지 노력했는데 그 대상이 사라진다면 얼마나 허무할까? 상상하기도 싫었다.

'만일 당신이 죽었다면…….'

악양 한언수의 집에서 봤던 그의 아들이 떠올랐다. 아버지에게 한의학을 배우던 청년이었으니 분명 가업을 잇고 있을 터였다.

'이렇게 머리가 복잡해서야 어떻게 그를 이길 수 있을까.'

악양이 가까워질수록 마음은 더욱 어지러워졌다.

이대로라면 과거의 한언수에게도 질지 몰랐다. 그는 길게 숨을 내뱉으며 내부를 관조했다.

자신의 몸속에 흐르는 기운을 바라보자 머리를 어지럽히던 상념은 점점 사라졌다.

"도착했습니다, 어르신."

"저기 앞 삼거리에서 우회전하고 그다음 삼거리가 나오면 다시 우회전하게."

세상이 좋아지다 보니 책상에 앉아 세상 구석구석을 볼 수 있게 됐다. 인공위성에서 찍은 사진엔 한언수의 집까지 나와 있었다. 그에 몇 년 전부터 이곳 악양 지도를 보며 승부를 꿈꿔왔다.

한언수의 집이 가까워지자 익숙한 길이 보였다.

"허어~ 40년 전이나 지금이나 이곳은 크게 달라지지 않았어. 저기서 왼쪽으로 올라가게."

좁은 길을 따라 5분쯤 더 가자 산 아래 위치한 한언수의 집이 보였다.

“그래! 저기 보이는 기와집이 바로 목적지네.”

40년 만에 마침내 다시 돌아온 것이다.

“여기서 기다려라.”

그는 기사와 사내를 두고 차에서 내렸다. 대문 앞은 바뀌어 있었지만 대문은 옛 모습 그대로였다.

아련한 눈빛으로 바라보던 그는 품속에 있는 침통을 살짝 만진 후 대문을 열고 들어갔다.

“…너무 조용하군.”

과거 그의 집엔 손님이 끊이질 않았다. 한데 지금은 사람을 찾아볼 수가 없다.

차에서 느끼던 불안감이 현실이 되어 성큼 다가왔다.

바닥을 살펴봤다.

깨끗하게 정리된 걸로 보아 사람이 아무도 없는 건 아니었다.

그가 지내던 본채로 올라갔다.

“…….”

본채를 본 노인의 입 끝이 가늘게 떨렸다.

빛바랜 슬리퍼와 낡은 운동화가 마루 아래에 있었지만 본채에서 인기척이 느껴지지 않았기 때문이다.

“…의원을 옮긴 거냐? 아님 도망간 거냐, 한언수!”

한언수라는 말을 외칠 때 노인의 목소리는 왠지 모르게 슬프게 들렸다. 멍하니 자신이 지냈던 방의 낡은 문을 봤다. 그땐 저렇게 낡지 않았던 것 같았는데…….

과거의 기억이 주마등처럼 스쳐 간다. 한데 그때 뒤에서 늙수

그레한 목소리가 들렸다.

"뉘쇼? 누굴 찾아왔소?"

돌아봤다. 자신보다 조금 어려 보이는 농부 옷 차림의 노인이었다. 근데 어째 낯이 좀 익다. 농부 역시 그와 비슷한 생각인지 눈을 좁히며 자세히 봤다. 그러다 먼저 소리친 건 농부였다.

"아! 한동안 본채에서 머물렀던 그 중국 청년! 맞죠? 그분 맞죠? 이름이 장… 뭐였는데."

"장강룡이오. 혹시 날 아시오?"

"맞다! 장강룡 의원님! 접니다, 저. 아래채에서 일을 하던 이봉래입니다. 의원님이 절 마당쇠라고 부르다가 한 의원님께 혼나지 않으셨습니까."

"아! 마당쇠!"

장강룡은 반가운 표정으로 소리치다가 자신이 찾아온 이유를 상기하곤 정색하며 물었다.

"한 의원은?"

"…벌써 돌아가셨습니다. 벌써 10년이 넘었네요. 아니, 정확하게는 13년 전이네요."

"…그 건강하던 사람이… 어, 어떻게?"

장강룡은 어린 시절부터 건강을 위해 무술을 배워 상당히 강했다. 웬만한 건달 십여 명을 처리하는 건 우스웠다.

한데 체력 단련을 빙자한 대결에서 한언수에겐 단 한 번도 이긴 적이 없었다.

"…인사를 할 수 있겠나?"

"물론이죠. 이쪽입니다. 의원님도 기뻐하실 겁니다."

오른쪽 끝에 있는 방의 문이 열리자 살짝 미소 띤 얼굴을 한 한언수의 영정 사진이 보였다.

"……."

장강룡은 그를 향해 절을 했다. 그리고 앞에 서서 사진 속 한언수에게 말했다.

'…자신이 더 젊어 보인다고 놀리던 당신도 많이 늙었군.'

과거의 기억이 머리를 어지럽혔다.

"가끔 농담처럼 전쟁 통에 너무 원기를 많이 소모해서 자긴 오래 살지 못할 거라고 말씀하셨는데 정말 그렇게 되실 줄은 몰랐네요. 돌아가시는 걸 아는 것처럼 한동안 정리를 하셨죠. 그러다 어느 날 주무시던 모습 그대로 돌아가셨습니다."

"……."

멍했다.

복수를 할 상대가 사라진 것에 대한 허탈감보다 그를 볼 수 없다는 사실이 슬펐다.

'고작 두려움 때문에…….'

15년 전에 왔으면 만났을 텐데. 후회가 밀려들었다.

"가끔 장 의원님 얘길 하면서 보고 싶다고 말씀하시곤 했었죠. 아! 맞다. 정리를 하실 때 혹시 장 의원님 오면 말을 전하라고 했습니다. 이거 나이를 먹어서인지 까맣게 잊고 있었습니다."

"…뭐라고 하셨나?"

"얼마나 오래 공부를 하던 자기의 상대가 안 될 거라고요. 그냥 편하게 살라고요."

"흥! 그런 개뼈다귀 같은 소리를. 내가 어떤 능력을 가졌는지 알지도 못하는 주제에! 그게 끝인가?"

"아니요. 뭐라 하셨더라? 그 뒤에 분명 뭔가를 물어보라고 했는데 음……."

"뭘 물어보라고 했는데?"

이봉래는 대답 대신에 머리를 벅벅 긁으며 떠올리려고 애썼다. 그러다 생각이 났는지 짝! 하고 박수를 치면서 말했다.

"생각났습니다. 어떤 색까지 봤냐고 물어보라고 했습니다."

"…분명 그렇게 말했는가? 허허허!"

유언을 말하는 이봉래는 모르겠지만 듣는 장강룡은 알았다.

죽은 한언수의 경지가 아무리 낮게 잡아도 자신보다 낮지 않음을.

'파란색이 끝이 아니란 말인가? 또, 뭐가 있는데? 한언수! 당신이 본 끝은 뭔데? …당신이란 사람은 유언으로도 날 무력화시키는군.'

직접 만나지도 못했는데 패배감이 들었다. 한데 패배감에 젖어들자 40년간 그를 지탱해 줬던 자존심이 불같이 일어났다.

죽은 제갈량이 산 사마의를 쫓은 일화가 생각났다.

'흥! 죽기 직전에 작은 깨달음이 있었을 가능성도 있지. 당신이 만약 진정 나보다 훨씬 높은 경지에 있었다면, 당신 아들에게 잘 가르쳤을 테지.'

한언수의 아들과 대결을 해볼 생각이었다.

"한 의원에게 아들이 한 명 있었지? 그는 지금 어디에 있나?"

"글쎄요, 사업을 하다가 망해서 어디 시골에 있다고 들은 것 같은데 정확한 곳은 모르겠네요."

"응? 의원이 아니란 말인가?"

"노력도 하고 실력도 웬만한 한의사 수준은 됐는데 시험에 번번이 떨어지는 바람에 접었죠."

"…허허허. 그런가? 허허허허."

마지막 걸고 있던 희망마저 사라져 버리는 바람에 온몸의 맥이 빠진 듯 허탈했다.

그는 마루에 털썩 주저앉았다. 아무 생각도 나지 않았다. 그저 허탈하게 웃는 것이 그가 할 수 있는 유일한 일이었다.

그때였다.

롱 코트 차림의 사내가 올라왔다. 그걸 본 이봉래가 가볍게 혀를 차며 말했다.

"쯧쯧! 또 왔어? 이미 말했잖아, 두삼이가 서울에 있다는 건 알지만 어디 있는지는 모른다고."

"…그것 때문에 온 거 아닙니다. 귀찮아서 물어본 거지 찾는 건 심부름센터에 부탁해도 됩니다."

"그럼?"

"떠나기 전에 한 번 들러보고 싶어 왔을 뿐입니다."

"한의원 망한 거냐?"

"…망한 게 아니라 서울로 옮기는 겁니다."

"그게 그거지. 아무튼 서울에 가서 두삼이 괴롭힐 생각 말고 잘살아. 부모들의 일은 부모 대에서 끝내는 게 좋아. 그리고 별거 없잖아."

"……."

이봉래의 말에 김장혁은 표정이 굳어졌다. 그러나 시골 노인네와 싸우고 싶진 않아 입을 닫았다.

사실 그가 이곳을 찾은 이유는 한언수에게 당신이 과거에 했던 짓 때문에 당신 손자가 어떻게 되는지 지켜보라고 말하기 위해 온 것이다.

"…두삼이 누군가?"

중국 무협 드라마에 나오는 듯한 복장을 한 노인이 물었다. 물론 그에게 물은 것이 아니었기에 신경을 껐다.

이봉래가 말했다.

"한 의원님 손자죠."

"직업은?"

"무슨 사정이 있는지 자기 입으론 마사지사라고 하는데, 실은 한의사입니다. 이곳에서 한동안 불치병에 걸린 사람들을 치료하곤 서울로 올라갔습니다."

이봉래는 신이 나서 두삼에 대한 자랑을 늘어놓느라 멍해 보이던 장강룡의 눈빛이 점점 살아나고 있음을 보지 못했다.

'하여간 이놈의 집구석은 정이 안 간다니까.'

김장혁은 두 노인이 하는 대화를 듣다가 고개를 절레절레 흔들며 돌아섰다.

마음속으로 경고를 했으니 그걸로 충분했다.

한데 그가 대문에 거의 이르렀을 때 뒤에서 이상한 노인네가 불렀다.

"이봐, 잠깐 얘기 좀 하지."

이놈이나 저놈이나. 화가 났지만 대문 밖에 서 있는 두 대의 차를 봤을 때 함부로 대할 사람은 아니었다. 그에 나름 공손하게 말했다.

"…절 부르셨습니까?"

"그래. 거기 자네 말고 누가 있나. 듣자하니 한언수의 손자 한두삼에게 뭔가 원한이 있나 보더군?"

"…노인장이 그걸 알아서 뭐 하시려고요."

"난 한언수에게 갚아야 할 것이 있거든. 어떤가? 같이하지 않겠나?"

"하아~ 이봐요, 노인장. 내 일은……."

장강룡은 말을 끊고 말했다.

"후후! 알아서 못 할 것 같은데? 현재 솜씨론 어림도 없지. 내가 중의학이 뭔지 가르쳐 주지."

"……."

그렇게 복수심에 불타는 두 사람이 만나게 되었다.

*　　　*　　　*

"…한의학을 우습게 알던 중국 고수는 자신이 치료하려던 사람을 한국 고수가 치료한 걸 알고 분노했어. 그래서 그에게 대결을 하자고 제안했지."

"그래서요? 한국의 고수가 받아들였습니까?"

"아니. 한국 고수는 '내가 왜?'라고 말하면서 거부를 한 거야. 하지만 중국 고수는 억지로라도 하게 만들자고 다짐했지. 그리고 진검 승부의 서막이 열린 거지."

"근데 한국 고수가 거부하는데 대결이 되나요?"

"다 방법이 있지. 들어봐."

엘튼 리는 아직도 전설의 고수 타령을 하고 있었다. 다들 흥미로운지 세 인턴은 물론 간호사들까지 귀를 쫑긋 세우고 듣고 있었다.

"중국 고수는 멀쩡한 호텔 직원의 팔을 못 쓰게 만들어서 한국 고수의 방에 보낸 거야."

"아! 기발한 방법이네요. 그래서요?"

사람들의 적당한 맞장구에 신이 났는지 엘튼 리는 커피를 한 모금 마시며 속도를 조절한 후 말했다.

"환자의 아픔을 자신의 아픔처럼 생각하는 한국 고수는 빤히 중국 고수의 수작이라는 걸 알면서도 어쩔 수가 없었지. 그에 고쳐서 보냈지."

"집요한 중국 고수가 가만히 있을 리가 없었을 것 같은데요?"

인턴 최영환이 말했다. 그러자 엘튼 리는 그의 뒤로 가 그의 어깨를 잡으며 말했다. 어찌나 자연스러운지 그가 사리사욕을 채우고 있다는 걸 눈치챈 사람은 두삼밖에 없었다.

"맞아! 중국 고수는 이번에는 더욱 복잡하게 만들어서 보냈어."

"하지만 한국 고수는 다시 풀었겠죠?"

"역시 똑똑한 애들이라 바로 아는구나. 그랬어! 그렇게 대결이 시작된 거야. 한 사람은 아프게 하고 한 사람은 낫게 하고. 크으~ 어마어마한 사투였지."

"어떤 방법이었습니까?"

두삼이 담당하게 된 인턴 양태일이 물었다.

한데 엘튼 리는 호불호가 어찌나 명확한지 그의 말을 무시하고 말을 이었다.

"7일 낮, 7일 밤 동안 대결은 계속됐어."

무협지냐?

"마침내 한국 고수는 이래선 끝이 없겠구나 생각하게 된 거야. 그래서 마침내 피를 토하는 심정으로 낫게 한 환자를 다시 아프게 만들어서 중국 고수의 방으로 보낸 거야."

"중국 고수가 풀었나요?"

"중국 고수는 삼 일 밤낮을 고민했어. 어찌나 고민을 심하게 했는지 머리카락까지 새하얗게 변해 버릴 정도였지. 그럼에도 불구하고 고칠 수가 없었어."

"패배군요!"

"그렇지. 그가 사흘 동안 풀지 못한 것을 한국 고수는 단숨에 풀며 백발이 된 중국 고수에게 말했어."

"뭐라고요?"

다들 어떤 멋진 말을 했을까 기대하면서 엘튼 리의 입이 떨어지길 기대했다.

"까불지 말고 너희 나라로 꺼져!"

"에이~ 진짜 그렇게 말했으려고요?"

"맞아요. 뭔가 작위적인 냄새가……."

"허어~ 고수의 깊은 뜻을 모르겠어? 마지막에 말로 다시 한 번 밟은 거잖아. 두 번 다시 일어나지 못하게 하려는 고도의 술책이지. 만일 내가 패배를 했을 때 저런 말을 들었다면 혈압에 쓰러졌을 거야."

하여간 갖다 붙이는 건 잘한다.

두삼은 지나가다가 괜히 시간만 낭비했다는 생각을 하며 양태일을 불렀다.

"양 선생, 일하러 가자."

"예, 선생님."

양태일을 데리고 간 곳은 안마실이었다.

"이곳은 진료실에서 보낸 환자들에게 그에 맞는 안마를 하는 곳이야. 현재 8명이 있는데 조만간 4명을 추가로 늘릴 계획이야. 혹시 안마과에 관심이 있으면 틈틈이 올라와 안마사들께 가르침을 청해봐."

"안마사에게 배워요?"

"훗! 양 선생, 안마사들보다 안마 잘해?"

"아뇨."

"그럼 어떻게 해야 할까?"

"제 말뜻은 지시를 내려야 하는데 배우게 되면……."

"부끄럽다? 체면을 중요시 하나? 재미있네. 모르면 초등학생에게라도 배워야지. 그리고 그 기술을 자신의 한의학적 지식에 녹여야 하는 거 아닐까. 싫으면 학원에 가서 배우든가."

"…기분 상하게 해드렸다면 죄송합니다. 전 그저 지시를 내리려면 더 잘 알고 있어야 한다고 생각해서요."

"이해 못 하는 바 아니니까 괜찮아. 각자의 생각이라는 게 다른 거지. 수련의라는 타이틀을 달았지만 같은 의사잖아. 난 양 선생에게 필요한 걸 배우라고 권하긴 하겠지만 그렇게 하고, 말고는 양 선생의 선택이야."

그에 대한 평가 점수를 낮춘 것뿐이지 기분은 상하지는 않았다.

어차피 인턴이란 존재가 전문의 과정을 무엇으로 할까 과를 살펴보는 과정이었다.

물론 나중에 과에 들어오고 싶다고 했을 때 받아들일지는 두삼의 선택이었다.

“자! 이번에 볼 환자에 대한 기록이야. 확인해 봐.”

“환자명 노형진. 나이…….”

“속으로. 읽어보라고 했지 보고하라는 게 아니잖아.”

“…예, 죄송합니다.”

두삼은 속으로 한숨을 쉬었다.

자신도 졸업을 했을 때 저랬나 싶다.

사실 한의대 졸업생 중 많은 이들이 전문의 과정을 신청하지 않는 경우가 많다. 굳이 필요한 과정이라고 생각지 않는 것이다. 그들은 대부분 이후 본인의 가게를 차린다.

하지만 선배로서 충고하자면 최소한 1년쯤은 다른 병원, 혹은 한의원에서 일해보길 추천한다.

“확인했습니다.”

“이 환자에게 가장 신경 쓰고 있는 점이 뭐지?”

“살 처짐인 것 같습니다.”

어라? 진료 기록 파악 능력이 제법이다.

“왜 그렇게 생각해?”

“지난주부터 잘 빠지던 살이 갑자기 멈추고 안마의 양이 1.5배로 늘었습니다. 괄호 속에 Anti-D가 처짐을 말하는 건 아닌가 생각했습니다.”

“오! 백점! 그럼 실력을 보러 갈까.”

안마실로 들어가 인사를 하고 실제 안마가 이루어지고 있는 방 중 노형진이 있는 곳으로 들어갔다.

유리창에 촬영 팀이 있었기에 찾기 쉬웠다.

안마사 우진희가 땀을 흘리며 거대한 노형진의 뱃살 부분을 안마하고 있었다.

"희진 씨, 그만 쉬세요."

"네, 선생님. 내일 봬요, 형진 씨."

"네, 안마사님. 고생하셨습니다."

노형진은 벌떡 일어나 우희진에게 인사를 했다.

그 모습에 농담을 했다.

"어째 나한테 하는 것보다 더 정중하게 인사를 하네요? 혹시 성별 때문에 그런 거면 남녀 차별인데."

"그게 아니라… 저 때문에 땀을 많이 흘리셔서."

"이거야, 원. 땀샘을 조절해서 땀을 뻘뻘 흘리든가 해야지."

"…죄송합니다."

"그렇게 말하면 재미가 없잖아요. 재미없는 농담은 여기까지 하죠. 여긴 오늘 새로 온 양태일 선생이에요. 자주 볼 테니 인사해요."

인사를 시킨 후 노형진의 처진 살들의 상태를 확인했다. 살짝 처진 정도로 자연스럽게 사라질 수준이다.

"검사 결과도 그렇고 근육은 어느 정도 붙었네요. 다음 단계로 넘어가도 되겠어요."

"…이제 고기를 못 먹나요?"

"왜 더 먹고 싶으세요?"

"안 먹고 싶다면 거짓이겠죠."

"그럼 이제부터 운동량을 두 배로 늘리세요. 특히 빠르게 걷는 걸 추천합니다. 허리와 배에 근육이 붙는 것과 동시에 피부를 탄력 있게 만들 겁니다."

"…지금도 세 시간씩 하는데요?"

"1.5배로 늘리고 먹는 양을 절반으로 줄이는 방법도 있습니다."

노형진은 잠깐 생각을 하다가 두 배로 늘리는 걸 선택했다.

"자, 그럼 이번 단계에 맞는 세팅을 하죠."

두삼이 노형진의 몸을 주무르면서 이미 해둔 세팅에서 에너지 소모량이 많아지는 부분만 5퍼센트에서 10퍼센트로 올렸다.

그리고 지방 아래 만들어진 근육을 풀었다.

이 상태에서 운동을 하면 더욱 탄력 있는 근육이 만들어진다.

"이제 침 솜씨 좀 볼까?"

양태일을 향해 말했다.

"이분에게요?"

"응. 노형일 씨, 위 활동을 느리게 하는 침을 쓸 건데 양태일 선생이 해도 되죠?"

"…절 실험체로 쓰시는 거예요?"

"끝나고 이른 점심 쏠게요. 물론 푸드코트에서지만."

"…마음껏 찌르세요."

점심 한 끼에 테스트할 신체를 얻었으니 싼 편이다.

"위 활동을 느리게 하는 침에 대해선 제가 잘 모릅니다만."

"불러줄게."

"그럼 해보겠습니다."

양태일은 오동통하고 귀여운 손에 장갑을 낀 후 드레싱 카 위에 있는 침을 까서 들었다.

'이 친구 마음에 드는데. 실력은 어떨지.'

아까 낮아졌던 점수는 금세 평균보다 높아졌다.

"임맥의 하완혈. 손가락 한 마디, 1.8센티. 족소양담경의 일월혈 수직으로 1센티."

얼마나 혈에 대해 잘 아느냐에 대한 시험이다.

그래서 한 가지 사실을 말하지 않았다. 일단 찌르는 깊이에 대한 기준. 평범한 사람 기준으로 1.8㎝다.

하나 마른 사람과 뚱뚱한 사람은 달랐다.

특히 고도비만인 노형진에게 1.8㎝를 찔러봐야 지방층에 꽂는 것밖에 되지 않아 아무런 효과가 없다.

물론 그 정도 사실을 모르진 않을 것이다. 그러나 확고한 기준이 없다면 제대로 찌르기 힘들다.

한데 양태일은 불러주자마자 척척 꽂았다.

그것도 제대로.

'이래서 엘튼이 기인 이사들이 많다고 한 건가. 보통 솜씨가 아니네. 어디 기운은 얼마나 실었는지 볼까.'

노형진에게 손을 올려 기운을 보내 양태일이 꽂은 혈 자리를 살폈다.

'엥? 이건 또 뭐야?'

침 중에 기를 머금은 것은 단 하나도 없었다. 즉, 그냥 침만 잘 꽂았다는 얘기다.

"됐다, 뽑아라. 넌 도대체 왜 한의사가 됐냐? 양의학을 배웠으면 굉장한 실력자가 됐을 텐데."

"…무슨 말씀이십니까?"

"형진 씨, 샤워하고 옷 입고 나와요. 입구에서 기다리고 있을게요."

카메라 앞에서 할 말은 아니었기에 입구 앞으로 이동했다. 방금 전에 한 말 때문에 자존심이 상한 건지 그는 굳은 얼굴로 물었다.

"왜 선생님은 제가 한의학이 어울리지 않는다고 생각하시는 겁니까?"

"몰라서 묻는 거냐?"

"예, 모르겠습니다."

"반응이 날카로운 거 보니 내가 보기엔 전에도 들은 적이 있는 것 같은데 아닌가?"

"…그것과는 상관없습니다만 선생님이 왜 그렇게 말했는지 듣고 싶습니다."

상당히 반항적이다.

하지만 두삼이 보기엔 상처를 건드리자 예민해진 새끼 고양이처럼 보였다. 두삼은 피식 웃으며 물었다.

"누가 그런 말을 했는데?"

"한 선생님!"

"목소리 줄여라. 내 질문이 끝나면 대답해 줄 테니까. 그리고 나 옛날에 성격 더러웠다. 까불다가 맞으면 쪽팔려서 얼굴은 어떻게 볼래?"

"…아버지에게요."

"아버지께서 한의사신가 보네."

"…네."

"아버지께서 이유는 말 안 해주셨어?"

"…믿지 않는데 어떻게 제대로 침을 쓸 수 있느냐고 하셨습니다."

"내 말도 바로 그거야. 양 선생, 기를 안 믿지 않아?"

"선생님은 기가 존재한다고 생각하십니까?"

"응! 당연히. 그러니까 한의사를 하고 있지."

"그럼, 증명해 보십시오."

"하하하! 양 선생, 참 재미있구나."

"선생님의 반응도 똑같군요. 증명해 보라고 말하면 하나같이 믿으라는 말만 하죠. 어차피 증명할 길이 없기 때문 아닙니까."

"그 때문에 웃은 게 아니라 어떻게 증명할까 고민하고 있었는데. 근데 아무리 생각해도 내가 증명하긴 귀찮다. 차라리 네가 증명해 보는 건 어때?"

"전 안 믿습니다!"

"알아. 그러니까 지금부터 일어나는 일을 네가 증명해 보라는 거야."

"……?"

"너, 아까 전설의 고수 얘기 들었을 때 그들이 어떤 방식으로 대결했는지 궁금해했지? 우리도 대결 한번 해보자. 가운 벗어봐."

그는 시키는 대로 했다.

"오른손잡이지? 그럼 왼손을 마비시킬게."

두삼은 의아해하는 양태일의 왼팔에 침을 꽂았다.

"이제 움직여 봐."

"도대체 무슨 도깨비놀음을… 어?!"

"안 움직이지? 이 시간부로 넌 본관으로 가. 거기서 어떤 진료를 받아도 좋고, 어떤 검사를 받아도 좋아. 그래서 네 팔이 왜 안 움직이는지 증명해 봐. 만일 네가 증명을 하거나 팔을 움직일 수 있게 되면 내가 지는 거야. 지게 되면 로비에서 벌거벗고 춤을 출게."

"제가 지면요?"

"기가 존재하고 한의사의 한 동작, 한 동작에 기가 실림을 인정해."

"기간은요?"

"네가 인정할 때까지. 다만 적어도 이틀에 한 번씩은 나에게 와. 잘못하면 진짜 불구가 되니까."

"…알겠습니다."

"밥은 안 먹고 가냐?"

밥을 먹을 생각이 없는지 양태일은 움직이는 오른팔로 가운을 챙겨 사라졌다.

왜 인턴이 기를 안 믿는지까지 신경을 써야 하는지 모르겠지만 대결의 승자가 누가 될지는 알고 있었다.

"어? 새로 온 선생님은 어디 가셨어요?"

"알아볼 일이 있다고 갔어요. 모두 내려가죠. 참! 주목받기 싫으니 카메라는 잠깐 꺼주시고요."

촬영 팀과 함께 푸드코트에 갔다.

원하는 음식을 고른 후 자리를 잡고 앉아 먹었다.

"조감독님, 기영이 형은 뭐 해요?"

"새로운 의사랑 환자 찾고 있지."

"또요?"

"케이스마다 걸리는 시간을 생각하면 부족하지."

"고생하네요. 근데 촬영 감독님, 어깨 치료 받으시라니까 왜 안 와요?"

"촬영해야지."

"나중에 고생하지 말고 시간 잠깐씩이라도 내요. 병원에 다닐 때 아님 또 언제 고쳐요."

거의 매일 보다 보니 제법 친해졌다.

"알았다. 누가 의사 아니랄까 봐. 근데 형진 씨는 아무리 봐도 맛있게 먹지 않냐? 식욕이 늘어난다니까."

"그래요?"

원래도 맛있게 먹었지만 보는 것만으로도 식욕이 늘어난다니 신기한 마음에 두삼도 그를 봤다.

그는 삼겹살 정식 3인분과 촙 스테이크를 시켜서 먹고 있었는데 촬영감독의 말을 듣고 봐서일까 한 젓가락 먹을 때마다 영혼을 담아 무척 맛있게 먹고 있었다.

특히 살이 빠지면서 얼굴 표정이 잘 드러났는데 가만히 지켜보고 있으니 그의 음식을 뺏어 먹고 싶은 충동이 생겼다.

"허~ 진짜네요."

"장난 아니라니까. 난 계속 찍고 있잖아. 계속 보고 있음 나도 모르게 침을 삼키게 된다니까. 그리고 위가 자극되는지 속이 쓰릴 정도야."

"보는 것만으로 식욕 촉진 호르몬이 분출이 되거든요. 그리고 그 호르몬이 뇌를 자극해 배가 고프다고 느끼게 되는 거예요. 그런 상태에서 식사를 하게 되면 자연 과식하게 되는데… 아!"

문득 말하다 보니 고연아의 뇌에서 발생하는 '토해라'라는 무수한 신호를 없앨 방법이 떠올랐다.

*　　　　*　　　　*

"이걸 뭐 하려고?"

박기영은 노형진의 밥 먹는 모습이 담긴 여러 개의 USB 저장 장치를 건네며 물었다.

두삼이 이틀 전에 부탁한 것이었다.

"환자 치료할 때 쓰려고요."

"…헐, 이걸로? 네가 평범하지 않다는 건 알았다만 이건 좀 심하다고 생각하지 않냐? 편집해 준 직원은 두 번 다시 하고 싶지 않은 작업이라더라."

"정상적인 방법이 안 통하니 이러는 거예요. 그리고 치료가 될지 안 될지는 해봐야 해요."

"난 모르겠다. 실패하든 성공하든 내 부탁 한 가지 들어준다는 얘긴 잊지 마라."

"물론이죠. 고마워요. 잘 쓸게요. 근데 출근을 일찍 하네요?"

"퇴근이다. 방송이 아직 한 달 넘게 남았는데 엄 PD 그 인간이 사람을 아주 들들 볶는다."

"병원에 올 때 와요. 마사지 한번 시원하게 해드릴게요."

"그걸로 부탁 땡 하려는?"

들켰다.

"…제가 그렇게 치사한 인간으로 보였어요?"

"하긴 그 정도로 치사하진 않지. 사양하지 않을게. 오늘은 이만 자러 간다."

"들어가요."

박기영이 가는 것을 보고 차에 올라 병원으로 갔다. 그리고 곧장 식당으로 가서 음식을 가지고 올라갔다.

아침을 먹이고 물리치료를 한 후 팔다리를 풀어줬다.

"확실히 많이 좋아졌어요. 근육도 어느 정도 생겼으니 이제 슬슬 몸매 만들기와 얼굴 만들기에 들어가도 되겠어요."

"…고쳐봐야 뭐 해요. 타고난 게 좋지 못한데."

"아름답지 못해도 호감이 가는 얼굴을 가질 수 있고, 잘 빠지지 않아도 건강한 몸매를 가질 수 있어요. 다 가지면 인생 너무 재미없지 않아요?"

"몸매, 얼굴 다 가진 사람들 많아요."

"그들 모두가 연아 씨처럼 재벌 3세는 아니죠. 진부한 말이지만 당신이 당신을 사랑해야 해요."

"…진짜 진부하네요. 하고픈 말이 뭐예요?"

"당신을 낫게 하고 싶다는 거예요. 그리고 한 가지 테스트를 해봤으면 해요."

"테스트?"

"네. 정신과 치료를 거부하니 다른 방법이라도 써봐야 하지 않겠어요. 여기에 든 건 누군가가 먹는 걸 찍은 영상이에요. 이걸 꾸준히 봐요."

"남이 먹는 모습, 그러니까 나더러 먹방을 보라고요? 그리고 그게 치료가 된다고요?"

"될지 안 될지는 두고 보자고요."
"싫어요!"
"싫으면 정신과 치료를 받든가요. 볼래요? 아님 치료를 받을래요? 다른 선택권은 없어요."
"…협박이에요?"
"부탁이에요."
고연아는 물끄러미 두삼을 보다가 이길 수 없다는 듯 고개를 절레절레 흔들며 말했다.
"알았어요. 볼게요."
"잘 생각했어요. 다른 방법도 생각해 볼 테니 그동안은 노력해 줘요. 점심 때 봐요."
두삼이 병실을 나가자 그녀는 그가 사라진 문을 한참 동안 바라봤다.
그때 노크 소리와 함께 그녀의 엄마, 원 여사가 비서와 함께 들어왔다.
"딸~ 아침 먹고 치료 잘 받았어?"
"항상 그렇지, 뭐."
"별소린 없고?"
"많이 좋아졌대. 그리고 앞으론 저기 USB에 담긴 영상 보래."
"뭔데? 김 비서, 틀어봐."
김 비서는 USB를 TV에 꽂고 영상을 틀었다.
"…저, 저게 뭐야!"
원 여사는 깜짝 놀라 외쳤다. 웬 뚱뚱한 남자가 음식을 먹는 모습이 나왔는데 원 여사가 보기엔 혐오 동영상인가 싶었다.

"먹방이야. 먹는 모습을 보면 식욕이 생길 거라고 생각한 것 같아."

"한 선생도 어떤 면에선 참 엉뚱해. 저런 걸 보고 식욕이 느껴지긴 하는 거니?"

"모르겠어. 하지만 나를 고치겠다고 애써 생각해 온 성의를 봐서라도 한 번은 봐야지."

"네가 언제부터 남의 말을 그렇게 잘 들었다고?"

"…그러게. 근데 한 선생이 날 위해 애쓰는 모습을 보면 싫다고 할 수가 없어."

"설마, 너……."

원 여사는 고연아의 말투에서 묘한 느낌을 받았다.

"좋아하느냐고? 엄만 내가 이런 꼴을 당해놓고 누군가를 진심으로 좋아할 수 있을 거라 생각해?"

"사람 마음이란 모르는 거다, 너."

"그런 거 아니거든! 그냥… 오래된 친구 같아. 한 선생은 어떤지 모르지만. …쓸데없는 소리 하려면 이제 그만 가. 나 영상 볼 거야."

"이제 큰소리도 치고 살 만한가 보네. 알았다, 얘. 조용히 하고 있을게."

살짝 눈을 흘긴 후 영상에 집중하는 고연아와 그녀를 보는 원 여사의 눈빛은 딸의 설명에도 불구하고 여전했다.

'한 선생에 대해 좀 더 알아보라고 해야겠어.'

가족 관계, 학력, 이력 등 기본적인 것은 이미 알아봤다. 하지만 좀 더 깊은 조사가 필요하다고 생각됐다.

'근데 저런 걸 왜 보는 거야? …맛있게 먹긴 하네.'

할 일이 없어 TV를 보던 한 여사는 곧 TV에 집중하면서 자신도 모르게 마른침을 삼켰다.

*　　　　*　　　　*

"안녕하세요, 서 선생님."

고연아를 진료한 후 바로 특실로 왔다. 걸크러시 하라의 컨디션이 회복되어 이제 고통스러운 부분에 대한 치료를 할 생각이었다.

"어서 와. 혹시 시간 돼? 부탁할 게 있는데."

"급한 거 아님 조금 이따가 하시고 저부터 좀 도와주세요."

"뭔데?"

"오늘 하라 씨가 겪는 고통을 제거할까 해서요."

"그래? 내가 어떤 걸 도와주면 되는데?"

"가슴 보형물이 어떻게 고정되어야 예쁜지 알려주셨으면 해요. 본래는 그냥 치료만 하면 되겠지 생각했는데 선생님의 꼼꼼함을 겪어보니 그냥 해서는 안 되겠더라고요."

"좋은 마음가짐이야. 흔히 가슴 보형물만 크게 넣으면 다 된다고 생각하는데 그렇지 않아. 흉부의 구조에 따라 어느 정도의 크기가 적절한지, 어떤 모양이 좋은지 완전히 달라져. 남자들은 무조건 크면 좋아하겠지만."

"크다고 좋아하는 건 오햅니다. 시각적으로……. 흠! 아무튼 이왕 치료하는데 치료 외적인 면에서도 환자가 만족했으면 좋겠어요."

"기꺼이 도와줄게."

"감사합니다, 선생님. 참! 부탁하실 건 뭐예요?"

"으응, 별거 아냐. 근데 본관에 갔다가 들은 건데, 지난 토요일 날 응급실에서 엄청난 일을 저질렀던데?"

"일손이 부족하다고 해서 도와준 것밖에 없습니다."

길게 얘기하고 싶지 않아 대수롭지 않게 말했다.

"겸손은. 사망 선고 하려던 사람도 살렸다며?"

"운이죠."

"그럴 수도 있겠지. 그런데 그렇게 생각하지 않는 사람들도 있다는 거지. 특히나 대중은 더욱더."

"갑자기 대중이 왜 나와요?"

"몰랐어?"

고개를 갸웃거리자 그녀의 설명이 이어졌다.

"몰랐나 보네. 한 선생이 살린 환자 딸이 고마움을 표하고 싶은 건지 119 구급대원과 우리 병원, 특히 한 선생에 대해 인터넷에 글을 올렸는데 그게 화제가 됐어."

"쿨럭!"

"그 덕에 현재 응급실이 죽을 맛인가 봐. 아니, 병원 전체적으로 환자가 몰려오고 있대. 뭐라고 썼는지 궁금하지 않아?"

"별로요. 들어가죠."

사실 병원으로서는 이런 소문이 나는 게 좋을 것이다. 다만 두삼 개인적으로는 좋다고만은 할 수 없는 일이었다.

그만큼 기대감을 가지고 오는데 기대에 부응하지 못할 때 돌아오는 역효과가 크기 때문이다.

방엔 강가영이 하라와 같이 있었다.

"안녕하세요, 강 이사님. 아무래도 치료 방법이 일반적이진 않아 지켜봐야 할 분이 있어야 할 것 같아 불렀습니다."

"지난번과 비슷한 치료만 아니면 돼요."

"…하하. 당연하죠. 하라 씨, 오늘 컨디션은 어때요?"

"좋아요. 잘되겠죠?"

고통과 환각제에서 벗어난 그녀는 표정이나 말투가 한결 밝았다.

"잘될 거예요. 서 선생님 아시죠? 서 선생님이 위치를 잡는 데 도움을 주실 거예요."

"자주 오셔서 얘기 많이 나눴어요. 서 선생님, 잘 부탁드려요."

"호호! 걱정 말아요. 지금보다 더 예쁘게 자리 잡게 도울게요."

두 사람의 얘기가 끝난 후 말을 이었다.

"치료를 할 때 잘래요? 아님 깨어 있을래요? 전 개인적으로 잤으면 좋겠어요."

"혼자 있는 것도 아닌데 그냥 잘래요."

"잘 생각했어요."

두삼은 그녀의 머리에 손을 올린 후 기운을 불어넣었다.

이 작업도 고연아 덕분에 엄청 실력이 좋아졌는데 몇 시간은 깨지 않게 할 수 있었다.

쿨쿨 잠든 하라. 단추를 풀어 상의를 벗기고 브라도 풀었다. 뽀얀 가슴 밑으로 전에 자해했던 자국이 보였다. 나름 어색해서 심각한 표정을 짓고 있는데 서문희가 장난스럽게 말했다.

"오! 푸는 게 능숙한데?"

"장난치지 마세요."

"풉! 뭐야? 설마 부끄러워하는 거야? 호호호! 이해해. 우리 과

레지던트들도 처음엔 다들 비슷하거든. 그럴 때 내가 우리 과 수련생들한테 뭐라고 하는지 알아?"

"빤하겠죠. 환자로 봐라, 아님 통나무라고 생각해라."

"아니거든. 여자 친구, 혹은 와이프로 보라고 해."

"…네?"

가슴을 잡고 엉겨 붙은 것을 뜯어내야 하는데 애인으로 생각하면 어쩌라는 건가.

"사적인 감정을 가지면 안 되는 거 아닌가요?"

"그건 의사로서 당연한 거야. 다만 다룰 때 그만큼 조심해서 다루라는 거야. 하루에 수십 명의 가슴을 보게 되면 무감각해져. 게다가 수술을 많이 하면 사람처럼 안 느껴져. 기계처럼 보형물을 넣고 환자의 신체를 보며 농담을 하지. 그렇게 한 수술이 제대로 될까?"

"작은 혈관과 신경들이 많이 다치게 되겠죠."

"맞아. 이상한 상상을 하고 그에 매몰되어 미친 짓을 하라는 얘기가 아냐. 수술을 할 때만큼은 소중하게 대하라는 거야. 이해하겠어?"

"대충은요."

"참 뽀얗고 예쁜 가슴이지?"

아무리 조언을 들었다고 해도 대답은 못 하겠다.

"근데 아파해. 내가 볼 땐 모양도 별로고. 그러니 거울을 볼 때마다 자랑스러워하게. 사랑하는 사람 앞에서 자신 있게 가슴을 드러낼 수 있도록 만들어주자."

"…예, 선생님."

뭔가 찌릿한 느낌을 주는 말이었다.

"시작하겠습니다."

말을 마친 두삼의 양손은 하얗게 빛났다. 그리고 그 손으로 하라의 가슴을 잡았다. 제법 큰 두삼의 손에 딱 잡히는 크기. 하라의 왜소한 체형에 비하면 살짝 큰 감은 있었다.

손가락들이 움직여서 보형물의 경계를 찾는 행위는 옆에서 보기엔 영락없이 여자의 가슴을 애무하는 것처럼 보였다.

하지만 막상 주무르고 있는 두삼은 내부를 보는 데 정신이 없었다.

원래는 그냥 신경과 작은 혈관이 눌어붙은 곳을 잡아 뜯은 후 상황을 봐서 조치를 취하려 했으나 하라가 하란이라고 생각하자 마음이 바뀌었다.

이름도 비슷하지 않은가.

'조심조심! …오케이! 제대로 떨어졌어.'

살릴 수 있는 혈관과 신경들은 주무르는 힘과 기를 이용해 살려냈다. 꽤나 지루한 작업. 하지만 소중한 사람이라는 상상만으로도 집중하게 된다.

'더 이상 하려면 오늘 하루 다 날려도 안 되겠어. 이만하고 뜯어내자.'

손가락에 힘을 줬다. 그리고 그 힘을 이용해 보형물을 살짝 들어올렸다.

찌직! 찌지직!

제멋대로 엉겨 있던 작은 혈관들과 신경이 떨어지면서 마치 테이프가 박스에서 떨어질 때와 비슷한 느낌과 소리가 났다.

“후우~”

고통을 유발하는 부분을 뜯어낸 후 가볍게 한숨을 내쉬었다. 하지만 아직 끝이 아니다.

보형물에서 떨어진 혈관과 신경들을 정리해야 했다. 마음 같아선 내시경을 이용해 다 말끔하게 긁어내고 싶지만 그럴 수 없으니 막아야 했다. 일일이 막을 수 없으니 길쭉한 두 개의 기를 만들어 아래위로 집어넣어 버렸다. 며칠 이렇게 놔두면 제멋대로 생성된 신경과 혈관은 죽을 것이다.

고통에 대한 처치를 마치고 난 후에 가슴에서 손을 뗐다. 이제부터는 굳이 가슴에 올릴 필요는 없었다.

“이제부터 서 선생님의 도움이 필요합니다.”

“반듯이 눕혀볼래?”

눕히자 가슴이 살짝 봉긋해졌다.

“원형 보형물에 스무스 타입을 썼네. 피막이 형성되면서 살짝 구형으로 됐어.”

무슨 말인지?

어리둥절해하자 서문희의 눈썹이 살짝 올라갔다.

“공부 안 했어?”

“…그게, 아시다시피 제가 성형엔 관심이 없고, 시간도 없기도 했고… 저는 성형이 아니라 치료를 하는 거고… 그래서 선생님을 모시고 온 거고…….”

괜스레 눈을 날카롭게 만들어줬나 보다. 뚫어지게 쳐다보는데 꽤 무섭다. 그래서인지 말을 하다가 점점 목소리가 작아졌다.

이미 외모를 고치는 성형수술 분야에 대해서 관심이 없나고 말을 했는데도 말이다.

"아무리 전문 분야가 아니라고 해도, 관심이 없다고 해도 본인이 하는 치료에 대해 기본적인 일은 알아야 하지 않겠어?"

"…죄송합니다. 보형물에 대해선 따로 공부를 하도록 하겠습니다."

"믿어볼게. 원형 보형물도 있고 물방울 형태의 보형물도 있고 경우에 따라선 별도로 제작하는 경우도 있어. 그리고 원형 보형물 중 피시술자의 움직임에 따라 내부의 물질이 움직이며 자연스럽게 변화하는 종류가 있는데 그런 걸 스무스 타입이라고 해. 그런 스무스 타입의 경우 피막이 형성되기 전까지 가슴 마사지를 해주면 아주 예쁜 형태가 나오지."

"그렇군요."

"알았으면 얼른 마사지해. 오른쪽을 좀 더 많이 해야 할 거야."

"…오일 가져오겠습니다."

"자! 이거 써."

예상이라도 했는지 서문희는 마사지용 오일을 가지고 왔다. 오일을 가슴에 뿌린 후 마사지를 시작했다.

"여자 친구 가슴을 마사지한다고 생각해."

"…네네."

기운을 다시 들여보내 위쪽 피막을 살폈다. 서문희가 본 대로 피막이 형성되면 살짝 운 곳이 있었기에 기를 이용해 떼어낸 후 다시 붙였다.

"좋아! 거기까지. 상체를 일으켜 볼래?"

자신은 내부를 보고 제대로 펴졌다는 걸 알았는데 그녀는 지켜보는 것만으로도 정확하게 알았다.

“왼쪽 가슴 보형물 아래쪽을 살짝 왼쪽으로 넓혔으면 하는데 가능해?”

“…그럼 뜯어야 할 것 같은데요.”

“할 수 있으면 해. 그게 예쁘니까.”

“…예.”

문득 하라의 사주라도 받은 거 아닌가 싶을 만큼 그녀의 요구는 꼼꼼했다. 그러나 원래 꼼꼼했던 그녀였기에 그러려니 하고 넘어갔다.

“한 선생, 이쪽 턱을 살짝만 부풀려 볼래?”

“이쪽요?”

“응, 거기. 보면 살이 빠지면서 턱선이 도드라졌잖아. 거기가 파여 있으면 전체적인 인상이 깡말라 보이거든.”

“해보겠습니다.”

서문희는 자신이 바라는 대로 서서히 변화하는 하라의 얼굴을 보다가 집중하고 있는 두삼을 흘낏 봤다.

‘한 선생만 도와준다면 장담컨대 1년 안에 내가 원하는 성형을 정착시킬 자신 있어. 자신의 능력을 모르는 건지, 아님 모른 척하는 건지…….’

그녀가 성형 프로그램과 비슷하다고 사전 성형이라 붙여준 그의 기술은 사실상 성형 프로그램과 비교조차 할 수가 없다.

성형 프로그램은 흔히 뽀샵으로 불리는 프로그램의 아류에 불과했다. 즉, 수술을 했을 때 이런 얼굴이 나타날 수도 있다는 가정이다.

집도의의 실력, 환자의 상태, 성형 부작용 따위는 하나도 고려되지 않은 것이다.

가령 양악 수술을 한다고 했을 때 프로그램은 말 그대로 마법과 같은 얼굴을 보여주지만 실제로는 그 절반만 나와도 성공이다. 가끔 운 좋게 프로그램 이상이 나오는 경우도 있지만 기적처럼 드문 일이다.

한데 두삼의 가상 성형은 달랐다.

턱을 깎았을 때의 상황은 알 수 없지만 그 외에는 최선의 상태를 만들어본 후 그에 맞춰서 시술을 하면 됐다.

그리고 오늘 보니 그의 기술은 기운을 이용해 코를 높이거나 주름을 없애는 것뿐만이 아니었다.

일부러 무리한 걸 시키는데 척척 해냈다.

그가 말한 것보다 훨씬 더 많은 일을 할 수 있음이 분명했다.

"됐습니다. 더 할 곳이 있나요?"

"보자. 음, 난 마음에 드는데 하라 씨는 어떤지 모르겠네. 하라 씨, 볼래요?"

두삼이 하라를 깨우곤 침대 위에 있는 거울을 건넸다.

"어머! 크게 손본 것 같지도 않는데 분위기가 완전히 달라진 것 같아요."

하라는 살짝 바뀐 자신의 모습이 마음에 드는지 거울에서 얼굴을 못 뗐다.

"어디 나도 봐봐! 와아~ 예쁘다, 하라야!"

강가영도 가세했다.

"혹시 다들 잊고 있는 것 같아 말씀드리는데 오늘 한 건 얼굴 성형이 아니라 고통 치료였습니다만?"

두삼이 말했지만 신경 쓰는 사람은 없었다.

"아! 두 시간이면 될 줄 알았는데 시간을 너무 많이 썼네요. 저 이만 가볼게요. 서 선생님, 수고하셨습니다. 혹시 괜찮으시면 오늘과 같은 시술에 맞는 약 좀 처방해 주시겠어요?"

"응. 그럴게."

"감사합니다. 부탁은 나중에 말씀해 주세요."

"한 선생, 고생했어."

말이 끝나기 무섭게 후다닥 떠나는 두삼을 보고 있자니 미안한 생각이 들었다.

'저렇게 서두르는 걸 보니 미안해지네. 나중에 사과할게, 한 선생.'

사실 그녀가 부탁하려 했던 건 치료에 참여하게 해달라는 것이었다. 거의 특실에 상주하고 있는 그녀는 그가 치료를 할 계획임을 알고 강가영과 하라와 얘기를 어느 정도 맞춰놓은 상태였다.

한데 먼저 부탁을 해온 것이다. 솔직히 그때 조금 놀랐다. 바쁜 와중에도 환자의 아픈 부위만을 보지 않고 정신적인 면까지 고려한다는 건 쉬운 일이 아니기 때문이었다.

'한의사라 그런가? 아님 한 선생이라 그런 건가? 점점 마음에 드네.'

마음에 들지 않는 것이 있다면 성형에 관심이 없다는 정도였다.

"선생님, 이대로 가능할까요? 너무 마음에 들어요."

하라의 목소리에 상념에서 깼다.

수술 부작용으로 그렇게 고통받다가 두삼을 만나 방금 치료를 받았음에도 다시 성형에 관심을 보이는 하라가 그리 정상적으로 보이지 않았다.

하지만 의사 입장에서 보면 반드시 잡아야 하는, 돈이 되고 홍보가 되는 환자였다.

'내 시술이 안전하기도 하고.'

"걱정 말아요. 차선의 방법도 있으니까요. 일단은 몸이 완전해질 때까진 지켜보다가 부족한 부분이 있으면 말해요."

사실 그녀가 한강대학병원을 그만두려는 진짜 이유는 수술을 하기 싫어서였다.

화상 환자처럼 진짜 성형수술이 필요한 사람에게 하는 것은 상관없었다. 다만 미용을 위해 하는 수술에 지쳐 버린 것이다.

수술을 한 지 거의 20년, 수많은 환자를 수술했는데 부작용이 일어나거나 수술 결과가 나빴던 환자들이 없었을까.

솔직히 꽤 있었다.

그들 중엔 재수술을 통해 괜찮아진 사람도 있었지만 결국 고치지 못하고 병원 차원에서 보상금을 지급해야 하는 일도 있었다. 그리고 결국 고치지 못한 이들 중 극단적인 선택을 한 사람이 있었는데 10년 전에 한 명, 작년에 1명 총 두 명이었다.

새로운 치료 방법이 나와 전화를 걸었는데 돌아온 건 자살했다는 부모의 눈물 가득한 목소리였다.

그 순간 오만정이 떨어져 버렸다.

그에 10년 전부터 연구하고 생각해 오던 안전한 성형을 알리고자 병원을 그만두기로 결심한 것이다.

"정말 자연스럽네요. 위험 부담도 없고요."

강가영의 말에 설명을 덧붙였다.

"그렇죠. 그리고 최근엔 자연스러움이 대세잖아요. 얼굴이 바뀜에 따라 보충하거나 기존의 시술 역시 제거하기가 쉬워요."

"한 번 시술하면 몇 년 정도 가죠?"

"2년 정도요."

쁘띠 성형이라고 불리는 주사를 통한 시술은 최근엔 몸에 자연스럽게 흡수되는 물질을 쓰는 게 일반적이다. 그래서 정기적으로 재시술을 받아야 하는데 그녀가 개발한 약물은 최소 2년 정도는 유지됐다.

"이상하다고 생각할 시 제거가 용이하고요?"

"물론이죠. 녹이는 물질만 살짝 넣어도 몸속으로 자연스럽게 흡수가 되어 사라지죠."

"좋네요. 사실은 약물보다 서 선생님이 보는 미적 안목이 놀라워요. 먼저 이렇게 눈으로 확인할 수 있는 한 선생님의 시술은 말할 것도 없고요."

강가영은 이사라서 그런지 오로지 예뻐지는 것만 생각하는 하라와 달리 사업가적인 마인드로 바라보았다.

"확실해지면 회사에 보고해서 연습생 몇 명에게 시술시켜 봐야겠어요. 맡아주실 거죠?"

"일단 확신부터 드릴게요."

눈에 들고자 했던 오늘 계획은 일단 성공이었다. 다만 두삼이 기운으로 만든 공간에 물질을 어떻게 완벽하게 넣을지가 관건이었다.

* * *

"양태일 씨가 가져온 검사 자료를 살펴봤지만 현재로서는 별다른 이상을 찾을 수가 없습니다. 아무래도 뇌 쪽이나 척수 쪽 이상이 아닌가 싶은데 신경과로 가보셔야 할 것 같습니다."

"…알겠습니다."

"원하신다면 저희 병원 신경과에 예약을……."

"아닙니다. 신경 써주셔서 감사합니다."

양태일은 검사하느라 벗었던 옷을 주섬주섬 입고 진료실을 나섰다.

벌써 사흘째, 한강대학병원에서 이틀 동안 각종 검사를 받았지만 팔이 왜 마비가 되었는지 알아내지 못했다. 그래서 국내에서 다섯 손가락 안에 드는 다른 병원을 왔지만 하는 말은 다르지 않았다.

"…답답하네. 아버지 기분이 이랬을까?"

기가 존재한다고 말하는 아버지에게 증명해 보라고 했었다. 아버지는 여러 가지 대답을 했지만 그의 이성을 만족시킬 만한 답은 없었다.

그래서 믿지 않았다.

한데 특이한 한의사를 만나게 되어 막상 자신의 팔이 왜 마비가 되었는지 과학적으로 증명하려 하니 방법이 없었다.

"흣! 기의 존재를 인정해야 하는 건가?"

스스로 과학적이고 이성적이라고 여겼는데 이번 일로 인해 머리가 복잡해졌다. 병원에서 나온 그는 다른 병원으로 갈지, 아님 패배를 인정하고 한강대학병원으로 갈지 고민했다.

잠시 머뭇거리던 그는 택시에 올랐다.

"남부 터미널로 가주세요."

패배를 인정하기 전에 먼저 들러야 할 곳이 있었다.

널부 터미널로 간 양태일은 고향인 전주로 향하는 버스에 올랐다. 그리고 전주 외곽에 위치한 한의원으로 들어갔다.

한옥을 변경해서 깔끔하게 지어져 있는 곳인데 손님이 없는지 조용했다.

"어머! 태일이 니가 이 시간에 웬일이야?"

한의원의 유일한 직원, 외사촌 누나가 양태일을 보고 깜짝 놀라 물었다.

그럴 만도 한 것이 양태일이 하기 싫다는 걸 그의 아버지가 겨우 설득을 해 보낸 수련의 자리였는데, 며칠도 지나지 않아 내려왔기 때문이다.

"너 미쳤니? 최소한 6개월은 머물기로 이모부랑 약속한 거 아냐?"

"누나가 생각하는 그런 거 아냐."

"그럼?"

"나중에 말해줄게. 아버진?"

"의원실에 계시지."

접수대 옆에 난 복도로 가자 바로 문이 보였다. 노크를 하고 들어갔다.

책을 읽다가 양태일을 본 양시철의 얼굴에 놀람과 실망감이 동시에 스쳤다.

"그만둔 거 아니에요."

"…그럼 병원에 있을 네가 왜 여기에 있는 거냐?"

"아버지께 사죄드리러 왔어요."

"네가 나한테 사죄할 일이 뭐가 있는데?"

"많죠. 기가 있으면 증명하라고 생떼 피웠던 거, 한의사 그만 두겠다고 한 거. 그 외에도 말 무지 안 들었잖아요."

"…며칠 사이에 철이 든 건 아닐 테고, 무슨 일 있었냐?"

"그러게요. 그냥저냥 흘러갈 거라고 생각했던 수련의 생활인데, 며칠 만에 완전히 바뀌어 버렸네요. 근데 아버지, 아직도 기가 존재한다고 믿으세요?"

"그래, 기는 존재한다. 너도 언젠가는 믿게 될 게다."

"멀리까지 갈 것도 없이 이제 믿기로 했어요. 사실 선배에게 말하기 전에 아버지께서 먼저 아셨으면 해서 온 거예요."

"네가 기의 존재를 믿게 되었다니 기쁘다만 갑자기 찾아와서 무슨 말을 하는 건지 모르겠구나. 자세히 말해주면 안 되겠니?"

양태일은 머리를 긁적이다가 자리에 앉았다. 그리고 두삼과 있었던 얘길 했다.

"절 담당하게 된 선생님이 제가 시침을 하는 걸 보고 단번에 기를 믿지 않느냐고 묻더군요."

"꽤 실력이 좋은 의원인가 보구나."

"좋죠. 몇 번의 시침으로 제 왼팔을 못 움직이게 만들었으니까요."

"…팔을 마비시켰단 말이냐!"

"너무 놀라지 마세요. 아무튼 이렇게 만든 후 그러더군요. 팔을 못 쓰게 된 이유를 정확하게 자기에게 설명하라고요. 그래서 사흘

동안 병원에서 검사를 받았는데 이유를 찾지 못했습니다. 제가 존재하지 않는다고 생각했던 기가 아니면 설명할 길이 없더군요."

"팔을 줘봐라."

"괜찮습니다. 제가 인정하면 풀어주기로… 했습니다."

설명을 듣는 것보다 아들의 팔이 더 걱정이 되는지 양시철은 얼른 다가와 양태일의 맥을 잡았다.

"…여러 군데의 맥을 막았구나. 네 할아버지의 방법과는 다른 방법이지만 짐작 가는 곳이 있다."

"…느껴지세요?"

"희미하게. 내가 선천적으로 기가 약해 시침 능력이 부족하다는 걸 아신 네 할아버지께서 맥 잡는 법이라도 제대로 배우라면서 전수해 주셨거든. 뜸과 경락 마사지를 통해 풀 수 있을 것 같구나."

풀 수 있다는 말에 놀라면서도 그동안 자신이 아버지를 얼마나 무시하고 있었는지 깨닫곤 얼굴이 붉어질 만큼 부끄러웠다.

"…아, 아니에요. 확실하게 패배했음을 인정하려면 이대로 가는 게 낫습니다."

"하긴 풀어버리면 그것도 이상하겠구나. 하지만 불편하지 않겠니?"

양시철은 수긍을 했음에도 안쓰러운지 팔을 놓지 않고 물었다.

'아버진 언제나 이러셨는데 그동안 난 뭘 본 건지… 이성적이었던 것이 아니라 알량한 지식으로 건방졌던 건지도.'

울컥해지는 마음에 얼른 화제를 돌려야 했다.

"근데 선배 의사 중에 야사를 좋아하는 이가 있었는데 재미난 얘기를 하더군요."

"무슨 얘기 말이냐?"

"과거 한의학계에 3대 문파와 8대 세가가 있었다는 얘기였는데, 그중 8대 세가에 전주 양씨가 언급이 되어서 말이에요. 혹시 할아버지께서?"

양태일이 어렸을 때 할아버지가 돌아가셔서 기억이 거의 없었다. 그래서 전혀 몰랐다.

다만 전주 한의원 중 양씨는 자신의 집안뿐이라 혹시나 싶어 물어본 것이다.

"8대 세가라니… 호사가들이 하는 말이지."

"맞다는 말씀이세요?"

"할아버지의 실력이 일대에서 제일 좋긴 하셨지. 이 집에도 항상 손님들이 끊어지지 않았고."

"왜 그런 말씀을 안 하셨어요?"

"…말한다고 달라질 게 있었을까?"

맞는 말이었다. 불과 며칠 전까지의 자신이었다면 듣는다고 해도 '아 그랬어요?'라고 별다른 감흥 없이 반응했을 것이다.

"그나저나 훌륭한 의원이 널 담당하게 된 것 같아 다행이구나."

"훌륭한지는 모르겠어요. 다만 저와 나이 차이도 많이 나는 것 같지도 않은데 실력은 대단한 것 같아요."

"허어~ 실력을 봤을 때 연배가 제법 될 거라고 생각했는데. 대단하구나. 네게 한 일이 마음에 들지 않더라도 기분 나빠 하지 말고 옆에서 많은 것을 배우도록 하려무나."

"믿기로 한 이상 기가 있음을 스스로 증명할 수 있도록 노력할 생각입니다."

억지로 설득해 보낸 수련의 과정이었다. 한데 집을 떠난 지 일주일도 안 된 사이에 확 바뀐 아들을 보고 있으니 만감이 교차했다.

"내일부터 출근을 해야 하니 이만 가볼게요. 제대로 휴일과 휴가가 있을지 모르지만 그때 다시 올게요. 그동안 건강하시고요."

"태일아, 잠깐만!"

양시철은 떠나려는 아들을 불렀다. 그러고는 뒤쪽 책장에서 오래된 책 몇 권을 꺼내서 건넸다.

"이건 네 할아버지가 쓰신 책이다. 네가 한의학에 대해 진중하게 관심을 보일 때 주려고 했던 것인데… 이제야 주게 되는구나. 어떨지 모르지만 실력 향상에 도움이 될 거다."

"…열심히 하겠습니다, 아버지."

"그래!"

양시철은 환하게 웃으며 양태일의 감각 없는 팔을 꽉 잡았다.

얼마 만에 보는 환한 웃음인지.

양태일은 눈시울이 붉어지는 것을 들키기 싫어 얼른 한의원을 나왔다. 그리고 한참 멀어진 후 돌아서 중얼거렸다.

"늦은 만큼 최선을 다해 배우고 오겠습니다, 아버지."

32. 약도 때론 독이 된다.

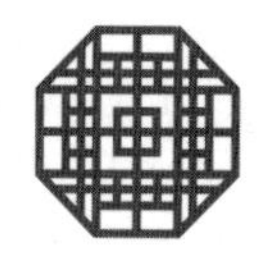

3월, 여전히 싸늘하긴 했지만 그래도 봄이라고 한결 풀린 느낌이다.

일도 마찬가지였다. 여전히 스케줄은 바쁜 거 같은데 도와주는 이들이 생기면서 여유가 생겼다.

고연아의 경우 먹방을 본 효과 덕분인지, 다른 외적, 내적 변화 덕분인지 식사 후 물리치료를 짧게 해도 구토를 하지 않게 되었다.

걸크러시의 경우 서문희와 이은수가 있어서 매일처럼 마사지를 요구하는 강가영을 제외하곤 크게 신경 쓸 것이 사라졌다.

물론 여유가 생기니 금세 또 다른 일이 생겼지만 정신없이 뛰어다닐 만큼은 아니었다.

그중 하나가…….

"한 선생, 팔에 기운 좀 넣어줘."

서문희가 너무 자주 진료실을 찾아와 사전 성형을 요구한다는 것이다.

물론 얼굴이 아닌 팔, 다리 부분이라 시간이 짧게 끝났지만 그녀의 행동이 걱정됐다.

두삼은 그녀가 내미는 팔이 아닌 다른 팔을 잡고 지금까지 넣어줬던 기운을 살폈다. 한데 기운은 사라지고 이상한 물질이 그 자리를 대신하고 있었다.

"이쪽이라니까."

"선생님, 무슨 일을 하시는지 정확하게 설명하기 전까진 해드릴 수 없습니다."

"주사한 물질 때문에 그러는 모양인데 이거 며칠이면 몸으로 흡수되어 외부로 배출돼. 이거 의약품 승인까지 받은 물질이야."

"설령 그렇다고 해도 스스로의 몸을 학대하듯이 괴롭히는 걸 두고 볼 수는 없네요."

알게 된 지 얼마 되지 않은 서문희에게 특별한 감정이 있는 건 아니었다. 다만 자신이 하는 행위로 인해 누군가가 쓸데없는 짓을 하는 건 사양이다.

"휴우~ 한 선생을 귀찮게 하긴 싫었는데."

"선생님이 자신의 몸을 학대하는 것보다 제가 조금 귀찮은 게 낫습니다."

"어머! 고백하는 거야? 이거 너무 갑작스러운데."

"…아닌데요?"

"풉! 그렇다고 그렇게 정색까지 하면 농담한 내가 뭐가 되니?"

장난스럽게 말하던 그녀는 갑자기 뭔가 아픔이 느껴지는 표정을 지으며 말을 이었다.

"다른 환자를 테스터로 이용하는 것보다 내 몸에 테스트하는 게 덜 괴롭거든."

"……."

"내가 한강대학병원을 그만두려는 이유는 위험함을 내포한 성형수술을 더 이상 하고 싶지 않아서야. 꼭 뼈를 잘라내서 조립하듯 붙여야 예뻐질까? 꼭 목숨을 잃을 각오를 하고 부작용을 감수해야만 예뻐질까? 안전하고 자연스럽게 아름다워질 순 없을까?"

두삼은 환자가 감사하다며 준 음료수를 까서 서문희에게 건넸다. 그녀는 한 모금 마신 후 말을 이었다.

"최소한의 수술과 시술을 통해서도 얼마든지 예뻐질 수 있음을 보여주고 싶어. 그리고 할 수 있다면 유행을 바꿔 버리고 싶어."

"…선생님의 생각은 알겠습니다. 한데 그것과 현재 하고 있는 일이 무슨 연관이 있는지 모르겠네요."

"솔직히 말할게. 내가 하고자 하는 시술은 쁘띠 성형이야."

"보톡스나 필러를 주사기로 삽입하는 비수술적 성형 시술 말이죠?"

"공부 좀 했나 보네?"

혼나지 않기 위해 조금 봤다. 수박 겉핥기 정도랄까.

"아무튼 쁘띠 성형의 장점은 많아. 그중 가장 좋은 건 시술 중 모양을 바로 확인 가능하고 결과에 대해 어느 정도 짐작할 수 있다는 거야. 하지만 그렇다고 해서 내가 원하는 대로 모양이 나오진 않아. 아무리 해도 한 선생만큼은 세밀하게 되지 않지."

"병원을 떠나시면 어차피 제가 계속 도울 순 없지 않습니까. 한두 명이라면 모를까."

"당연히 그렇지. 그리고 모든 환자를 한 선생에게 부탁할 순 없는 일이고."

"그럼?"

"몇 명의 샘플이 필요해. 그리고 가끔씩 한 선생의 도움이 필요하고."

무슨 말인지 이해했다. 안마과가 맨 처음 스타 마케팅을 했듯이 성형외과를 개업했을 때를 대비한 마케팅의 일환이랄까.

만일 실력이 개뿔도 없는 사람이 스타 마케팅을 통해 이름을 얻으려 한다면 절대 수긍하지 못했을 것이다. 하지만 실력 있는 이가 의술을 알리기 위해서라면 이해할 수 있었다.

두삼이 보기에 서문희는 후자였다.

그녀는 얼굴에서 매력을 찾는 능력이 있었다.

물론 아직까지 그녀의 말이 진실인지 아닌지 판단할 순 없다. 만약 진짜라면 그녀가 하려는 일에 찬성이다.

과거엔 삶을 바꿀 수 있는 성형수술에 대해 긍정적으로 생각했는데 나연섭에 이어 하라를 치료하다 보니 성형에 대해 약간 거부감이 생긴 것이다.

'부탁할 일도 있고.'

"선생님이 하신 말씀이 사실이라면 도울 생각이 있습니다."

"…진짜? 성형에 대해서 부정적이지 않았어?"

"선생님도 마찬가지잖아요. 그리고 제가 싫어한다고 해서 사람들이 성형수술을 하지 않는 것도 아니고요. 그럴 바엔 선생님을 응원하겠습니다."

"…이거 기쁘면서도 한편으로는 너무 갑작스러워서 당황스럽네."

"서로 윈윈하는 관계가 되자는 거죠. 저도 선생님 도움이 필요하고요. 혹시 지금 하는 테스트가 하라 씨에게 시술을 하기 위해서 아닙니까?"

"…맞아."

"짐작은 하고 있었습니다. 괜히 하라 씨의 얼굴에 기운을 주입하라고 하진 않았을 테니까요. 근데 뭐가 문제인 겁니까?"

"더도 말고 덜도 말고 딱 한 선생의 기운만큼 보형물을 주사하고 싶어."

시선을 천장으로 돌려 생각하다가 말했다.

"그건 쉬워요."

"어떻게?"

"거푸집처럼 만들면 돼요. 처음엔 약간 어색하겠지만 보형물이 굳고 나면 거푸집만 없애면 끝이죠."

"후우! 이럴 줄 알았으면 진즉에 의논할걸."

"그러시죠."

"미안해서 그랬지. 염치가 있지 만난 지 얼마 되지 않은 한 선생에게 이것저것 부탁하는 것도 상당히 낯 뜨거웠다고."

"에? 왜 전 그런 기색을 못 느꼈을까요?"

"내가 연기력이 좀 되거든. 그런데 날 꽤 뻔뻔한 여자로 생각했던 모양이네?"

"…하하. 그, 그렇게 생각하진 않았습니다. 성격이 좋다? 그 정도 표현이 맞겠네요."

"그래? 꽤 긍정적이네. 그럼 그 긍정적인 성격으로 지금 당장 해줄 수 있어?"

"…지금요?"

"걸크러시가 언제까지 머물 것도 아니잖아. 그리고 다른 멤버들도 불만인 부분을 고치고 싶은 모양이야."

"당장은 곤란하고 좀 이따 올라갈게요."

해주기로 한 이상 머뭇거릴 이유가 없다.

다만 진료 중이었다. 다른 건 모르겠고 성격이 급하다는 건 확실히 알 것 같다.

"알았어. 시술할 준비해 두고 기다릴게."

그녀가 가고 나자 이번에는 양태일이 들어왔다.

"선생님, 성공하고 왔습니다!"

양태일은 어제 돌아와 패배를 인정했다. 그래서 그때부터 안마실로 보내 안마사들이 하는 마사지를 배우게 했다.

"몇 번이나 성공했는데?"

"두 번입니다!"

"최소라는 말은 귓등으로 들었냐? 아무튼 내가 정한 횟수니 성공은 성공이지."

두삼은 자리에서 일어나 가운을 벗고 침상에 누웠다.

"해봐."

"마사지로요?"

"침으로 해봐. 40일 후엔 다른 과로 가는데 마사지만 가르쳤다고 욕먹긴 싫다."

"알겠습니다!"

양태일은 장갑을 끼고 드레싱 카에서 침을 꺼냈다. 그리고 옷을 위로 올리더니 거침없이 꽂았다.

12개의 침 중 두 개 실패.

'의심이 많은 사람이 믿기 시작하면 더 무섭다더니 딱 그 짝이네. 가진 기도 다른 사람들보다 월등한 것 같고.'

생각과 달리 나온 말은 질책이었다.

"집중 안 하지? 빨리 둔다고 '와! 잘한다' 칭찬해 주는 사람 없다."

"…죄송합니다. 다시 하겠습니다."

재도전.

하지만 실패.

집중을 했는데 오히려 기가 안 실린 침이 하나 더 늘었다.

"다시!"

"다시!"

진료실은 다시라는 말밖에 들리지 않았다. 결국 여섯 번째에 성공했다. 아무리 기가 있다고 믿기로 했다지만 기를 담는 건 쉬운 일이 아니었다.

"…이번엔 성공. 내 혈에 구멍을 만들 셈이야? 혹시 나한테 불만 있어?"

"…아닙니다."

"아니긴. 여섯 번이나 반복하면 환자도 그렇게 생각할걸. 침에 기를 담을 수 있다는 건 실패했을 때 부작용 역시 클 수 있다는 걸 잊지 마. 앞으론 적어도 두 번 안에 성공할 수 있도록 해."

"알겠습니다."

"그럼 올라가서 반복해. 이번엔 열 번 연속 성공하면 내려오고. 참! 다음 주부터 있는 시침을 통한 마취 회의엔 참여해."

"제가요? 그 회의 레지던트 선생님들부터 참여하는 걸로 알고 있는데요."

"나 대신 참여하라는 거야. 이 선생님이랑 엘튼 선생님껜 말해둘 거야. 싫으면 관두고."

"아, 아닙니다."

"얼마나 잘 들었는지 시험 볼 거니까 졸 생각은 말고. 가봐."

두삼이 볼 때 양태일은 재능이 있었다.

특히 철두철미한 성격 덕분인지 침을 혈에 정확하게 꽂는 것만 보자면 상위 10퍼센트의 실력이다.

현재는 써먹을 곳이 딱히 없지만 내년엔 꽤 기대가 된다. 그래서 지금부터 안마과로 오라고 꼬셔볼까도 생각했지만 그보단 마취과로 써먹는 것도 나쁘지 않을 것 같았다.

똑똑! 노크와 함께 문이 열리기에 천 간호사인 줄 알았는데 이방익이었다.

"한 선생, 내일 약속 잊지 않았지?"

"물론이죠. 내일 8시, 가게 맞은편에 있는 편의점에서 보기로 하지 않았습니까."

주말에 이경도 셰프의 식당 예약은 힘들었다. 혹시 예약이 취소되면 연락을 준다고 해서 기다렸는데 어제 전화가 온 것이다.

이를 이방익에게 말했더니 어제부터 이렇게 시시때때로 들이닥쳐 확인을 했다.

"좋아! 그럼 내일 보세."

"…네."

얼른 내일이 지났으면 좋겠다.

*　　　*　　　*

여자와 데이트할 시간도 없는데 남자와 데이트라니. 거기다 식당 드레스 코드 때문에 정장 차림에, 머리에 헤어 젤까지 발라 꾸며야 했다.

편의점 창문에 비치는 자신의 모습을 보던 두삼은 한숨을 푹 쉬며 중얼거렸다.

"후우~ 드레스 코드에 꽃다발이 없는 게 다행이라고 생각하자."

이왕 온 거 긍정적으로 생각하기로 했다.

10분쯤 기다리자 이방익의 차가 도착했다.

"여어~ 한 선생, 들어가지."

근데 웬 선글라스에 마스크? 안 그대로 험악하게 생긴 양반이 저래놓으니 범죄자 같다.

건널목을 건너자 주차를 한 그가 차에서 내렸다.

"웬 밤중에 선글라스입니까?"

"네온사인 불빛이 눈부셔서 말이야."

"마스크는요?"

"감기 기운이 조금 있어서. 기본적인 예의 아닌가."
마치 생각해 온 것처럼 즉각적으로 대답이 나왔다.
"들어가시죠."
"그러지."
안으로 들어가자 입구에 직원이 대기 중이었다.
"예약자분 성함이?"
"한두삼입니다."
"저 직원을 따라 백합실로 가시면 됩니다."
안내원을 따라 깔끔하고 고급스럽게 꾸며진 복도를 걷자 백합실이 나왔다.
내부는 정말 데이트하기에 딱 좋은 모습이다.
"토요일 스페셜 코스 2개에 코스에 어울리는 추천 와인을 주문하셨죠? 바로 준비하겠습니다."
"오! 별실이라니 돈 좀 썼군."
"…이왕 대접하는데 화끈하게 해야죠."
예약이 취소된 곳이 이곳뿐이었다. 참고로 별실은 별도의 요금이 있었는데 밥값보다 비쌌다.
"참! 선생님, 양태일 선생 다음 주 회의에 참여하라고 했습니다."
"자네 인턴? 실력이 꽤 괜찮나 보네?"
"아직은 아닌데 나중엔 꽤 잘할 것 같더라고요."
"음, 한 선생이 그리 말할 정도면 인재라는 소린데. 우리 과에 오게 꾀어봐야 하나?"
"선생님은 절 너무 과대평가하세요."

"난 자넬 평가한 적이 없어. 나보다 잘하는 사람을 무슨 수로 평가하겠나?"

"선생님께서 그리 말씀하시면……."

"내가 인정하는데 무슨 말이 더 필요해. 그 얘긴 여기까지 하지. 이제부터 오로지 음식에 집중하세."

그는 마스크를 벗고 약간의 물로 입을 헹궜다. 그리고 그가 두 번째 헹굼을 할 때 첫 번째 음식과 와인이 도착했다.

"양상추에 불가리산 요거트와 계절 과일 소스로 상큼함과 달콤함을 강조했습니다. 프랑스식 기법과 한국 전통의 기법을 조화시킨……."

그냥 모양 낸 양상추에 소스 올린 음식에 무슨 설명이 길기도 긴 건지.

두삼은 얼른 집어먹고 싶은데 이방익은 끝까지 경청하며 음식을 살폈다.

"즐거운 식사되십시오."

계속 이대로라면 즐거운 식사를 하긴 글렀다. 음식을 좋아하고 잘 만들긴 하지만, 그렇다고 방금 직원이 설명한 맛을 다 느끼기엔 무리다.

"드시죠, 선생님."

건배를 제의하며 얼른 먹기를 종용했다.

냄새를 맡는 것만으로도 음식이 줄어든다면 이방익은 코로 다 먹었을 정도로 냄새를 맡아댔다.

"그러자고."

그가 포크를 음식에 대자마자 두삼도 얼른 포크를 이용해 첫 번째 음식을 먹었다.

한입 크기.

소스의 신맛과 달콤함, 양상추의 등 아삭함 비싼 음식이라 느껴보려 했지만 그게 끝이었다.

'뭐야? 이 정도면 그냥 양상추에 쌈장 찍어먹는 게 더 낫겠다.'

솔직히 실망이다. 자신에겐 아무래도 이런 음식이 입에 안 맞나 보다 생각하고 이방익을 봤다.

눈을 감고 천천히 공기를 들이마시며 음식을 먹고 있는 그. 그가 어떤 감탄을 터뜨리나 궁금했다.

한데 예상은 빗나갔다.

그는 음식을 꿀꺽 삼킨 후 돌연 인상을 썼다. 그리고 화가 난 듯 말했다.

"역시, 지난번 내 입맛이 틀리지 않았어. 맛이 제각각 따로 놀아. 이따위 음식을 내놓고 우리나라 제일이니, 세계 10대이니 하는 말을 떠들다니!"

그에게도 맛이 없는 모양이었다.

"맛이 없으세요?"

화를 삭이지 못하고 접시를 뚫어지게 쳐다보고 있는 이방익에게 조심히 물었다.

"자넨 맛있나?"

"…글쎄요. 저야 미식가가 아니니까요."

"미식과는 상관없어. 맛있는 건 그냥 입에 넣었을 때 맛있는 거야."

"…하하! 뭔가 실수가 있겠죠. 일단 다음 건 맛있을 수 있으니 먹어보죠."

아직 9가지가 남았다. 실수가 있을 수 있으니 다른 걸 먹어보자고 제안했다.

다행히 그도 하나로 판단할 순 없다고 생각했는지 수긍했다.

두 번째는 갓 구운 빵에 소의 골수와 캐비아를 약간 올린 음식이었다.

골수의 텁텁한 맛과 캐비아가 터질 때마다 느껴지는 묘한 바다향이 갓 구운 빵의 곡물 향과 섞이며 굉장한 맛을 만들어냈다.

"맛있는데요!"

"…그럴 수밖에 오늘날의 그를 있게 한 음식이니까 그의 아래 있는 셰프들도 눈감고 만들 수 있어."

"근데 선생님, 전에 여기 와본 적 있으시죠?"

"…아, 아닌데."

말이 살짝 떨리는 것이 분명 와본 적이 있다. 그렇다면 그가 자신에게 예약을 하게 만들고 선글라스와 마스크를 한 이유도 설명이 된다.

'진상 짓이라도 한 건가? 그럴 사람은 아닌데, 아니, 음식에 관해선 예외인가?'

모를 일이다.

아무튼 다행히 세 번째, 네 번째, 다섯 번째 음식도 맛있었다. 왜 이경도가 자신의 음식점에 와서 먹어보라고 했는지 알 것 같았다.

물론 음식이 입안에서 춤을 춘다든가, 소가 자라던 목장 따위가 보이거나 하진 않았다.

그저 입안에 음식을 넣자 혀의 모든 부분에서 신호가 발하며 뇌를 자극했고, 그 순간 맛있다는 감탄과 함께 다양한 호르몬이 분비가 되어 행복함을 느끼게 만들었다.

하지만 음식이 나올 때마다 이방익은 예전에 먹던 것과 똑같다고 투덜댔다. 요리사의 자세가 아니라나.

그러면서도 접시는 꼬박꼬박 비우는 건 뭔지.

그리고 여섯 번째 음식이 들어왔다.

도미 외부는 바싹 익고 내부는 촉촉한 생선 스테이크로 한라봉과 우리나라 봄나물을 이용해 소스를 만들었다고 했다.

절반쯤 잘라서 입에 넣었다.

"……!"

첫 음식과 마찬가지로 맛이 상당히 미묘했다. 그냥 제사상에 올라간 동태전을 간장에 찍어먹는 게 더 나을 것 같았다.

물론 동태전보다는 맛있다. 하지만 전에 먹었던 수준 높은 음식 때문인지 그렇게 느껴졌다.

두삼도 이렇게 느낄진대 이방익은 어떨까.

그는 휴지에 음식을 뱉었다. 그리고 나이프와 포크를 접시에 놓아버렸다.

와인으로 입을 헹군 그가 화난 음성으로 물었다.

"이번엔 어떤가?"

"전 음식에 비해 많이 안 좋네요."

"그렇지? 이경도 이 사람 확실히 문제가 있어. 얼굴마담이거나 허명이거나."

이방익은 이경도에 대한 욕을 줄줄이 내뱉었다. 한데 호랑이도 제 말 하면 온다더니 노크 소리와 함께 이경도가 웃는 얼굴로 들어왔다.

안면이 있다고 인사를 하러 온 것이다.

"안녕하세요, 한두삼 씨. 즐거운 식사 하고 계십니까?"

"아… 네네."

"이번 주에 서비스하고 있는 제철 음식을 이용한 도미 스테이크인데 만족하셨습니까?"

두삼은 예의상 그랬노라고 답하려 했다. 한데 이방익이 먼저 말했다.

"맛없었소. 과연 주방에서 이 음식을 먹어보고 손님 상에 올리는 건지 묻고 싶을 정도요."

이경도는 무서울 만큼 딱딱하게 굳은 얼굴로 이방익을 봤다. 그러나 이방익은 이경도의 표정에 지지 않을 만큼 화난 표정을 지었다.

"…방금 뭐라고 하셨습니까?"

"이 음식은 형편없다고 했소. 먹어보시오. 당신 입맛엔 어떨지."

"……."

기에 눌린 건 아닌 것 같은데 이경도가 말을 잇지 못했다. 그러다 이방익의 얼굴을 빤히 보다가 화난 표정으로 바뀌었다.

"당신은! 전에 와서 행패를 부렸었던……! 분명 출입 불가라고 했을 텐데."

어라? 불똥이 왜 자신에게 튀는 건지.

두삼이 얼른 변명을 하려 했는데 다행히 이방익 쪽 불이 활활 타올랐다.

“행패라니! 비싼 음식을 먹으면서 이상하다는 말을 하는 게 행패요?”

“영업을 방해하는 것이 행패지 뭡니까!”

“좋소. 백번 양보해 행패라고 합시다. 그리고 내가 알아서 나가겠소. 하지만 가기 전에 마지막 한 가지만 물어봅시다. 이거 레시피 당신이 만들었소?”

“…그렇습니다.”

“훗! 그럼 당신 입맛이 이상해졌거나 손이 이상해진 게 분명하군요. 이제 두 번 다시 올 일은 없을 테니 걱정 마시오. 한 선생, 가지.”

“…아, 네.”

이거야, 원. 기껏 예약 자리가 비어 불러줬는데 이런 일이 발생하다니 면목이 없었다. 그래서 나가기 전에 이경도에게 한마디 해야 했다.

“죄송합니다. 이렇게 될 줄은 몰랐네요. 원래는 좋으신 분인데… 대신 사과드립니다.”

“…….”

자존심이 많이 상한 모양이다. 그는 인상을 굳힌 채 바닥만 바라보고 있었다.

다시 한번 고개를 숙이고 돌아서는데 그가 물었다.

“…도미 스테이크 맛이 어땠습니까?”

“그게…….”

"솔직히 말해주셔도 됩니다."

잠깐 망설였다. 그러나 그를 위해서라도 솔직히 말해야 했다.

"첫 번째 요리와 이번 요리는 다른 요리와 확실히 달랐습니다."

돌아오는 말은 없었다. 그러나 그의 표정에서 대답을 들은 것 같았다.

두삼은 조용히 백합실에서 나왔다.

* * *

고연아에게 노형진의 음식 먹는 영상을 보라고 한 건 두삼이 생각하기에도 다소 황당한 처방이었다.

한데 그 황당한 처방이 기적을 만들어냈다.

'신호가 줄어들고 약해졌어!'

불과 며칠 만에 뇌에서 끊임없이 발생하던 '음식을 거부하라!'라는 전기적 신호가 눈에 띄게 약해졌다.

'먹기 싫다!'는 생각이 만들어낸 거식증을 '먹고 싶다!'는 생각이 고치고 있었다.

"먹고 싶은 거 있어요?"

"…없어요."

이제 정상인에 비해 살짝 마른 편인 얼굴은 '먹고 싶다'고 말하고 있었다.

하지만 온몸에 경련이 일어날 만큼 심한 구토와 고통이 막고 있는지도 모르겠다.

“먹고 싶으면 연락해요. 도와주러 올게요.”

“…선생님이 무슨 흑기사예요?”

“후후! 흑기사 하죠, 뭐. 그러니까 아무 때고 불러요.”

“새벽에라도?”

“흑기사라 밤엔 위험하지만 당연히 와야죠. 오늘 하루도 영상 열심히 봐요.”

“…저 사람 얼굴을 언제까지 봐야 하는 거예요?”

“그리 오래 걸리진 않을 거예요. 그럼…….”

마지막 인사를 하려는데 문이 열리며 원 여사가 들어왔다. 한데 그녀가 들어오자 희미하지만 향긋한 고기 냄새가 풍겼다

“아! 한 선생 가려고?”

“예, 여사님. 근데 요즘 건강해 보이시네요?”

살이 쪄 보인다는 말이다.

“호호! 한 선생 덕분에 많이 건강해졌어요.”

원 여사의 말에 고연아가 발끈해서 외쳤다.

“살이 쪘다는 소리거든! 그리고 음식 냄새 풍기지 않게 해달라고 했지? 또 고기 먹고 왔지?”

“얜, 무, 무슨 소리를… 이상하다, 냄새를 완전히 빼고 온다고 한 건데……. 네가 만날 저 영상을 보고 있으니 그런 거 아냐! 보고 있으면 자꾸 먹고 싶은데 어떻게 해.”

“누가 엄마한테 저거 보래? 그냥 엄마 방에 가 있으면 되잖아!”

“싫거든! 난 우리 딸이랑 같이 있을 거야!”

티격태격하는 모녀, 시끄럽긴 했지만 이젠 살 만한가 싶어 보

기 좋았다.

'훗! 김 비서도 졌군.'

영상이 효과가 좋긴 좋은가 보다. 한방센터로 가서 곧바로 특실로 올라갔다.

막 아침 진료를 마쳤는지 이은수가 나오고 있었다.

"은수야! 일 시켜놓고 얼굴도 제대로 못 봤네."

"선배, 어서 와요. 서로 바쁘니 어쩔 수 없죠. 근데 걸크러시 퇴원은 언제예요?"

걸크러시 멤버들의 컨디션은 두삼의 생각보다 빨리 정상 수준이 되었는데 이은수의 실력이 그만큼 좋았다는 얘기이기도 했다.

"왜? 지겹냐?"

"아뇨. 안 그래도 물어보려고 했는데 약을 더 먹이면 오히려 독이 될 것 같아서요."

"퇴원은 이번 주 금요일 날 할 거야. 점심때부턴 그냥 맛있는 식단으로 바꿔."

"그래도 돼요?"

"너도 주치의야. 그런 결정은 굳이 나한테 안 물어도 돼. 참! 그동안 얼굴을 못 봐서 오늘에서야 주네. 자!"

"뭐예요? 상품권?"

전에 받은 상품권 중 남은 것이다.

이은수가 고연아와 연관은 없지만 걸크러시를 잘 봐준 덕분에 고연아에게 더 집중할 수 있었다.

"봄옷이라도 사 입어."

"괜찮아요. 지난번 현수 오빠 대신에 당직까지 서 줬는데요."

"그 대가는 받았으니까 거절하지 않아도 돼. 며칠 안 남았으니 끝까지 고생해 줘라."

"…고마워요, 선배."

"내가 고맙다. 그리고 한동안 특실에 계속 손님이 올 거니까 잘 부탁한다."

"제 일인데요, 뭘. 참! 지금 안에 원장님이랑 이방익 선생님 와 계세요."

"하아~ 노인네들 주책이라니까."

허허허! 하하하! 호호호!

특실 안으로 들어가자 두 양반의 웃음소리와 걸크러시 멤버들의 가식적인 웃음이 들렸다.

방해하기 싫어 입구 소파에서 앉아 기다렸다. 잠시 후 만면에 미소를 지은 채 두 사람이 나왔다.

"…그렇게 좋으세요? 근데 사인은 받았다고 하지 않았어요?"

"하하하! 안티 팬이 아닌 이상 어떻게 걸크러시를 좋아하지 않을 수 있을까. 그리고 사인과 사진은 많을수록 좋은 거라고."

당당하게 말하는데 뭐라 할 말이 없었다.

일어나려는데 할 말이 있는지 민규식이 앉았다.

"서문희 선생 돕기로 했다지?"

"네. 저도 도움 받을 일이 있어서요. 병원 일에는 방해가 되지 않을 겁니다."

"조금 방해돼도 상관없어. 오랜 식구가 나가서 개업을 한다는데 잘되게 도움을 줄 수 있으면 도와야지."

하여간 대인배다.

"그리고 오늘 여기 온 건 당직 날 병원을 위해 애써줘서 고맙다, 수고했다는 말을 해주고 싶어서라네."

사인지를 물끄러미 보자 그는 얼른 말을 이었다.

"험! 이건 겸사겸사 온 김에 받은 거라네. 아무튼 오늘 한 말 잊지 말게. 그럼 난 가네."

소중하듯 챙겨가는 것이 아무래도 겸사겸사는 자신 같았다.

'그나저나 잊지 말라고? 사람 살린 걸 잊지 말라는 건지, 아님 그날을 잊지 말라는 건지…….'

고맙다, 수고했다는 말은 그가 자주하는 말이었다. 근데 잊지 말라고 하는 이유를 모르겠다.

대수롭지 않게 넘기고 오늘 할 일을 위해 보나의 병실로 갔다.

"어서 와, 한 선생."

"선생님, 안녕하세요."

"안녕하세요, 서 선생님. 보나 씨, 이 선생에게 현재 상태에 대해 들으셨죠?"

"네. 신체 나이가 20대래요. 호호호!"

"앞으론 개인적으로라도 가끔 들르세요."

"당연히 그럴 거예요. 귀찮다고 쫓아내지만 마세요."

"언제든 환영입니다. 오늘 할 일을 시작해 볼까요?"

시술을 하지 않으려던 보나 역시 다른 멤버들의 시술을 본 후에 하기로 결정했다.

사실 보나는 두삼이 보기에 더 이상 손볼 곳이 없었다. 좌우가 살짝 비대칭이긴 했지만 그마저도 매력적으로 보이는 얼굴이었다.

'과연 어떻게 바뀔지.'

"왼쪽 턱 부근에 웃을 때 살짝 패는 부분이 있어 거기에 3미리 정도 두께로 막아줘. 역시 왼쪽 윗입술 아래쪽에 2미리 정도 두께로 펴주고."

"이 정도면 돼요?"

"보나 씨, 미소 지어 볼래요? 끝부분은 살짝 올려줘. 그래, 그만큼. 다음은 코끝. 물렁뼈처럼 만들거니 안쪽으로 만들어줘."

아주 약간의 변화라 과연 눈에 띌까 했는데 그 약간의 변화가 눈으로 볼 땐 확 차이 나게 보였다.

문득! 서문희가 했던 말이 떠올랐다.

'눈은 우리가 생각하는 것보다 훨씬 많은 것을 봐. 지나가는 여자를 흘낏 봤는데 묘하게 이상하다는 느낌을 받을 때가 있지? 자연스럽지 않은 건 금방 찾아내. 그럼 그런 어색한 점들을 없애면 어떻게 될까?'

서문희는 자신만의 성형 세계를 찾아낸 게 분명했다.

"됐어. 어때 보여?"

고친 부분을 최대한 머릿속에서 지우고 전체적으로 얼굴을 보려고 노력했다.

아까 전과 달라진 것이 있나 싶다.

"이목구비가 살짝 더 또렷해진 느낌적인 느낌?"

"맞아. 평소 얼굴엔 그 정도야. 그럼 이번엔 어떤지 볼래? 보나 씨, 편하게 웃어봐요."

보나는 화보를 찍듯이 웃었다. 그러자 뭔지 모르지만 아까완 달라 보였다.

"좀 더 어려 보여요. 그리고 더 훨씬 자연스럽고 예뻐 보이는 것 같아요."

"보나 씨가 원하던 게 웃을 때 예쁜 모습이거든. 한 선생보다는 얼굴 주인이 마음에 들어야겠지?"

서문희가 거울을 건네자 보나는 한참을 자신의 얼굴 상태를 살폈다. 꽤 만족스러운지 얼굴 표정이 밝았다.

"이대로 해주세요, 선생님."

"그래요. 한 선생, 시작할까?"

피시술자가 오케이를 했으니 머뭇거릴 이유가 없다.

방금 전 만들어놓은 기운 주위로 새로운 기운을 덮어씌운 후 먼저 만들어놓은 기운을 회수하면 틀이 만들어진다.

거기에 주사기로 위치에 맞게 제작된 보형물을 삽입한 후 보형물이 굳을 때까지 기다리면 끝이다.

"선생님."

"응."

서문희가 주사기로 보형물을 삽입할 때 됐다 싶으면 신호를 보냈다. 자신이 할 수도 있고 그 편이 편했지만 나중을 위해서라도 그녀가 시술을 하는 게 맞았다.

"다 됐어요, 보나 씨. 퇴원하기 전에 어색한 건 없앨 거예요."

그저 주사기로 적당량을 주입만 하면 됐기에 금세 끝났다. 완전히 굳는 데 5일에서 2주 정도, 큰 힘만 가하지 않으면 시술을 한 후 생활하는 데 아무런 문제가 없었다.

"말씀 나누세요. 전 이만 가볼게요. 일을 해야 해서."

"한 선생님! 선생님은 사인이나 사진 필요 없으세요? 선생님겐 얼마든지 해드릴 수 있다고 멤버들이 말했거든요."

나가려는데 보나가 말했다.

두삼은 검지로 눈썹 부근을 긁다가 말했다.

"…흠! 급한 일은 아니니까 그럴까요."

걸크러시가 사진과 사인을 해주겠다는데 어떻게 거절할까. 아까 민규식이 한 말에 공감했다.

*　　　*　　　*

입으로 들어가는 것 중 몸이 필요로 하는 이상 먹어서 좋은 것이 있을까?

많이 마실수록 좋을 거라고 생각하는 물조차도 많이 마시면 건강에 좋지 않았다.

몸속 나트륨이 일정 농도로 유지되어야 하는데 물을 많이 마심으로써 저나트륨혈증이 생긴다.

또한 당뇨, 신장병, 신부전증 환자의 경우 물을 많이 마시면 장기들이 붓거나 건강이 악화될 수 있다.

하물며 물도 그럴진대 독한 약은 어떨까.

한약이나 양약이나 마찬가지다.

특히 양약의 경우 과도한 복용으로 오히려 다른 병이 생기는 경우도 있었다.

"쿨럭! …어때요, 선생님?"

50대 중반의 여성은 무기력한 표정으로 물었다.

그녀는 한 달 전 심한 감기에 걸렸는데 동네 병원을 전전하다가 낫지 않아 상급 병원으로 갔다.

다행히 거기서는 약간 낫는 것 같았다. 하지만 퇴원을 하고 난 후 심하게 몸이 아파 비만 치료를 받은 딸의 소개로 두삼에게로 왔다.

"어머님, 설명은 조금 뒤에 드리겠습니다. 양 선생."

양태일에게 진료를 보라고 신호를 보냈다.

과의 특성상 자주 있는 케이스가 아니었기에 이럴 때 경험을 쌓게 해줘야 했다.

그는 환자의 피부, 눈동자, 손톱의 색깔을 살핀 후 맥을 잡았다.

"잠깐 실례하겠습니다."

그는 환자 목의 맥과 등에도 손을 올리며 꼼꼼하게 살폈다.

'확실히 기본기는 확실해. 얼마나 알아낼지…….'

맥만 잡고 어디가 아픈지 알아내는 건 두삼의 사기적인 능력 때문이지 모든 한의사가 가능한 건 아니다.

오히려 일반 한의사들의 경우 외적으로 보이는 것으로 판단하는 일이 더 많다.

"장기 전부가 약해져 있습니다. 특히 독한 감기약을 장기간 복용해서 간이 극도로 나빠진 상태이고요. 피부 복원력으로 봤을 때 신장 역시 많이 안 좋습니다."

"폐는?"

"기침할 때 소리로 보아 가래가 많고, 환자분, 입을 열어보실래요? 목은 괜찮군요."

"확실해?"

"못 본 부분은 있을지 모르지만 확실합니다."

"처방은?"

"사물탕을 기본으로 하는 쌍화탕에 기를 보할 수 있는 침을 이용하는 게……."

"침을 맞지 못할 만큼 건강이 좋지 않으셔."

"그럼……?"

"일단 간단히 몸을 보할 수 있는 죽을 드시게 해. 그 다음 수분을 보충시킨 후 땀이 흠뻑 나게 열 마시지를 한 후 영양제와 링거를 놔드려. 그리고 네 말대로 쌍화탕과 배도라지탕을 조치하면 될 거야."

"열 마시지는 비만을 위한 것이 아닙니까? 그리고 한방에서 영양제는……."

"원리는 똑같아. 내부에 쌓인 독한 약 기운을 빼내야 해. 그다음 쌍화탕을 써야지 지금 쓰면 오히려 독이 될 가능성이 높아. 그리고 링거가 어때서? 현재 환자는 설사와 복통이 심해서 탈수 증상 직전이야. 한약으로 언제 수분을 보충해?"

"……."

환자를 고치는 데 한방, 양방을 나누는 게 우습다.

'재형이 형은 뭐 하고 있을까.'

문득 보건지소에서 함께 일했던 최재형이 떠올랐다. 양방, 한방 따지지 않는 건 그와 함께 일하면서 배웠다.

상념을 털어내고 환자에게 말했다.

"어머님, 몸이 극도로 약해져 있는 상태라 아무래도 사나흘은 입원을 하셔야 할 것 같습니다."

"선생님이 그리 말씀하시면 해야죠. 쿨럭쿨럭! 아이고! 가슴이야. …폐가 이상이 있나?"

"여기 양 선생을 따라가시면 금방 수속해 드리고 바로 치료실로 안내할 겁니다. 저녁에 시간되면 찾아뵙든지 아님 내일 아침 식사 후에 찾아 뵐게요."

"…수고했어요."

그녀의 등에 살짝 손을 올려 기침을 하지 않게 폐의 막과 목에 감각을 약화시켰다.

폐는 아픔을 느끼지 못하는 기관으로 기침을 심하게 할 때 가슴이 아픈 것은 가슴막이 아픈 것이다.

"으으! 오후 일과도 끝이네."

"…난 환자도 아니라는 거냐?"

기지개를 켜는데 공동희가 들어왔다.

"넌 아픈 친구지. 앉아. 걷는 건 어때?"

"한결 편해. 오래 서 있거나 걸어도 예전보다 덜 피곤한 거 같고."

"어디 보자."

공동희의 어깨에 손을 올려서 주물러 봤다. 말랑말랑했다.

"허리 좀 보게 서봐."

"컨디션 안 좋아? 예전에 어깨만 만져도 다 알더니."

"힘을 아끼는 중이랄까."

"왜, 악당이랑 싸우려고?"

"비슷해."

필요한 경우가 아니라면 기운이 남아돈다고 함부로 쓰지 않고 있었다. 언제 어디서 죽음과 맞닥뜨릴지 모를 일이다.

두 번 다시 기운이 떨어져서 아무것도 못 하는 일이 발생하기를 원하지 않았다.

"허리도 이만하면 괜찮고. 관절도 나쁘지 않고. 오케이! 1단계 치료 완료!"

"진짜? 이제 이 속에 입은 요상한 옷은 벗어도 되는 거냐?"

"그럴 리가. 1단계라고 했잖아. 2단계가 완료될 때까진 계속 차고 다녀."

"여름에 이거 차고 어떻게 다녀?"

"그럼 2단계를 빨리 완료하든가. 아님 위에 얇은 정장이라도 입고 다니든가."

"…몇 단계까지 있는데?"

"글쎄다. 상황에 따라 다르지. 자! 2단계 방법 가르쳐 줄 테니까 차렷 자세로 서봐."

그는 차렷 자세를 취했다.

"거기서 어깨 넓이로 벌려. 야! 네 어깨가 무슨 헐크냐? 적당히 벌려."

"…나 어깨 넓거든!"

"응, 착각이야. 그다음 살짝 무릎을 굻어. 살짝! 무릎 굻으라는 말에 무릎이 자동으로 접히는 거 보니 어디서 건방지다고 맞을 일은 없겠다."

"…난 스쿼트 자세 취하라는 줄 알았지. 이 정도?"

"그래, 그 정도. 그 다음 손은 깍지를 끼고 엄지는 서로 맞닿게 해. 그래, 그 자세."

"이게 운동이 돼?"

"계속 서 있어도 그런 말이 나올까? 아무튼 그 자세 앞으로 틈틈이 자주 해. 많이 할수록 좋아."

"나도 바쁜 사람이거든. 한 시간쯤 하면 돼?"

"두 시간. 참고로 그 자세 오래하면 할수록 정력이 엄청 강해져. 굳이 약이랑 뜸을 뜰 필요도 없어."

"…진짜?"

그제야 귀가 솔깃한 모양이다.

"내가 언제 거짓말하디? 앞으로 여긴 금요일 날 하루만 와. 혹시 게으름 피우면 아픈 방법을 준비해 둘 테니까 그리 알고."

정력 얘기를 했으니 절대 게으름을 피우진 않을 것 같지만 그래도 경고를 했다.

사실 어떤 운동이든 허벅지 관련 운동은 정력에 좋을 수밖에 없다. 허리는 거들 뿐, 허벅지의 피의 흐름이 얼마나 왕성한지가 관건이다.

남성 생식기를 세 번째 다리라고 표현하는 게 틀린 말이 아니었다.

'내가 남의 정력 걱정할 때가 아니지. 움직이자.'

이제 저녁 타임이다.

공동희의 치료가 끝난 덕분에 간만에 이른 저녁을 먹고 고연아에게 저녁을 먹인 후 신경과로 향했다.

"안녕하세요, 선생님. 오늘은 조금 일찍 왔네요?"

"한 가지 일이 끝났거든요. 전 간호사님, 늦게까지 고생이시네요."

"고생은요. 야근 덕분에 요즘 당직은 안 서요. 그리고 야근 수당도 확실히 챙기고요. 특히 이것도 권력이라고 이것저것 갖다 주는 분들이 많으세요."

신경과 수간호사인 전경희는 매일 만나다시피 하니 꽤 친했다.

"뒷돈 주시는 분은 없어요?"

"왜 없겠어요? 대기 인원이 지금 몇 명이나 있는 줄 아세요? 벌써 올해 예약이 다 찼어요."

"벌써요?"

얼마 전에 6개월 예약이 되었다고 들었는데 벌써 1년 예약이 다 되다니.

"벌써가 뭐예요. 비공식적으로는 2년 치가 넘었대요."

"비공식적인 건 뭐예요?"

"듣기론 선생님의 스케줄이 어떻게 될지 몰라 내년까진 확정을 할 수 없어서 그런대요. 근데 어디 가세요?"

"글쎄요, 갈 생각은 없는데 무슨 일이 있을지 모르는 일이잖아요."

"그렇긴 하죠. 아무튼 치료받기를 원하는 사람들이 많으니 돈 들고 오는 사람들이 없겠어요?"

"혹시 많이 주는 사람 있으면 받고 데리고 오세요. 전 간호사님을 위한 일인데 한두 명 더 치료 못 하겠어요?"

"…진짜요?"

"당연하죠! 전 두말하지 않습니다. 단! 많이 받으면 다른 간호사들과 적당히… 아시죠?"

"선생님도, 참! 한 명 해주면 두 명 해줘야 해요. 그리고 곧 네 명으로 늘겠죠. 그러다 기다리는 환자들 귀에 들어가면 전 바로 끽! 이에요."

전숙희는 손으로 목을 그으며 말했다.

"하하하! 그럴 수도 있겠지만 혹시 생기면 주저 없이 데리고 오세요."

세상 일이란 모르는 법이다. 꼭 돈 때문이 아니더라도 그럴 경우가 생길 수도 있었다.

"시작하죠. 오늘도 스무 명인가요?"

"그렇죠."

"대기 인원도 많다는데 오늘은 스물다섯 명으로 하죠. 그래 봐야 얼마나 줄어들지 모르지만."

"조금은 낫겠죠."

병원에서도 돈을 벌어야 하니 치료 횟수는 총 15회 정도로 3주에 걸쳐 치료가 이루어졌다.

즉 3주에 20명 정도 고치고 있었다.

더 늘리고 싶어도 그럴 수 없고, 김영태 교수는 그럴 시간에 연구소에 더 집중하길 바랐다.

환자 한 명을 보는 데 걸리는 시간은 대략 5분. 워낙 익숙해져 이젠 어느 신경세포가 이상이 있는지 척 보면 알 수 있을 정도였다.

물론 처음엔 무슨 치료가 이렇게 빨리 끝나느냐고 따지는 이들도 있었다. 하지만 다음 날부터 줄어드는 경련과 발작에 보호자들의 불만은 쏙 들어갔다.

"전 이만 연구소로 갈게요."

"내일도 스물다섯 명 하실 거예요? 그럴 거면 환자들 더 입원하라고 연락해야 하거든요."

"그러세요."

25분 더 투자하면 되는 일이었다.

3단계로 접어든 연구소의 일은 여전히 지루하다. 2단계는 며칠 만에 끝났다.

김영태 교수가 전에 만든 약이 효능이 있느냐 없느냐를 살펴보는 일이었는데, 효능이 없고 있더라도 미비한다는 결론을 내렸다.

3단계는 음식, 혹은 민간요법의 약 따위를 먹으며 효능 있는 음식을 찾는 일이었다.

임상 실험 참여자들이 음식을 먹으면 그 음식이 뇌에 어떠한 영향을 미치는지를 파악해야 하는데 보통 일이 아니었다.

처음엔 음식 중 뇌전증 약과 같은 호르몬을 발생시키는 음식만 찾으면 된다고 생각해서 쉽게 생각했다. 한데 이건 정말 1차원적인 생각이었다.

인간의 호르몬은 생각보다 훨씬 복잡했다.

가령, 아편의 주성분인 모르핀보다 100배나 강력하다는 엔도르핀의 경우 많이 분비가 되면 고통이 감소되거나, 스트레스가 풀릴 거라고 생각하지만 그건 하나만 아는 것이다.

엔드로핀이 높다고 해도 다른 호르몬의 수치가 낮으면 오히려 우울함, 불안감을 느낄 수도 있었다.

즉, 음식을 먹었을 때 같은 호르몬을 분비한다고 할지라도 그것의 양에 따라 전혀 다른 효과를 낼 수 있다는 얘기였다.

'이래선 모래사장에서 바늘 찾기가 아냐. 지구에서 바늘 찾기지. 시간 낭비야.'

환자의 상태를 살피던 두삼은 결심을 하고 김영태 교수에게로 갔다.

김영태 교수는 뇌전증에 좋다는 식품에서 물질을 추출하고 새로운 물질을 만들고 있었다.

연구소에서 두삼만 열심히 일하고 있는 건 아니었다. 두삼은 두삼대로, 김영태 교수는 그대로 각자의 영역에서 노력하고 있었다.

"교수님, 드릴 말씀이 있습니다."

"휴게실에 가서 잠깐만 기다리게. 이것만 하고 바로 가겠네."

휴게실로 가 있자 그는 15분 만에 왔다. 그는 내린 커피를 컵에 따르며 물었다.

"후우~ 늦었네. 하던 일이라 멈출 수가 있어야지. 그래, 무슨 일인가."

"현재 제가 하고 있는 일, 방법을 바꿔야겠습니다."

"뭔가 생각한 것이 있나 보군? 어떤 방법인가?"

"환자가 먹은 음식을 추적하는 일은 너무 무의미합니다. 그래서 제가 먹고 파악해 볼까 합니다."

"자네의 능력에 대해 내가 자세히 모르니 자네 의견대로 하는 게 맞겠지. 한데 뇌전증에 효과가 있는 음식을 찾는데, 자넨 뇌전증이 없잖은가?"

"간단히 만들 수 있습니다."

"자네 뇌에 뇌전증을 만들겠다고? 말도 안 되는 소리! 그건 내가 용납 못 하네."

"위험할 것 없습니다. 그저 움찔하는 정도의 상태만 만들 겁니다. 물론 그것도 음식을 먹을 때만 그럴 거고요. 뇌전증 초기 현상에도 제대로 작용하는지도 결국엔 임상 실험을 해야 하지 않습니까."

"무슨 말인지 알아. 자네라면 충분히 그럴 수 있겠지. 그러나 만에 하나 잘못되면 어쩌려고. 만일 그렇게 되면 자네는 물론이고 민 원장의 얼굴도 못 볼 걸세."

"현재 치료를 하는 사람이 누구인지 잊으셨습니까? 걱정 마십시오. 절대 무리하지 않을 거고 느긋하게 알아갈 겁니다."

"안 되네! 그래도 그건 허락할 수 없어. 혹시 힘들면 쉬게. 쉬면서 생각을 정리해 보고."

참 고집스러운 양반이었다. 그러나 두삼 역시 양보할 수 없었다.

많은 시간 투자하는 건 아니지만 그 시간에 뇌전증 환자를 치료하거나 차라리 휴식을 취하는 게 낫다고 생각했다.

한참 설왕설래가 이어졌다.

"선생님, 제가 스스로를 망칠 이유가 없지 않습니까. 그럴 생각은 추호도 없고요. 그러니 일단 지켜봐 주십시오. 제가 먹는 음식에 대한 보고서는 매일처럼 하겠습니다."

"…자네 고집이 보통이 아니군."

제가 하고픈 얘깁니다.

"좋아. 자네가 원하는 대로 해보게. 단, 자네 몸에 조금이라도 이상이 생기면 그만둬야 하네. 아니면 자넨 연구 팀에서 아웃이네. 생사람 잡기 위해 하는 연구가 아닐세."

"당연하죠."

연구를 위해 스스로를 희생한다?

추호도 그럴 생각이 없다. 연구는 연구일 뿐이다. 게다가 수많은 단계 중 한 단계에서 자신을 약간이라도 희생하는 건 수지타산이 맞지 않았다.

"허락한 마당에 무슨 말을 더할까마는 욕심을 내지 말게. 욕심은 스스로를 망친다네."

그는 끝까지 충고를 잊지 않았다.

다음으로 향한 곳은 이준호의 병실.

적외선 안경이 도움이 되었는지 그의 딱딱하던 노폐물이 대부분 말랑말랑해졌다.

게다가 일부를 제거하기도 했기에 치료는 상당히 고무적이었다.

"오늘은 일부 시신경을 누르고 있는 노폐물을 제거해 볼 생각이에요."

"…시력이 약간이나마 회복될 수 있다는 겁니까?"

"글쎄요. 오랫동안 눌려 있어서 신경이 제 기능을 못할 가능성도 배제할 수 없습니다."

시신경이 죽었을 가능성이 높다는 말을 돌려 말했다. 하지만 알아듣지 못할 리가 없었다.

"…그렇군요."

"일단은 무조건 뚫어야 하는 거니 뚫어보죠."

물렁해졌다곤 하지만 기운을 뜨겁게 만들어 불태우는 일은 많은 기운을 소모하는 일이었다.

'조금씩, 조금씩!'

쇼생*탈출이라는 영화의 주인공이 탈출 통로를 뚫듯이 무리하지 않고 야금야금 뚫었다.

그때 전화가 진동했다.

"미안해요. 전화받고 계속하죠."

번호를 확인한 두삼의 눈이 커졌다. 고연아의 전화였다. 혹시나 싶어 얼른 받았다.

—언제든 연락하라고 했죠? 지금 스테이크가 너무 먹고 싶어요.

"당장 갈게요! 참, 고기를 사갈까요?"

—이미 다른 사람이 가져오고 있는 중이에요.

"알았어요! 준호 씨, 오늘은 여기까지 해야겠어요. 급한 일이 생겨서."

"…그러세요, 선생님."

"내일은 시간 넉넉하게 낼게요."

서운해하는 이준호를 다독인 후 급하게 VIP실로 향했다. 한데 너무 서둘렀을까, 뒤에서 외치는 이준호의 목소리를 듣지 못했다.

"아! 한 선생님! 안경 배터리를 교체해 주셔야……."

*　　　*　　　*

치이이이이이익~

김 비서가 올린 붉은 소고기가 버터가 녹아 있는 불판에 놓이자 맛있는 소리를 내며 익기 시작한다.

그녀는 갖은 양념을 뿌리다가 아랫부분이 약간 탔다 싶을 정도로 노릇노릇하게 익자 고기를 뒤집었다.

'고기 집에서 일한 적이 있나?'

비서도 아무나 하는 건 아닌 모양이다.

고기와 야채가 익자 나이프로 먹기 좋게 썰어서 접시에 담아 고연아의 앞에 놓였다.

포크를 들고 고기를 찍은 고연아가 두삼을 봤다.

"제대로 잘 익은 것 같네요. 연아 씨가 원한다면 익었는지 확……."

"…준비가 됐는지 확인하려고 쳐다본 건데요."

"……."

이런 개망신이.

고기에서 뿜어져 나오는 향기에 잠깐 이성의 끈을 놓은 모양이다.

"드려요?"

"아, 아뇨. 맛있을 때 얼른 먹어요."

고연아는 고기를 조심스럽게 입으로 가져갔다. 한데 두려운지 입에 넣진 못했다.

"조치는 순식간에 이루어질 거예요. 그러니 걱정 말고 먹어요."

두삼은 그녀의 등에 살짝 손을 올렸다.

다소 안심이 되었을까, 그녀는 TV로 시선을 돌려 노형진이 스테이크를 먹는 모습을 본 후 고기를 입에 넣었다.

우물우물!

고기를 씹는 아주 평범한 행위였지만 그녀의 뇌파를 확인하고 있는 두삼은 살짝 긴장을 했다.

현재 그녀의 머릿속은 전쟁터였다.

'거부하라!'는 신호와 '맛있게 먹어라!'는 두 개의 신호가 몸으로 연신 향하고 있었다.

고연아는 고기를 입에서 다 소화시키려는지 쉽게 삼키지 못했다.

하지만 뱉지 않는 이상 결국은 삼켜야 했다.

꿀꺽! 형체를 잃은 소고기는 식도를 타고 위로 내려갔다. 그 순간 방 안에 있는 원 여사도, 김 비서도, 당사자인 고연아도 긴장했다.

"……!"

뇌파 전쟁의 승리자는 '맛있게 먹어라!'였다.

"어서 더 먹어봐!"

원 여사의 말에 고연아는 다시 고기 한 점을 입에 넣었다. 그리고 적당히 씹다가 삼켰다.

물론 이번에도 아무 일도 없었다.

고연아의 고기 먹는 속도가 점점 빨라졌다. 그리고 그럴 때마다 '토해라!', '먹지 마라!'라는 신호는 점점 약해졌다.

접시를 깔끔히 다 비웠다.

두삼은 손을 떼며 말했다.

"축하해요. 방금 거식증을 이겨냈어요."

"…이렇게 쉽게요?"

"쉽진 않았던 것 같은데요?"

조금은 어이없는 방법으로 거식증을 이겨냈지만 쉬웠다고 보기엔 그동안 고생이 너무 많았다.

"…얼떨떨해요."

"솔직히 나도 그래요. 하지만 저 영상만으로 거식증이 나았다곤 생각하지 않아요. 연아 씨가 살기 바라는 마음이, 낫길 바라는 의지가 더해졌기에 가능했다고 생각해요. 그러니 두 번 다시 아프지 말아요. 알았죠?"

"…노력할게요. 그리고 고마워요, 한 선……."

고연아가 고맙다는 말을 할 때 원 여사의 기쁨의 함성이 터졌다!

"드, 드디어……! 딸, 축하해. 그리고 고마워! 나아줘서, 이겨줘서 고마워! 흑! 다행이다, 정말 다행이다."

환호는 곧 기쁨의 눈물로 바뀌었다.

"…왜, 왜 울고 그래?"

"기뻐서 그런다, 이것아! 흑!"

"울지 마! 엄마가 울면……."

다음 말이 생각나지 않는지 입을 삐쭉거리던 고연아의 눈에도 금세 눈물이 맺혔다.

그리고 안겨오는 원 여사를 껴안았다.

"…내, 내가 미안하잖아. …엄마, 미안해! 진짜! 미안해. 흑! 서,

선생님 말씀처럼 두 번 다시 아프지 않도록 열심히 살게. 흐윽!"

흐느끼던 두 사람은 곧 엉엉! 소리 내어 엉엉 울면서 말을 했다.

도대체 무슨 말을 하는 건지 알아들을 수 없었지만 울컥하게 만드는 힘이 있었다.

두삼은 조용히 일어났다. 슬쩍슬쩍 눈물을 흘리고 있는 김 비서에게 가볍게 인사를 하고 병실에서 나왔다.

"…하란이랑 소고기나 구워 먹을까?"

지금 들어가서 먹으면 늦은 야식이 될 게 뻔했다. 그러나 오늘은 소고기가 당겼다.

*　　*　　*

어제 늦게까지 소고기와 함께 술을 마셔서인지 얼굴이 살짝 부었지만 두삼의 얼굴엔 웃음이 가득했다.

운이 좋은지 모든 일이 한꺼번에 해결이 되면서 아주 여유로워졌다.

저녁에 하던 뇌전증 치료를 오전이나 점심을 먹은 직후에 한다면 퇴근도 제시간에 할 수 있을 정도로 여유로워졌으니 당연했다.

아침에 고연아를 만나 아침을 잘 먹었는지 확인하고 운동량을 늘이라는 말을 한 후 나왔다.

벌써 가느냐고 고연아가 묻기에 성형 시술에 대한 얘기를 해줬지만 그래 봐야 5분이면 충분했다.

회진으로 바쁘게 움직이는 본관의 의사들과 달리 두삼은 푸드코트로 가서 여유롭게 앉아 고구마 케이크와 커피를 주문했다.

'시작해 볼까?'

뇌전증 치료를 하면서 뇌의 곳곳에서 발생하는 신호를 봤다. 그래서 대략 어느 위치에서 과한 전기적 신호가 발생하면 어떤 증상이 일어나는지 알고 있었다.

두삼은 자신의 뇌를 관조했다. 그리고 현미경의 줌을 높이듯 뇌의 내부를 봤다.

연신 전기적 신호를 내뿜는 신경세포를 보고 있자니 새삼 신비롭다.

'자! 일단 너부터 해볼까?'

두삼은 자신의 신경세포 중 하나에 전기적 신호를 더했다.

지직! 지지직! 지직!

하나의 세포가 과신호을 발하며 순식간에 주변의 신경세포들의 신호를 교란하며 퍼져 나갔다.

그때 두삼의 눈이 파르르 떨리면 제멋대로 감겼다 떴다를 반복했다.

'음, 여긴 곤란하겠다.'

신호를 끊자 금세 눈은 정상적으로 돌아갔다.

몇 군데를 테스트해 본 결과, 이마 쪽에 순간 찌릿해지면서 마비되는 신경세포군을 찾을 수 있었다. 그리고 고구마 케이크와 커피를 마셨다.

음미하면서 천천히 먹고 마신 후 위로 내려간 음식들이 어떤 영향을 미치는지 확인했다.

타인의 몸을 볼 때완 완전히 달랐다. 10배는 선명했고 일일이 파악을 할 수 없었던 신호들이 그냥 느껴지고 이해가 됐다.

'헐! 내 몸이라 그런 건가? 신기하네.'

물론 자세히 살펴본다는 건 상상할 수가 없었다. 작은 케이크 한 조각과 커피 한 모금이 일으키는 몸의 변화는 어마어마했다.

눈을 떼지 못할 만큼 황홀한 모습, 한데 그런 감동은 누군가가 등을 찰싹! 치면서 깨어졌다.

"케이크 한 조각 먹으면서 뭔 그런 야릇한 표정을 짓고 있냐? 케이크랑 연애해?"

돌아보니 이방익과 한방부인과의 성지숙이었다.

"…연애는 두 분이… 험! 여긴 웬일이세요?"

무섭게 올라가는 성지숙의 눈썹에 얼른 말을 바꿨다.

"한방부인과가 비만클리닉을 같이하고 싶다고 해서 얘기했다. 한 선생은 찬성이라고?"

"괜찮은 생각 같아서요. 어떻게 하기로 하셨어요?"

"…험! 같은 식구끼리 반대하는 것도 우습지. 안 그렇습니까, 성 선생님?"

"그럼요. 그럼 잘 부탁드릴게요."

"저야말로 잘 부탁해요. 혹시 서로 간에 이견이 생기면 대화로 해결하고요."

"그래요. 전 먼저 갈게요. 두 분은 천천히 오세요."

휑하니 가는 성지숙의 뒷모습을 이방익은 꽤나 오랫동안 바라본다.

"꽤 아름다운 분이시죠?"

"아름답기보단 매력적인… 큼! 하, 한 선생 혹시 연상을 좋아해?"

"딱히 나이를 생각하진 않습니다만… 성 선생님은 제 스타일은 아닙니다."

"다행… 자네랑 어울리진 않지. 가지. 참! 이거."

이방익이 봉투를 건넸다.

"입막음용 봉투입니까?"

"…입막음할 일이 무에 있다고? 이경도 셰프가 준 거야. 지난 토요일 날 한 선생이 결제한 금액이라더군."

"이경도 셰프랑 또 싸운 겁니까?"

"싸우긴 누가 싸워. 이경도 셰프가 병원으로 찾아왔어. 그날 일 미안하다고 사과하더군. 그리고 음식도 제대로 먹지 못했는데 돈은 받을 수 없다고 주더군."

"그래요? 근데 그렇다고 이렇게 주면 부담스러운데. 어찌 되었건 그곳에 가서 먹었잖아요. 그리고 굳이 주려면 카드를 취소하면 되지……."

"사정이 있더라고. 투자를 받아 개업해서 매출은 어떻게 할 수가 없나 봐."

말투가 어째 그를 옹호하는 듯하다. 그새 화해를 하고 친해진 건가?

"실력이 떨어진 이유도 설명했어요?"

"……! 그걸 어떻게?"

그는 누가 듣기라도 할까 봐 주변을 두리번거리며 낮은 목소리로 물었다.

"식당에서 싸울 때 입맛을 잃었을 거라고 독설을 날리셨잖아요. 그때 이경도 셰프의 반응을 보고 알았죠."

"…그래?"

"이유가 뭐래요?"

"비밀이네."

"그렇군요."

비밀이라는데 뭐랄까. 더 묻지 않았다.

"그런데 한 선생 오늘 무척 한가해 보인다?"

"하하하! 한가합니다. 날씨가 풀리듯이 일이 술술 풀리네요."

"오! 잘됐군. 그럼 침술 회의에 참석할 거지? 다른 과장들이 자네가 아닌 인턴이 왔다고 은근히 불만들이 많아."

"네? 저의 참여 여부가 그리 중요한 겁니까?"

"우리 과가 미움을 받고 있어서 그래. 센터장님이 이번 달 매출액을 발표했는데 이번에도 압도적이었거든. 그래서 괜한 트집 잡는 거야."

"몇 시인데요?"

"월, 수, 금 오전 7시 30분."

"안 할래요. 저 바빠요."

하루 중 가장 행복한 시간을 3일 동안 포기하라고? 절대 못 한다. 또한 자신이 만든 혈 자리들을 모른 척하면서 회의를 하는 건 싫었다.

"수영 때문에? 저녁 시간으로 옮기면 되잖아?"

"차라리 회의 시간을 저녁으로 옮겨요."

"그게 내 마음대로 되냐? 퇴근을 얼마나 칼같이 지키는 사람들인데."

"아무튼 저녁으로 옮기기 전엔 안 해요."

"똥배짱은. 바쁘다고 할 테니까 한가하다는 얘긴 절대 하지 마."

하여간 인간들 웃긴다. 매출액이 많다는 건 그만큼 열심히 일했다는 소리다. 근데 칭찬은 못 해줄망정 시기라니, 기가 찬다.

무시하기로 했다.

가급적 좋게 지내고 싶지만 시기심 때문에 싫어하는 사람과 친해질 이유가 없다. 그리고 그런 사람일수록 두삼 자신이 잘되면 알아서 꼬리를 내릴 것이다.

"한 선생님, 오늘은 일찍 오셨네요?"

책을 읽고 있던 양태일이 벌떡 일어나며 인사했다.

"응. 오늘부터 스케줄이 조금 바뀔 거야. 근데 무슨 책이야? 표지가 꽤 오래되어 보이는데?"

"…조부님이 쓰신 책입니다."

"그래? 한의원 집안이었구나? 자식! 안 봐. 굳이 그렇게 숨기려 안 해도 돼."

손을 꼬물꼬물 움직여 책을 치우려는 모습에 피식 웃고 말았다. 자신 역시 할아버지의 진료 기록을 남에게 보여줄 생각이 없으니 이해했다.

"…죄송합니다. 커피 갖다드릴까요?"

"커핀 마셨으니깐 됐고. 침술 회의에 대해서 말해봐. 분위기 어때?"

"흥미를 가지는 선생님들 절반, 관심 없어 보이는 선생님들이 절반입니다. 그리고 젊은 선생님일수록 관심이 많으시고요."

"그래? 테스트는 해봤고?"

"예. 한데 위험성과 자존심 때문인지 젊은 선생님 몇 분만 실험에 참여했는데 부분, 전신 모두 성공한 사람은 한 사람밖에 없었습니다."

"누구?"

"침구과의 임동환 선생님이요. 중국에서 경험이 있었다고 하지만 단번에 성공했습니다. 교수님들도 고개를 끄덕일 정도로 깔끔했습니다."

잘난 척하는 것만큼 실력이 있나 보다.

"그래? 넌?"

"인턴인 제가 나설 자리는 아닙니다. 다만… 혈 자리는 모두 기억하고 있습니다. 정확하게 시침할 자신도 있고요."

"그래서 나보고 침상에 누우라는 소리냐?"

"…아, 아닙니다."

"아니면 말고. 그렇다고 했으면 실력이나 한번 볼까 했더니."

"…할 자신 있습니다!"

"이제 와서? 좋아! 오늘은 기분이 좋으니까. 특별히 실험체가 되어줄게. 대신 왼쪽 팔 마취만이다."

두삼은 가운을 벗고 윗옷까지 벗었다.

"해봐!"

"네! 왼팔 마취 시작하겠습니다."

마사지를 배울 때와 비슷하게 침을 배울 때도 대부분 동기의 몸에 꽂는다. 가끔 아르바이트를 쓰기도 하지만 상당히 비싼 비용을 지불해야 해야 했고, 반드시 책임자의 입회하에 이루어졌다.

간단한 결림 시침도 그럴진대 위험한 마취 시침을 구하기엔 쉽지 않을 것이다.

양태일은 며칠 전과 달리 신중하게 침을 꽂았다.

결과는 두 개의 시침이 잘못됐다.

"이런, 팔이 움직이네?"

"…다시 해보겠습니다."

"됐거든. 수술실에서 다시 한다고 말하면 환자가 좋아하겠다. 안마실에서 배운 거나 완벽하게 해. 그다음 다시 말하고."

다른 곳과 달리 마취를 할 때는 한 번의 기회뿐이라 생각하고 긴장해야 했다.

기분 좋게 시작해서인지 일과가 끝날 때까지 기분이 좋았다. 그리고 오늘은 약속대로 이준호에게 많은 시간을 투자하기로 하고 그의 병실로 갔다.

"어서 오세요, 선생님. 오늘은 발걸음에서 여유가 느껴지네요."

이준호는 샤워를 마치고 나왔는지 머리를 말리고 있다가 반겨줬다.

"하하하! 준호 씨는 못 속이겠네요. 어제는 미안해요. 급한 일이 생겨서. 오늘은 시간 넉넉하니 오랫동안 치료를 해보죠."

"전 선생님이 봐주는 것만으로도 감사해요."

"일단 확인부터 할게요."

그의 안경을 벗기고 기운을 눈 부위에 넣어 살폈다. 그런데 말랑말랑했던 노폐물이 예전만큼은 아니더라도 딱딱해지고 약간 뚫어놨던 부분에도 새로운 노폐물로 채워져 있었다.

"커어… 이게 도대체 어떻게 된 거죠?"

한동안 투자했던 시간이 무위로 돌아가는 순간이었기에 허탈한 목소리로 중얼거렸다.

33. 인연

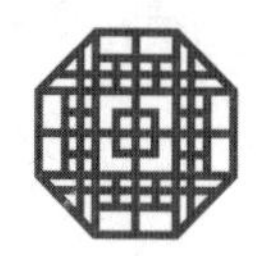

이준호는 영문을 모르겠다는 듯 물었다.

"…왜요? 무슨 일이 있나요?"

"다시 원래 상태로 돌아갔어요. 완전히는 아니지만 거의 비슷하게요. …지금처럼 계속 이러면 어떤 치료를 해도 소용이 없는데……."

"전 그저 선생님이 시키는 대로 했어요!"

이준호는 두삼이 포기를 한다고 생각했는지 자신의 탓은 없다고 서둘러 말했다.

안다. 자신이 아무리 고치고 싶은 마음이 간절하다고 해도 이준호만큼 간절할까.

두삼은 아무리 어이없는 상황이라고 해도 환자에게 해서는 안 될 말을 했음을 깨닫곤 얼른 말했다.

"제 말뜻은 포기하겠다는 건 아니에요. 다만 치료보다 먼저 원인을 찾는 게 우선이라는 얘기예요."

"…그런가요? 근데 혹시 어젯밤에 안경을 벗은 게 문제가 됐을까요?"

"…어? 안경을 벗었어요?"

"벗었다기보다 어제 선생님이 급하게 가시면서 배터리를 교체해 주지 않으셨어요."

"제가 왔을 때 안경 쓰고 있지 않았어요?"

"아침에 침대 구석에서 우연찮게 배터리를 발견해서 제가 교체했어요."

"아! …죄송합니다."

멍청하고 가식적인 놈!

실력에 도취되어 잘난 척하느라 포기하고 사는 이에게 희망을 쥐놓고 정작 VIP환자에게 정신이 팔려 해야 할 일을 제대로 하지 않다니, 최악이었다.

은연중에 돈이 되는 환자와 돈이 되지 않는 환자를 나누고 있지 않았다면 절대 나올 수 없는 행동이었다. 똑같이 대할 수 없다는 건 인정한다. 하지만 소홀히 하는 건 용납이 안 됐다.

'할아버지가 아셨다면 또 실망하는 표정을 지었을지도 모르겠네.'

할아버지는 혼낸 적이 거의 없었다. 아주 가끔 혼을 내더라도 자신을 얼마나 사랑하는지 알았기에 무섭지 않았다.

한데 실망하는 표정은 절대 다시 보고 싶지 않고 떠올리기도 싫었다.

하지만 이번만큼은 자연스럽게 그 실망 어린 표정이 떠올랐다.

얼른 고개를 저어 떨쳐냈다.

'정신 차려! 실수를 했으면 만회할 생각을 해야지.'

환자 앞에서 못난 꼴을 보인 건 한 번으로 족했다. 자책은 혼자 있을 때 해도 충분했다.

"혹시 제가 떠난 후, 뭘 했는지 알 수 있을까요?"

"별다른 거 없습니다. 그저 라디오를 조금 듣다가 잠들었습니다."

"자세히요. 가령, 물이나 다른 걸 먹은 적이 있는지, 어떤 운동을 했는지. 사소한 것이라도 상관없어요."

"전에도 말해드렸지만 달라진 건 없습니다. 선생님이 간 후 드레싱 카를 밖에 내놓고 라디오를 들었습니다. 10시까지는 습관처럼 들은 후 끝나고 바로 식도염 약과 물을 먹었습니다. 그리고 화장실에 들러 소변을 누고 바로 잠들었습니다."

전에도 들었던 얘기다. 이상할 것이 없다. 하지만 며칠 동안 먹는 것에 대해 생각이 많다 보니 식도염 약이 거슬렸다.

"식도염 약을 볼 수 있을까요? 아니, 제가 볼게요."

침대 머리맡에 놓여 있었기에 얼른 살펴봤다.

약품 사진, 약품명, 약에 대한 정보, 주의 사항 등이 겉봉투에 프린팅되어 있었고 내부엔 상당량의 약이 들어 있었다.

인터넷으로 약품 하나하나를 검색해서 비교했다.

모두 안전이 검증이 된 약들. 하지만 한 가지 테스트가 더 남았다.

"약 일찍 먹어도 되죠?"

"상관은 없긴 한데… 자기 전에 먹지 않으면 잘 때 기침 때문에 잠을 설쳐서요."

"기침하지 않게 해드릴게요. 여기 물 있어요."

두삼이 물까지 준비해서 건네자 이준호는 어쩔 수 없다는 듯 약을 복용했다.

"전 진맥을 할 테니 편하게 라디오 들어요. 얼마나 걸릴지 모르니까요."

"알겠습니다."

그는 라디오를 켰고 두삼은 그의 몸에 기운을 불어넣어 내부를 살폈다.

약이 위로 내려가면서부터 바로 약효를 발휘하는 것도 있고, 약에 막 처리가 되어 있어 천천히 흡수되는 것도 있고, 캡슐화되어 장에서 흡수되는 것도 있었다. 그러다 보니 지루할 수밖에 없었다.

살짝 집중력이 깨지자 라디오의 사연이 들렸다.

[…오늘의 올라온 사연은 며칠 전 어떤 의사분 덕분에 목숨을 구한 청취자께서 그 의사분을 꼭 만나서 감사 인사를 하고 싶다는 내용이네요.]

사람의 마음을 차분하게 만드는 DJ는 곧바로 사연의 내용을 읽었다.

[안녕하세요. 얼마 전 친구들과 함께 음악 방송에 일이 있어 갔다가 목숨을 구하게 된 사람입니다. 목숨을 구하고 알게 된 거지

만 폐동맥 판막 협착증이더군요. 저도 몰랐습니다. 아무튼 갑작스러운 호흡 곤란으로 이러다 죽겠다 싶더군요. 그때 여성분이 다가왔습니다. 그리고 갑자기 침을 꺼내더군요.」

사연은 구구절절 길었다. 간추리자면, 생명을 구해준 은인인 여자 한의사를 은혜를 갚기 위해서라도 다시 만나고 싶다는 내용이었다. 폐동맥 판막 협착증으로 일어난 호흡곤란을 한의사가 침으로 고쳤다는 꽤 놀랄 만한 사연이었다. 하지만 두삼은 놀라기보단 웃기고 재미있었다.

"풉! 여의사가 예뻤나 보네."

"예? 그게 무슨 소리세요?"

"라디오 사연을 보낸 사람이요. 물론 은혜를 갚고자 하는 것보단 젯밥에 더 관심이 많아 보여서요."

"선생님한테 그렇게 들렸나요? 전 그냥 그럴 수 있다고 생각하는데요."

"가령 음악 방송에 일이 있어 갔다는 대목이요. 일하러 간 사람이 왜 관객석에 있었겠어요. 갑작스러운 일이긴 하지만 호흡곤란이 올 정도로 뭘 했을까요?"

"…너무 부정적으로 보는 건 아니십니까?"

"하하! 그냥 추측이에요. 지금 하는 작업이 무척이나 지루한… 아! 잠깐만요!"

감시하고 있던 눈 주위에 변화가 감지됐다.

끈적끈적한 이상한 물질이 생성되어 눈 주위의 노폐물에 더해지고 있었다.

'이게 원인이었나?'

현재 형태로 볼 때 짐작이 맞을 것이다.

얼른 역추적을 시작했다.

이상한 물질을 만들게 하는 신호를 따라 뇌로 올라갔다. 연신 빛을 발하는 뇌의 한부분이 보였다. 이번에 뇌를 자극하는 신호를 따라가자 주시하고 있던 약에 이르렀다.

'빌어먹을, 약의 부작용이었구나! 진즉에 그의 역류성 식도염을 고쳐줬더라면 시간 낭비를 안 했을 텐데.'

식도염 약이 눈을 악화시키고 있었다는 걸 누가 상상이나 했을까. 특이체질이거나 장기간 약에 노출되면서 그렇게 바뀌었을 가능성이 높았다.

"…원인을 찾았습니까?"

이준호는 시시각각 변하는 두삼의 표정을 보며 조심히 물었다.

"그런 것 같습니다. 일단 이 빌어먹을 약부터 끊고 역류성 식도염부터 고치죠."

어제의 실수가 전화위복이 된 셈이다.

하지만 기뻐하기보단 어떤 환자이든 허투루 보지 말고, 사소한 병도 더 큰 병의 원인이 될 수 있으니 무시하지 말아야겠다고 속으로 다짐했다.

*　　　*　　　*

"후아~ 후아~"

노형진은 거친 호흡을 내뱉으며 러닝머신 위에서 걷고 있었다.

얼마 전까지만 해도 이때쯤 되면 땀으로 온몸이 흠뻑 젖다 못해 러닝머신의 바닥마저 흥건했었다. 한데 요즘엔 입고 있는 옷이 젖는 정도에 불과했다.

'몸이 가벼워지면서도 힘이 넘치는 이 느낌, 좋다!'

운동은 먹는 것과는 또 중독성이 있었다. 그 전엔 왜 이런 매력을 몰랐는지 모르겠다. 우연히 보게 된 새 예능 프로그램 콘셉트. 살기 위해 신청했고 기적처럼 당첨이 됐다.

처음 자신의 담당의인 두삼을 봤을 때가 기억난다. '한의사가 살을 빼게 한다고? 정말 예능을 하는 거야?'라는 생각이 들 만큼 황당했었다.

한데 이젠 아니다.

그가 만일 이제부터 물만 마시라고 한다고 해도 기꺼이 그 말을 따를 생각이었다.

109킬로그램. 오늘 아침 체중계에 올라갔을 때 본 자신의 몸무게다. 여전히 많이 나갔지만 타고난 큰 키와 덩치를 생각한다면 지금도 나쁘지 않다. 러닝머신 앞에 있는 거울 속 자신의 모습은 완전히 바뀌어 있었다. 턱선이 보이고 땀에 착 달라붙은 헬스복 때문에 몸매가 그대로 보였다.

가끔 지나가는 여성들이 힐끔거리는 게 이제 낯설지 않다. 만일 살짝 처지는 피부만 아니면 벗고 운동을 했을 것이다.

삐삑! 삐삑!

손목에 차고 있던 스마트 시계가 멈추라는 신호를 보냈다.

"하아~ 하아~"

속도를 늦추며 숨을 돌리기 위해 천천히 걸었다.

운동으로 팽팽해진 근육들을 풀기 위해선 10분쯤은 이렇게 걸어야 했다.

그때였다. 피트니스 센터와 어울리지 않는 정장 차림의 여성이 다가왔다. 그리고 그녀는 물기가 맺혀 시원해 보이는 물을 내밀었다.

흘깃거리는 여성은 있어도 이렇게 적극적으로 나오는 여자는 처음이었다. 살짝 나이가 들어 보이지만 도도한 이미지가 자신의 스타일이었다.

하지만 오해일 수도 있기에 담담하게 말했다.

"…감사합니다."

"영상으로 볼 때완 너무 달라져서 한참 찾았어요."

'영상? 방송국 관계자인가? 그럼 그렇지. 내 주제에 무슨…….'

역시 오해였다.

"새로 온 방송 관계자세요?"

"아뇨. 노형진 씨 영상을 보고 도움을 받게 된 분이 보내셨어요."

"아! 한두삼 선생님께서 어떤 분의 식욕이 돌아오길 바란다면서 제 영상을 쓰신다고 했었는데. 혐오스럽진 않을까 했는데, 다행히 도움이 됐나 보군요?"

"네. 도움이 됐어요. 그래서 선물을 드릴까 해서요."

"아닙니다. 혹시 주실 거면 한 선생님한테 드리세요. 전 한 것도 없는데요."

"한 선생님은 따로 받을 테니 걱정 마세요. 자! 여기에 있습니다."

그녀가 건넨 건 특이하게 생긴 카드였다. 뭐냐고 묻기 전에 설명이 이어졌다.

"뒤에 적힌 패밀리 레스토랑과 호텔, 리조트에서 최대 2인까진 평생 식사 무료예요. 숙박은 최대 20일 가능하고요. 타인에게 양도는 불가, 혹시나 상업적인 용도로 이용하면 법적으로 처벌을 받을 수 있어요. 분실 시 신분증을 들고 가까운 곳에 가시면 재발급될 거예요."

혹시 의지를 테스트하기 위한 몰래카메라?

하지만 곧 고개를 저었다. 양념이 살짝 된 육류라는 것만 제외하면 현재도 먹는 건 확실하게 먹고 있다.

표정에 얼떨떨함이 드러났을까, 여자는 말을 더했다.

"의심할 필요 없어요. 오늘 어디든 가보세요. 특별한 이들을 위한 카드니까요. 앞으로도 음식 맛있게 드시길 바랄게요. 그럼."

"……."

할 말을 마친 여자는 쌩하니 가버렸다.

카드와 여자의 뒷모습을 번갈아 보다가 호주머니에 넣었다.

"나중에 한 선생님한테 물어봐야겠네."

달리기를 마쳤으니 이제부터 근력을 키우는 운동을 해야 했다.

트레이너가 단백질을 먹으면 더 근육을 키울 수 있다고 했지만 맛없는 단백질은 고려 대상이 아니었기에 무시했다.

한참 운동을 하는데 엄기형 PD가 다가왔다.

"안녕하세요, 노형진 씨."

"오랜만에 뵙네요, PD님."

엄기형은 살짝 놀랐다. 불과 얼마 전까지만 해도 고도 비만으로 자신감 없이 살아가던 사람이 맞나 싶을 정도로 노형진의 모습은 내적, 외적으로 달라져 있었다.

"영상으론 확인하고 있었습니다. 그래서 하는 말인데 노형진 씨가 첫 회로 나가게 될 것 같습니다."

"전 상관없습니다. 다만 한 선생님은 어떻게 생각을 하실지가 걱정이네요. 아직 더 빼야 된다고 생각하시는 것 같던데."

"걱정 마세요. 박기영 작가를 보냈습니다. 그리고 아직 첫 방송일까진 한 달 남아 있으니 90킬로그램까진 뺄 수 있을 겁니다."

현재 치료를 하고 있는 이들 중 가장 극적인 장면이 많은 건 누가 뭐래도 노형진이었다. 특히 요즘 비만 인구가 점점 늘어나는 상황에서 분명 좋은 결과가 나올 가능성도 높았다.

엄 PD가 노형진과 얘기를 하고 있는 동안 두삼은 박기영과 얘기 중이었다.

"한 달요? 음, 그렇다고 해도 2주 전에는 스튜디오 촬영을 할 거 아닌가요?"

"최대한 미루면 한 주 정도 전에 가능해. 이미 촬영한 것들이 많으니 편집 분량도 많지 않을 테고."

"음, 아무리 그래도 좀 빡빡할 것 같은데요."

살을 빼는 건 문제가 없었다. 제발 천천히 빼라고 할 정도로 노형진은 열심히 운동 중이니 말이다. 다만 피부 늘어짐이 걱정이다.

"원래 첫 회 방송으로 계획된 게 너무 어두워서 그래. 프로그램 취지완 맞는데 프로그램 색깔과는 안 맞는다고나 할까? 피부 처짐은 알아서 처리해 줄 테니까 걱정 말고."

"어쩔 수 없죠. 최대한 해보는 수밖에요."

어차피 방송을 위해 시작한 일인데 무작정 반대할 수만은 없었다. 방송이 끝나고 애프터 서비스를 해주면 될 것이다.

"잘 생각했어. 얼른 끝내고 너도 쉬는 게 낫지. 촬영일 정해지면 전화 줄게."

"그러세요."

"참! 근데 너 한의학계에서 발 좀 넓어?"

"전혀요. 근데 왜요?"

"아니, 찾고 싶은 사람이 있어서."

"저야 모르지만 이방익 선생님이나 다른 선생님들은 잘 아실 것 같은데, 아! 우리 과에 엘튼 선생님이 계신데 한의학계에 대해 상당히 잘 아는 것 같던데요."

"그래? 그럼 좀 알아봐 줄래? 찾아주면 지난번 신세진 거 없는 걸로 해줄게."

"진짜요? 근데 누굴 찾는데요?"

그는 대답 대신 스마트폰을 꺼냈다. 그리고 영상을 플레이시킨 후 말했다.

"이 여자."

쓰러진 남자가 가슴을 잡고 컥컥거리고 있는데 갑자기 여자가 다가가 진맥을 한 후 침을 꽂는 영상이었다.

얼마 전 라디오 사연에서 들은 내용과 일치했다.

"이 일, 라디오에서 들었어요."

"그래? 누군지 알아?"

"이걸로 어떻게 알아요. 얼굴이 보여야죠."

"끝까지 봐봐. 보일 거야."

박기영의 말이 끝나기 무섭게 영상 촬영자는 치료하는 여자의 얼굴이 보이는 방향으로 움직였다.

잠시 후 신중한 얼굴로 침을 꽂는 여자의 얼굴이 보였다.

"어?!"

두삼은 고개를 숙여 얼굴을 더 자세히 보려 했다. 그 모습에 박기영이 피식 웃으며 말했다.

"진짜 예쁘지? 저렇게 예쁜데 실력도 보통이 아냐. 침 꽂는 속도 봐. 대단하지 않냐?"

두삼이 놀란 건 그녀가 예뻐서도 아니고 실력이 뛰어나서도 아니었다.

아는 얼굴이었다.

"…애가 왜 이곳에?"

두삼의 중얼거림을 듣지 못할 박기영이 아니었다.

"너 아는 애구나?"

"…알죠."

"그럼 소개 좀 해줘라. 엄 PD가 무조건 찾아서 데리고 오래. 스타성이 보인대. 내가 봐도 그렇고."

스타성의 기준이 얼굴이냐?

어이없긴 했지만 약간은 수긍이 됐다. 하지만 아쉽게도 그녀는 TV에 출연하기 힘들었다.

"이 애 중국인이에요."

"중국? 중국인이면 어때. 요즘 방송가에 중국 애들 많아."

"그 얘기가 아니라 어디에 사는지 몰라요. 전화번호도 모르고요."

"어디서 알게 된 사이인데?"

"한의대 다닐 때 방학마다 중국에 갔었어요. 거기서 봤어요."

"실력은?"

"타고난 천재예요. 당시에 10대였는데 그 애한테 많이 배웠어요."

"헐~ 니가?"

지금은 모르겠다. 하지만 그땐 정말 많이 배웠다. 중국 교수들도 그녀의 실력엔 두말이 없었다.

"모를 땐 배워야죠. 그리고 한 가지 더, 그 애 약간 자폐증 증세가 있어요. 그래서 실제 나이보다 약간 어린애처럼 행동해요."

"진짜? 그건 확실히 마이너스네. 근데 대학 때라면 지금은 좋아졌을 수도 있지 않나?"

"그럴 가능성도 있죠. 하지만 어떻게 찾으려고요?"

"훗! 얘가 방송국의 힘을 우습게 아네. 학교와 이름만 알면 찾을 수 있어. 근데 이 애 이름이 뭐야?"

"장려령이요."

박기영이 물어보는 말에 몇 가지 더 답해준 후 일어났다. 오늘 KM엔터테인먼트의 새로운 사람들이 병원에 입원을 했기에 그들을 진료해야 했다.

* * *

일교차가 커서 아침저녁으로 쌀쌀하긴 하지만 봄이라는 생각이 들 만큼 날이 풀렸다. 요 며칠 일찍 들어가는 김에 하란과 저녁을 먹기로 해서 그녀의 회사로 갔다.

"어떻게 오셨습니까?"

늦은 시간이라 그런지 출입구 앞에서 정장 차림의 경비원이 물었다.

"우하란 씨를 만나러 왔습니다."

"잠시만 기다려 주십시오."

그는 고개를 돌려 이어폰으로 누군가와 대화를 한 후에 말했다.

"대표님께서 지금 내려오신답니다."

"알겠습니다."

잠깐 로비에서 서성이고 있자 하란이 내려왔다. 그녀는 플라스틱 박스를 들고 있었는데 딱히 주변의 경비원들을 의식하지 않고 반갑게 인사했다.

"오빠! 생각보다 일찍 왔네?"

"누구와의 약속인데. 근데 웬 박스야? 이리 줘."

"괜찮아, 별로 무겁지도 않아."

"이리 주세요. 넌 괜찮을지 모르지만 주변 사람들이 욕해요."

얼른 받아 들었다. 무겁지 않긴, 제법 묵직하다.

"근데 명색이 대푠데 이런 걸 들고 다녀?"

경비원들에게 시키면 되지 않느냐는 물음이었다. 하란은 바로 알아들었다.

"저들은 지키는 일을 하는 거잖아. 만약 이걸 들고 있다가 갑자기 이상한 사람이 나타나면 어떻게 해?"

외국에서 오래 있어서는 아닐 텐데 마인드가 확실히 다른 사람들과는 조금 달랐다. 그런 점 때문에 더 예뻐 보인다는 생각이 들어 헤벌쭉 웃음이 나오려는 걸 참고 물었다.

"늦은 시간까지 고생했네. 뭐 먹을래? 내가 맛있는 거 쏠게."

"그러지 말고 집에 가자. 내가 맛있는 거 해줄게."

"응? 요리도 할 줄 알아?"

"…뭐야, 그 눈빛은?"

"아, 아니. 음식을 해본 적이 거의 없다는 얘길 들었던 것 같아서… 집 음식이 먹고 싶으면 내가 해주려고 그러지."

"이제 할 줄 알거든! 건물 빈 층에 세를 놨는데 요리 교실이 들어와서 배웠어."

"매일같이 밤늦게까지 일하는 사람이 무슨 시간이 있어서……? 아! 설마 요리하려고?"

"집에 가봐야 할 일도 없잖아."

"근데 요 며칠은……!"

요 며칠은 왜 빨리 왔냐고 물으려다가 그녀의 생활 패턴이 자신의 생활 패턴과 유사하다는 걸 떠올렸다.

'설마, 나 때문에?'

착각일 수도 있겠지만 눈을 좁히며 바라보자 시선을 살짝 피하는 하란의 모습에 점점 확신이 들었다.

물론 전부터 그녀 역시 자신에게 마음이 있다는 걸 눈치채고 있었다. 세상에 누가 좋아하지도 않는 사람에게 집 수영장을 쓰게 하겠으며, 매일처럼 아침을 같이 먹겠는가.

그럼에도 불구하고 고백을 못 한 건 조금 더 그녀와 비슷한 위치에 선 후에 하고 싶었기 때문이었다.

한데 자격지심으로 인한 자신만의 착각이었다.

하란은 예전부터 옆에 있었다.

당장 좋아한다고 고백을 하고 싶은 마음을 억눌렀다. 공개된 장소에서의 고백을 여자들이 싫어한다는 걸 상기한 것이다.

"…가, 가자. 근데 각자 차를 타고 가는 것도 이상하니 내 차 타고 가자. 내일은 내가 회사까지 태워줄게."

"…그래."

그녀 역시 두삼의 묘한 분위기를 눈치챘는지 약간 어색해했다.

차에 타고 집으로 가면서도 마찬가지였다. 두삼은 더 이상 참으면 병이 되겠다 싶었다.

설령 거절을 당한다고 해도 지금 이 순간을 놓치긴 싫었다. 그래서 차를 한쪽에 세웠다.

"……."

무슨 일이냐고 물을 법도 한데 그녀는 마치 고백을 기다리는 듯 아무 말도 없었다.

두삼은 호주머니에서 작은 보석함을 꺼냈다.

고백하려고 산 커플링이 든 보석함이었다. 하지만 그동안 차일피일 미루며 호주머니 속에 들고만 다녔다.

막상 꺼내놓고 보니 포장지는 이미 사라졌고 보석함 역시 손때가 제법 묻어 있었다.

문득 '포장이라도 다시 하고 할까?'라는 생각이 떠오른다.

하지만 다시 호주머니에 넣기엔 늦었다.

"하란아… 좋아해."

천천히 돌아보는 하란. 그리고 입이 달싹거린다.

불과 몇 초도 안 되는 시간인데 왜 이렇게 길게 느껴지는지 심장의 터질 듯이 두근댄다.

온몸을 빠르게 돌면서 침착하게 만들어주는 기운도 오늘은 소용이 없다.

마침내 하란의 입술이 열렸다.

"나도 오빨 좋아해."

"……!"

예상을 했지만 직접 듣게 되었을 때의 기쁨은 예상치를 훌쩍 뛰어넘었다. 머릿속에 '샤랄라라~'라는 노래가 들리는 착각마저 들 만큼 기쁘면서도 비현실적이다.

자신 역시 좋아한다고 말한 하란이 눈을 살짝 흘기며 말했다.

"얼마나 기다려야 말을 할까 싶었는데 용케 했네. 그동안 어장 관리라도 한 거야?"

"무, 무슨 소리야! 아니거든! 그냥… 좀 더 너한테 어울리는 사람이 되고 싶었을 뿐이야."

"그래서? 이젠 어울린다고 생각한 거야?"

"…응. 저기 위에 있는 줄 알았는데 이제 보니 바로 옆에 있더라고."

두삼은 하늘을 가리키며 말했다.

"피~ 저기 위에 있는 사람들은 죽은 사람뿐이거든. 그건 그렇고 그건 언제까지 들고 있을 건데?"

"아! …여기."

보석함을 건네자 하란은 조심스럽게 보석함을 열었다. 깔끔하게 생긴 반지 두 개가 들어 있었다.

"…예쁘네. 끼워줘."

두삼은 작은 반지를 빼서 그녀의 약지에 끼워줬다. 어떻게 환자의 주요 장기에 침을 꽂는 것보다 더 떨리는지 모르겠다.

마주 보고 있는 상황이라 혹시 숨소리가 들릴까 숨까지 멈춰야 했다.

"…다 됐다."

"이건 내가 끼워줄게. 오빠 손 줘봐."

두삼이 쑥스러운 듯 손을 내밀자 하란이 반지를 끼워줬다. 그녀는 다 끼운 후 올려다보며 말했다.

"이건 내 선물."

빠르게 다가오는 입술은 그대로 두삼의 입술에 겹쳐졌다.

고백하려던 시간만큼 기다려 왔던 순간이었기에 두삼은 그녀의 키스에 적극적으로 반응했다. 드라마에 나오는 얌전한 키스는 아니었다.

한참 입술을 탐한 후에야 떨어졌다. 살짝 어색해지는 분위기에 얼른 말했다.

"…계속 서 있으면 경찰 오겠다. 근데 저녁은 뭐야?"

"…쭈꾸미 볶음."

"타우린이 풍부해서… 피로 회복에 좋지."

정력에 좋다는 말을 하려다가 얼른 말을 바꾼 후 운전을 시작했다.

하란의 집까지 제대로 도착한 게 용할 정도로 머릿속은 어지러웠다.

*　　　*　　　*

"형! 오랜만… 아! 아직 한 달 안 됐나요?"

류현수가 인사를 하다 말고 피하려고 했다.

“하하하! 아직도 그 말을 신경 쓰고 있었냐? 그냥 농담으로 한 거야.”

“…그랬어요? 아닌 것 같은데…….”

“내가 당직 한 번 대신 서준 걸로 진짜 널 한 달간 안 보려고 했을까. 신경 쓰지 마.”

“형이 괜찮다면 나야 좋죠. 근데 어째 상당히 기분이 업(Up)된 상태네요?”

“그러게. 날씨가 좋아서 그런지 기분이 좋네. 하하!”

“…날씨 잔뜩 흐린데요?”

“자식, 별걸 다 신경 쓰네. 어디 가냐?”

“화장실요.”

“화장실을 사용하는데 왜 본관까지 와?”

“헤헤! 본관에 일이 있어서 왔다가요.”

또 이상한 소문을 캐고 다니는 게 분명했다.

“잘 싸라. 간다.”

“참! 형, 그 자식 얘기 들었어요?”

가려는데 제 버릇 못 버린다고 다시 붙잡는다. 그가 말하는 ‘그 자식’은 병원에 한 명뿐이다.

“침술 회의에서 마취 성공했다는 얘기 들었다.”

“그거 말고요. 요즘 본관 여의사와 만나고 다닌다는 소문이요.”

“엥? 그런 소문이 있어?”

“네. 목격자도 꽤 많아요. 근데 그게 누군지 알아요?”

그는 맞장구쳐 줄 틈도 주지 않고 말을 이었다.

"제가 알아봤는데 올해 전문의가 된 흉부외과의 민 무슨 선생이었는데. 뭐였더라?"
"민청하?"
"아! 맞아요. 민청하 선생님이요. 형이 근데 어떻게 알아요?"
"안면이 있거든."
"그럼 민청하 선생이 민규식 원장님의 딸이라는 것도 알고 있겠네요?"
두삼은 대답 대신 고개를 끄덕였다.
"진짜 대박 아니에요? 애인이 있는 인간이 양다리라니. 분명 배경을 보고 접근한 거겠죠?"
"…일 때문에 만나는 거겠지."
말을 하면서도 확신은 없었다.
전 여자친구의 애인이 다른 여자를 만나고 다닌다니 기분이 좋지만은 않았다.
'아니야. 나랑 무슨 상관이야. 좋은 일만 생각하자.'
굳어진 표정으로 VIP실로 향하던 두삼은 어젯밤 일을 떠올리자 곧 헤벌쭉 웃음이 나왔다.
어젯밤 저녁을 먹고 하란의 집에서 머물다 같이 출근을 하는 길이다.
"어쭈? 늦은 주제에 여유롭네. 게다가 입이 얼굴에 아주 걸리는 걸 보면 좋은 일이 있나 보네?"
VIP실 휴게실에서 커피를 마시고 있던 서문희가 두삼을 보고 말했다. 그리고 의미심장한 미소를 지은 채 하체를 봤다.
"안녕하세요, 선생님. 아래에서 누굴 만나서 조금 늦었습니다.

근데 왜 제 다리를 보세요?"

"다리가 후들거리질 않는 거 보니 평소 운동을 제법 하나 보네?"

"……."

"풉! 정곡을 찔린 모양이네. 얼굴 표정 관리 좀 해. 누가 봐도 어제 좋은 일이 있었어요, 하는 표정이야. 총각에게 입이 찢어질 만큼 좋은 일이 뭘까? 고백을 했는데 성공했거나, 사랑하는 이와 첫 잠자리를 했거나, 아님 동시에 두 가지를 이루었거나."

귀신이다. 하여간 잠시도 방심할 수가 없는 여자다. 물론 그렇다고 수긍하는 것도 웃기다.

"…아닌데요. 요즘 여유가 생겨서 그런 건데요."

"훗! 어설프긴. 알았어. 그렇게 믿어줄게. 그나저나 이제 환자를 봐야 하지 않겠어?"

"아! 들어가시죠."

거식증을 극복한 고연아는 가벼운 운동을 하면서 퇴원 준비를 하고 있었다.

남은 건 정신을 차린 후 최대한 얼굴을 바꿔주겠다는 약속만 남은 상태.

약해졌던 근육이 다시 만들어질 때 어느 정도 손을 쓰긴 했지만 서문희를 알게 된 후 성형이라는 것이 완벽하게 균형을 맞춘다고 될 일이 아님을 알게 됐다. 그래서 그녀에게 도움을 청했다.

'고 회장이 와 있나?'

고연아가 묵고 있는 병실 앞에 경호원들이 서성이고 있었다.

노크를 하고 안으로 들어가자 추측대로 고정운 회장과 원 여사, 고연아가 함께 있었다.

"안녕하세요, 고 회장님."

"어서 오게. 한 선생 덕분에 요즘은 안녕하다네. 연아에게 듣자하니 성형수술을 할 거라고?"

"수술은 아니고 간단한 시술입니다. 여긴 저희 병원 성형외과의 서문희 선생입니다. 서 선생님, 이분은……."

"알고 있어. 고려그룹의 고 회장님이시지. 서문희라고 합니다."

"반가워요, 서 선생. 한 선생과 달리 단번에 알아봐 주니 고맙소."

"한 선생이 회장님을 몰라봤나 보네요? 한 선생은 의술은 뛰어난데 엉성한 부분이 많죠."

"허허! 그런 점이 더 믿음이 가긴 하죠. 시술이라면 이곳에 있어도 될까요?"

"한 선생이 몸매까지 봐달라고 해서……."

"그럼 나가 있어야겠군요. 한 선생은 전에 했던 얘기를 끝내야겠지? 좀 있다가 보세."

"제법 걸릴 겁니다."

"과연 그럴까?"

그는 의미심장한 말을 한 후 자리에서 일어나서 밖으로 나갔다.

'이번엔 얼마나 줄까?'라는 생각이 순간 떠올랐지만 금세 사라졌다. 어차피 주는 대로 받을 수밖에 없는 입장인데 고민한다고 달라질까.

일에 집중하자. 고연아에게 말했다.

"연아 씨, 겉옷 벗어볼래요?"

"…한 선생님은 안 나가요?"

"에? 갑자기 무슨……."

아니, 막말로 볼 것 안 볼 것 이미 다 봤다. 근데 갑자기 부끄러워하는 건 뭔가 싶다. 한데 옆에 있던 서문희가 말했다.

"한 선생은 나가 있어. 얼굴 볼 때 부를게."

"…아, 네."

밖으로 나왔다. 어디에 앉아 있을까 두리번거리는데 비서가 다가와 원 여사가 지내는 병실로 안내했다.

"앉게. 자네도 쫓겨날 거라고 생각하고 비서를 대기시켜 뒀지. 연아는 의사가 자신의 몸을 보는 걸 좋아하지 않거든. 아플 때야 어쩔 수 없지만, 지금은 아니지 않는가."

"하하… 그래서 좀 이따가 보자고 하셨군요."

이제야 이해가 됐다. 자리에 앉자 비서가 들어와 커피를 놓고 나갔다.

그는 커피를 한 모금 마신 후 말했다.

"연아를 살려줘서 고맙네."

"살려는 의지가 있어서 가능했습니다."

"그걸 캐치하고 살렸으니 하는 말이네. 예의상 하는 말은 그만두지. 처음 만날 날 말했었지. 살려만 주면 얼마든지 주겠다고."

"온전히 연아 씨에게 집중했을 때라는 조건을 붙이셨습니다."

"후후! 한 선생도 어지간하군. 그런 건 굳이 말하지 않아도 될 텐데 말이야. 좋네. 그건 감안하지. 단도직입적으로 묻지. 얼마나 받길 원하나?"

중고 장터를 이용할 때 가장 싫어하는 말이 '선제시'라는 말이다. 장터라면 포기하고 지나가면 그뿐이지만 지금은 그럴 수도 없다.

앞으로는 고치기 전에 미리 정해둬야 할 모양이다.

고민을 하던 두삼은 입을 열었다.

"1억만 주십시오. 혹시 더 주고 싶으시다면 저희 병원에서 운영 중인 무료 치료 기금에 보태주십시오."

"쯧! 나 사장의 말처럼 욕심이 없군. 아님, 적게 불러 내 자존심을 긁어 더 받겠다는 전략인가? 나라면 대형 병원을 만들고 싶으니 투자를 해달라고 했을 텐데."

많이 받고 싶은 욕심이 왜 없을까, 또한 그의 말처럼 적게 불러도 그가 고맙다고 한 말이 사실이라면 더 챙겨줄 거라는 생각도 했었다.

그러나 1억이면 충분하다고 생각하는 것도 진심이다.

투자한 시간과 노력에 비해 너무 많은 것을 얻게 되는 건 경계할 일이었다.

"개인 의원 정도라면 모를까 그럴 능력은 없습니다. 물론 의원을 만들 생각이면 지금도 충분히 가능하고요. 여러 의사를 둔 의원이라면 시간이 걸리겠지만 마음을 먹기 나름 아니겠습니까."

"병원을 만들 생각은 있나 보군?"

"나이가 들면 그러지 않을까 싶어서요."

"허허! 좋네. 나중에 나이가 들었을 때 남에게 손 벌리지 않고 의원을 차릴 정도로 주겠네. 생각하는 병원 크기보다 작다고 생각하면 언제든 말하게. 자네에 대한 고마움이 사라지지 않는 이상 들어주지."

"그러지 않으셔도……."

"여기까지. 연아가 자네에게 주라고 한 금액과 자네가 받고 싶어 한 금액의 중간으로 정했으니 양쪽 다 만족하지 않겠나."

"…감사합니다."

한 번 사양했으면 됐다. 더 준다는데 마다할 만큼 청렴하진 않았다.

얘기가 끝난 줄 알았는데 더 할 얘기가 있는지 그는 잠시 머뭇거리다가 말했다.

"자네가 욕심이 많았으면 얘기하기 편했을 텐데."

무슨 얘기를 하려는지 밑밥을 깔았다. 그리고 말을 이었다.

"자네, 우리 연아를 어떻게 생각하나?"

잠깐 무슨 말을 하는지 생각해야 했다. 하지만 곧 눈치를 챘다.

환자와 의사, 간호사 사이에 감정이 싹트는 건 그리 드문 경우도 아니다. 결혼까지 가는 경우도 있는데 놀랄 일도 아니었다.

그래서 두삼은 고연아가 자신을 좋아하는 마음을 가진 것보다, 겨우 낫게 된 그녀의 거식증이 다시 재발할까 걱정이 됐다.

물론 그렇다고 흐지부지 넘길 문제는 더욱더 아니었기에 확실하게 말했다.

"친한 환자 그 이상도, 이하도 아닙니다. 그리고 전 좋아하는 여자가 있습니다."

"…역시 그런가?"

"한데 회장님, 연아 씨가 직접 말한 겁니까?"

"아니네. 집사람이 그렇게 느낀 모양이야. 그래서 혹시나 다시 일이 생길까 싶어 묻는 거라네."

"그럼 모른 척하십시오. 퇴원을 하고 일상으로 돌아가면 가라앉을 수 있는 감정이 주변에서 설레발을 치면 더 상황이 안 좋을 수 있습니다."

"가라앉지 않으면?"

"만일 고백을 한다면 그땐 잘 얘기하겠습니다. 하지만 그 전에는 그냥 지켜보시지요."

"그러지. 잘 부탁하네. 난 그 애가 더 이상 아프지 않았으면 하네."

"저 역시 마찬가지입니다."

고연아는 정말이지 끝까지 방심을 할 수 없는 환자였다.

* * *

속옷만 입은 고연아는 전신 거울 속 자신의 모습을 물끄러미 바라봤다.

'그 전의 몸매가 어땠는지 알 수 없지만 현재의 몸매는 연아 씨의 체형에 고칠 데가 없을 정도로 균형을 이루고 있어요.'

"그래 봐야……."

서문희의 말이 무색하게 타고난 쭉쭉빵빵 몸매와 비교하기 힘든 몸매다.

물론 예전과 비교한다면 나쁘지 않았다.

많은 돈을 들여 몸매 관리를 받고 운동도 했지만 타고난 체형 때문인지 한계가 있었는데, 지금은 그 한계를 조금 벗어난 듯 바뀌어 있었기 때문이다.

김 비서가 예전의 신체 사이즈대로 옷을 사왔는데 맞지 않아 새로 사러 간 것만 봐도 알 수 있다.

이번엔 두삼의 목소리가 들렸다.

'타고난 건 어쩔 수 없어요. 노력해야죠. 돈이 없이 태어났다고 투덜대고 있어봐야 돈이 생기지 않듯이 외모를, 몸매를 타고 나지 않았으면 투덜대기보단 노력을 해야죠. 노력한다고 될 일이 아니라고요? 아뇨, 방법이 있어요. 스스로를 사랑해요. 아름답지 않으면 편안한 웃음을, 몸매가 좋지 않으면 당당함을 키우면 돼요. 그리고 솔직히 세상 너무 다 가지려고 하지 말아요. 재벌 3세가 세상 한탄은… 자자! 잡소리는 여기까지. 그래도 조금은 몸매가 좋은 게 더 좋겠죠? 최선을 다해서 예쁜 몸매를 가지게 해줄게요.'

장난스럽게 말하는 것과 달리 그는 땀을 흘리면서 열심히 그녀의 몸 구석구석 주물렀었다.

"하여간 말은… 그래도 나쁘진 않으니까 한번 믿어보기로 할게."

고연아는 두삼이 앞에 있다는 듯 피식 웃으며 중얼거렸다. 그러다 자신의 웃는 모습을 보곤 얼굴에 집중했다.

과거 성형수술을 했을 때처럼 크게 바뀐 건 없었다. 하지만 그때보다 전체적인 인상이 좋아졌다.

특히나 웃을 땐 과연 자신의 얼굴이 맞나 싶을 정도로 온화하고 여성스러워 보였다.

이틀간에 의논을 거쳐 완성된 얼굴.

그래서일까 자꾸 웃게 된다.

똑똑! 다시 거울을 향해 씨익! 하고 웃는데 노크 소리가 들렸다.

"아가씨, 옷 가져왔습니다."

김 비서는 여러 개의 옷을 잔뜩 들고 있었다.

"수고했어요. 놓고 나가 있어요."

"…네, 아가씨."

김 비서는 그녀가 거식증에 걸렸을 때 무진장 괴롭혔던 이였다.

모든 스트레스를 그녀에게 풀었다고 해도 과언이 아니었다.

"미안해요, 언니."

"…그게 무슨?"

"언니 괴롭힌 거요. 그땐 제정신이 아니었다고 변명을 한다고 해서 용서가 될 거라곤 생각하지 않아요. 두고두고 갚을게요."

"…아니에요, 아가씨. 어쩔 수 없는 상황인 거 잘 아는데요. 마음에 두지 마시고 잊으세요. 옷 입고 나오세요, 아가씨."

김 비서가 나간 문을 물끄러미 바라보다가 놓고 간 옷을 살폈다.

오늘만큼은 최고로 예쁘게 보이고 싶었기에 모든 옷을 입어보고 가장 마음에 드는 것으로 선택했다.

화장까지 마친 고연아는 나가려다 말고 문 앞에 서서 잠깐 심호흡을 했다.

그가 만들어준 웃는 얼굴로 떠나고 싶었다.

"후우~"

가볍게 한숨을 내뱉은 그녀는 손잡이를 아래로 내리며 문을 열었다.

밖엔 한두삼과 그녀의 엄마, 김 비서, 경호원 등이 대기 중이었다.

그녀는 그들을 향해 환하게 웃었다. 아니, 정확하게는 두삼을 향해 웃었다.

두삼 역시 환하게 웃으며 다가왔다.

"퇴원 축하해요, 연아 씨."

"고마워요, 한 선생님."

"건강이 안 좋을 땐 언제든지 들러요."

"건강이 안 좋을 때만?"

"하하! 배고프거나 얘기할 사람이 필요할 때도 들러요. 우리 많은 대화를 나눴잖아요?"

"대화가 아니라 일방적으로 들었던 것 같은데요?"

"그런가요? 전 대화를 나눴다고 생각하는데?"

"마음대로 생각해요."

다행이었다. 지독한 경험을 해서인지 마음이 제멋대로 날뛰지 않았다. 하지만 대화를 마치고 떠나려니 도저히 그냥 떠날 수가 없었다.

"…한 선생님, 한 번만 안아봐도 될까요?"

"그래요."

두삼은 웃는 얼굴로 팔을 벌렸고 고연아는 천천히 다가가 그를 안았다. 그리고 속으로 말했다.

'당신을 좋아하게 됐어. 알아, 당신이 좋아하고 있는 사람이 있다는 거. 그리고 날 환자 이상으로 생각하지 않는다는 거. … 고마워. 참아볼게. 도저히 못 참겠으면 얼굴 보러 올게. 그땐 그냥 친구처럼 받아줘.'

그녀의 마음을 듣기라도 했을까, 두삼은 그녀의 등을 토닥이며 말했다.

"또 보자, 친구."

친구로 한정 짓는 것이 섭섭하면서도 친구로 남을 수 있어서 기뻤다. 하지만 말은 퉁명스럽게 나왔다.

"…늙은이랑 친구 안 하거든."

"쳇! 젊다고 유세냐? 그건 그렇고 친구 안 한다면서 왜 반말이야?"

"특별히 해주려고. 친구."

"그렇다면 이해하지. 가라."

"응, 이만 갈게. 엄마 가요."

고연아는 돌아섰다. 그리고 돌아보지 않고 걸었다.

엘리베이터를 타고 내려와 차에 올랐을 때였다. 눈물이 주룩 흘렀다.

"…우니?"

고 여사가 조심히 물었다.

"으, 응. 지긋지긋한 병원을 떠나게 되어 기뻐서. 내가 병원이랑 의사 싫어했잖아."

"그랬지. 얼른 집으로 가자."

고연아는 싫다면서 차 안에서 멀어지는 병원을 몇 번이고 바라봤다.

* * *

"아프지 말고 잘 살아."

병원 창문으로 떠나는 고연아의 차를 보며 두삼은 중얼거렸다. 그리고 바로 돌아섰다.

입원과 퇴원이 하루에서 수백 명씩 이루어지는 병원에서 환자 한 명이 떠나는 데 일일이 의미를 두는 것도 우스웠다.

진료실로 가자 환자들이 제법 많았다.

"천 간호사, 짧게 끝날 분들 위주로 들여보내 줄래요?"

"네, 선생님."

저녁에 했던 뇌전증 치료를 고연아의 오전 치료 시간대로 바꿀 생각이라 장기간 치료하는 환자는 피해야 했다.

"한 선생님, 이거 드세요."

양태일이 커피를 내밀었다.

"너 마시려고 산 거 아냐?"

"…아닙니다."

아닌 게 아닌 것 같은데, 이미 내민 커피를 거절하는 것도 이상하다.

"훗! 잘 마실게. 이걸 마신다고 실험체가 돼줄 거라는 생각은 버려라."

"…네, 선생님."

각성이라도 했는지 욕심이 장난 아니다.

시간만 되면 안마실로 직행해서 경락 마사지를 배우는 것 또한 들어서 알고 있다.

하지만 서두를 때 조심해야 했다.

노크 소리와 함께 천 간호사가 얼굴을 내밀었다.

"선생님, 선생님과 비만클리닉 상담하려고 기다리는 환자분이 계신데 들여보낼까요?"

"헐! 일찍 오셨네요?"

두삼의 진료 시간은 운이 좋으면 오전 11시, 바쁘면 오후에 시작됐다. 그런데 현재 시간이 9시 30분이니 빨리 온 편이었다.

"거의 예약 손님만 받으시니 선생님께 진료를 받으려고 기다리는 분들이 가끔 계세요."

"게으름 피우지 말라는 얘기 같네요."

"인기가 좋으신 거죠."

"좋게 해석해 줘서 고맙네요. 참! 부탁 하나만 해도 될까요? 사람들에게 뭐 먹고 싶은지 물어봐서 식당 좀 예약해 주세요. 밥 한 끼 사려고 했는데 시간이 맞지 않아 지금까지 못 샀네요."

"점심 쏘시려고요?"

"네. 비싼 것도 괜찮으니 마음껏 고르세요."

"2층에도 말해요?"

"거긴 따로 사거나 카드를 주려고요."

안마실의 직원들과 함께 움직이려면 점심시간으론 아무래도 부족했다.

"네. 환자분 들여보낼게요."

오랜 시간 기다릴 요량으로 온 환자를 어떻게 무시할까. 성의를 가지고 열심히 봐주는 게 예의였다.

진료를 보다 보니 오전이 후딱 지나갔다.

진료실 밖으로 나가자 다들 점심을 먹으러 가기 위해 대기 중이었다.

엘튼이 말했다.

"한 선생이 점심 쏘기로 했다며? 초밥집 예약해 뒀는데 괜찮겠어?"

"양껏 배부르게 드세요."

"후회하지 마. 간호사 언니들 장난 아냐. 지난번에 내가 쐈다가 월급이 반토막 났어."

"감자탕 쏘시고 무슨 반토막이에요!"

엘튼의 담당 간호사가 발끈하고 외쳤다. 엘튼 역시 지지 않고 말했다.

"감자탕보다 술을 많이 먹었잖아. 와아~ 술을 완전 음료수처럼 먹더라니까."

"칫! 많이 마신다고 맥주도 못 시키게 해놓곤."

"감자탕엔 소주지! 맥주랑 감자탕 어울린다고 생각해? 안 그래, 한 선생?"

간호사들과 마치 친자매(?)처럼 지내는 엘튼.

인턴까지 해서 13명이 우르르 초밥집으로 몰려갔다. 넓지 않는 곳인데 일행이 앉자 가게가 거의 찼다.

"술은 다음에 살 테니 오늘은 배부르게 드세요. 제 지갑 적정해 주지 않으셔도 됩니다."

"한 선생님은 역시 누구완 달리 배포가 크다니까."

"그 '누구'가 날 얘기하는 거야?"

"글쎄요? 제 발 저리시나?"

"흥! 안 저리거든. 자자! 우리 인턴들 많이 먹어."

저렇게 싸우면서 같이 앉아 있는 건 뭔지.

두삼은 아무도 앉지 않은 이방익의 옆에 앉았다. 한데 음식이 맛이 없는 건지 초밥을 먹는 그의 표정이 사뭇 진지하다.

"입에 안 맞으세요?"

"…으, 응? 아니. 잠깐 다른 생각하느라고."

"안 풀리는 환자가 있으세요?"

그는 말하는 것이 조심스러운지 잠시 망설이다가 목소리를 낮춰서 말했다.

"이경도 씨. 검사란 검사를 다해봤는데 원인을 알 수가 없어. 느낌상으론 얼굴 쪽 경혈이 막힌 것 같은데 혀라 주무르는 데 한계도 있고."

"갑자기 그렇게 된 건 아닐 거 아닙니까. 원인을 찾아보면……."

"아니, 갑자기 그렇게 됐대. 중국에 초대를 받고 갔는데 어느 날 갑자기 아무 맛도 느껴지지 않았대."

"향신료 때문에 그런 건가? 왜 있잖아요, 중국 향신료 중 혀를 마비시키는 것 같은 거요. 아님, 가짜 술이라도 마신 건 아닌지."

"나도 의심을 해봤지. 한데 아니래. 그는 뭐든 입에 넣으면 향료와 재료를 파악할 수 있는데, 이상한 걸 먹은 적 한 번도 없대."

"정말 곤란하겠군요."

"나보다 그가 더 곤란하지. 요즘 손님들과 투자자들도 의심을 하는 모양이야. 하긴 나도 눈치를 챘는데 전문 미식가들이 눈치를 못 챌까."

"점심시간에 고민한다고 해결될 일이 아닌 것 같은데 일단 식사부터 하세요. 요리사님, 오늘 가장 맛있는 초밥은 뭡니까?"

"오늘 들어온 참치 대뱃살이 좋습니다."

"그럼 그걸로 각 테이블마다 주세요."

"…가격도 가격이지만 예약된 것이 있어서 다 드리는 건 곤란합니다."

"그럼 이분에게만 주세요."

이방익의 기분도 풀어줄 겸 비싼 초밥을 추가로 주문했다.

"비싼 걸 뭣 하러……."

거부의 말은 아니었다.

대뱃살 초밥이 나오자 그는 기분이 풀리는지 예전처럼 눈을 감고 음미했다. 한데 좋은 밥 먹고 헛소리한다고, 그가 엉뚱한 소리를 했다.

"그러지 말고 한 선생이 한번 보면 어때?"

"…제가요?"

"그래. 혹시 내가 맡은 환자라서 꺼려지는 거라면 걱정 말게. 이효원의 일로 자네 실력이 나보다 뛰어나다는 건 알고 있으니까."

적을 만들고 싶으면 누군가가 못 고친 환자를 그가 보는 앞에서 고쳐라. 그럼 어떤 의사든 너를 미워하게 될 것이다, 라는 말이 있다.

튀지 말라는 말로 어느 조직이든 비슷할 것이다. 모난 놈이 정을 맞는 법이니까.

전에 불법적인 방법을 이용해서 다른 과 과장의 잘못된 진료를 덮은 것 역시 이러한 이유에서였다.

이 꼴 저 꼴 다 보기 싫다면 혼자 일하는 게 나았다. 일단 같이 일하는데 불편한 건 싫었다.

"이효원과는 다른 케이스인데요. 정말 괜찮으시겠습니까?"

"훗! 자존심이 상하는 건 자신보다 아래, 혹은 비슷한 상대라고 생각한 이에게 느끼는 감정이야. 엄두가 나지 않은 이를 보면 망가뜨릴까, 아님 옆에 두고 이용하거나 한 수 배울까, 라는 생각을 하게 되지. 난 후자를 선택했어. 그러니 자네랑 일하고 있지 않나. 그리고 지금처럼 실력이 부족함을 당사자에게 고백하는 게 더 자존심이 상한다는 건 알고 있어?"

"죄송합니다."

"죄송하면 보낼 테니까, 자네가 한번 봐."

"…알겠습니다."

여러 케이스의 환자를 맡는 건 좋은 일이었다.

그리고 이방익은 더 이상 자기의 일이 아니라고 생각해서 고민이 풀린 건지 맛있게 식사를 했다.

'돈 쓰고, 일 얻고… 손해 보는 장사네.'

속으로 가볍게 투덜대곤 식사에 집중했다.

딸랑!

차임벨 소리와 함께 가게 문이 열리자 자신도 모르게 시선을 돌리게 됐다.

한데 들어오던 남녀도 고개를 돌린 사람들도 일순 멈칫했다. 서로 아는 얼굴이었기 때문이다.

임동환과 민청하였는데 소문이 사실인 모양이다.

불편한 얼굴을 하는 임동환과 달리 민청하는 담담했다. 그녀는 방긋 웃으며 사람들을 향해 인사했다.

"안녕하세요, 한방센터 식구들이죠? 흉부외과의 민청하예요. 이쪽으로 앉아요, 임 선생님."

단번에 분위기를 정리한 그녀는 두삼을 향해 손을 흔들며 반가워했다.

"두삼 오빠도 있었네요. 맛있게 먹어요."

"으, 응. 너도 맛있게 먹어."

잠깐 안마과 사람들의 시선이 두삼에게 쏠렸다. 그러나 금방 원래대로 돌아갔다.

쓸데없는 것에 신경 쓰기보단 맛있는 초밥을 하나라도 더 먹는 게 남는 거라고 생각한 것 같았다.

느긋하게 먹는 이방익과 하나라도 더 먹으려고 하는 안마과 사람들 덕분에 늦게 들어온 임동환과 민청하의 식사 속도는 비슷했다.

두삼은 계산을 위해 가장 먼저 일어났다. 카드를 내며 말했다.

"이쪽 테이블 것까지 같이 계산해 주세요."

"알겠습니다."

가게 직원이 계산을 마치고 막 카드를 긁으려고 하는 순간 임동환이 막아섰다.

"왜, 네가 우리 것까지 결제해?"

"할 수도 있죠. 청하에게 밥을 사기로 약속한 것도 있고요."

"됐어. 내가 사면 샀지, 남에게 얻어먹는 건 신세지는 거 같아서 불편해. 이걸로 결제해 주세요."

싫다는데 뭐랄까, 두삼은 어깨를 으쓱한 후 물러섰다. 그는 결제를 한 후 민청하와 휑하니 가버렸다.

"하여간 특이한 선배라니까."

고개를 절레절레 흔들곤 카드를 내밀었다. 한데 직원이 말했다.

"방금 결제했는데요."

"아! 일행이 다른데……."

"그래요?"

직원은 후다닥 밖으로 나갔다가 잠시 후 낭패한 얼굴로 들어왔다.

"안 보이네요. 어쩌죠? 본인이 결제를 한다고 해서……."

"하하! 명함 드릴 테니 혹시 찾아와서 카드 취소하게 되면 연락주세요. 다시 올게요."

"…죄송합니다."

"아니에요. 덕분에 어쩌면 공짜로 먹을 수도 있잖아요. 하하하!"

과연 임동환이 이 사실을 알게 됐을 때 어떻게 행동할지를 상상하니 재미있었다.

*　　　*　　　*

어떤 사람들은 자신이 가지지 못한 것에 대해 이해하려 들지 않는다.

가령, 건물을 가지지 못한 사람들은 건물을 가진 사람을 마치 적처럼 생각한다.

임대료를 턱없이 높여 받고 임차인을 피도 눈물도 없이 쫓아내는 사람으로 단정을 짓는다.

물론 그런 건물주도 있다. 그러나 일부에 불과하다.

그러다 막상 자신이 건물을 가지게 되면 그땐 이해가 된다.

건물에 대한 각종 세금과 노후화에 대한 감가상각, 피해자 코스프레를 하는 임차인, 매달 내야 하는 은행 이자, 공실에 대한 걱정 등.

조물주 위에 있다는 건물주가 건물을 가지고 있다는 스트레스로 쓰러질 수 있다는 걸 깨닫는다.

뜬금없이 이런 무의미한 생각을 하는 이유는 고정운을 이해할 수 없기 때문이었다.

아마도 평생 이해할 수 없을지도. 100퍼센트 그럴 것이다.

"한 선생님? 한 선생님?"

김 비서의 부름에 정신을 차렸다.

"…아, 네. 눈앞에 있는 이 건물이 제 것이라는 말을 하셨죠?"

"네. 나중에 병원을 할 때 쓰라고 하셨습니다."

"…하하. 제가 생각하는 병원의 규모와는 너무 다르네요."
"작습니까?"
재벌 비서라 그런지 간댕이가 재벌급이다.
"그럴 리가요. 너무 크다는 겁니다."
강북에 있다고 하지만 10층짜리 건물이다. 얼마나 하는지 물어보기도 겁난다.
"마음에 든다니 다행이네요. 세금 처리까지 완벽하게 끝난 건물입니다. 건물 관리를 맡을 변호사 사무실을 알아봐 놨는데 혹시 알고 계신 곳이 있으면……."
"없습니다. 제가 신경을 쓸 수 있을까 걱정이네요."
"걱정 마세요. 맡긴다고 하시면 그곳에서 알아서 해줄 거예요. 물론 저도 신경 쓸 거고요."
"제발 그래주세요."
"들어가서 보시겠어요?"
"…아, 아뇨. 다음에 담담해지면 그때 보겠습니다. 지금 보면 쓰러질지도 모르겠어요."
"건물 소속 직원들에겐 한 선생님의 사진을 보여줬으니 언제든 편하게 방문하셔도 돼요. 그리고 한 가지 더 있는데 1층 커피숍에 가서 얘길 나누죠."
"또요?! …네네."
포기다. 이제는 자신의 건물이 된 건물 1층의 커피숍으로 들어갔다.
프렌차이즈 커피숍이라 딱히 둘러볼 것도 없었는데 두삼은 연신 두리번거렸다.

자신의 건물이라니 전혀 다른 느낌이랄까.

“지금이라도 둘러보실래요?”

“…아, 아뇨. 말씀하세요.”

“건물만 달랑 드린다고 병원을 할 수 있는 건 아니라고 생각하셨는지 돈벌이가 될 작은 회사를 만들어주셨어요.”

“하하하… 회사라니, 제가 회사를 어떻게…….”

“화장지 납품 업체인데 딱히 신경 쓸 필요 없습니다. 이 건물 10층에 사무실이 생길 거고 직원은 한 명으로 하청 업체에서 파견하는 방식으로 할 거예요.”

더 이상 할 말이 없었다. 무슨 말을 하는지 이해는 됐다.

기존의 납품 업체 사이에 자신의 회사가 끼어들어 차익만 챙기는 회사였다.

다만 현실 같지 않았다.

한참 멍하니 김 비서의 얘기를 들어야 했다.

“서류는 여기에 있어요. 공증까지 다 받아뒀으니 보관만 하셔도 됩니다.”

“…더 이상은 없죠?”

“더 있나 여쭈어볼까요?”

“……”

아무래도 놀리는 것 같다.

김 비서는 병원까지 데려다준 후 떠났다.

멍하니 진료실로 들어가려는데 도 간호사가 표정을 보곤 물었다.

“나가서 무슨 일 있었어요?”

"…아, 네. 부자가 됐습니다."

"호호! 로또 당첨금이라도 받고 왔어요?"

"비슷해요."

"진짜요? 와아~ 대박! 그럼 조만간 술 얻어먹을 수 있는 건가요?"

"얼마든지요. 매일이라도 사드리죠."

"피이~ 무슨 농담을 그렇게 진지하게 해요. 이 선생님이 찾으세요."

하긴 자신도 믿기지 않는데 그녀라고 믿을까.

짝! 이방익의 진료실로 들어가기 전에 양손으로 얼굴을 세게 때렸다. 정신이 번쩍 들었다.

'어차피 지금 가진 돈도 쓸 시간이 없는데 더 많아진다고 달라질 게 뭐가 있겠어. 아무래도 민 원장님이랑 얘기를 해봐야겠어.'

머릿속에서 돈을 털어내고 노크 후 안으로 들어갔다.

이방익과 이경도가 얘기를 나누고 있었다.

"어서 와, 한 선생. 어디 갔다 왔다고?"

"네. 마무리 지을 게 있어서요."

"볼에 손자국이 나 있는 걸 보니 대충 짐작이 가는군. 젊다고 너무 문어발식으로 놀면 안 되지."

"…그런 게 아니라……."

"이해해. 나도 젊었을 때 그랬거든."

"……."

빰을 너무 세게 때린 모양이다. 어떤 변명을 해도 소용이 없을 것 같아서 그냥 입을 닫았다.

“이경도 씨에겐 내 실력으론 안 돼서 자네에게 맡기겠다고 말했으니 이제부터는 자네 환자네.”

“…네. 제 진료실로 가시죠.”

혹시 원인을 파악하게 되면 넌지시 알려줘도 되는 일인데 왜 저렇게 급하게 처리하는 건지 모르겠다.

‘하긴 그러면 더 자존심이 상할지도…….’

이왕 이렇게 된 거 그의 말처럼 자신의 환자라 생각하고 진료를 하기로 했다.

“앉으세요. 일단 진맥부터 하겠습니다.”

“네. 이 선생님껜 말씀 많이 들었습니다. 잘 부탁드립니다.”

“예. 그리고 혹시 오해하실 것 같아 말씀드리는데 한의학이라는 것이 의원마다 조금씩 보는 영역이 차이가 있습니다. 제가 잘하는 영역이 있고 이 선생님이 잘하는 영역이 다릅니다. 가령 어떤 병원에선 제대로 치료를 못했는데 다른 병원에 가니 갑자기 좋아졌다든가 하는 일처럼 말이죠.”

“무슨 말인지 잘 알겠습니다. 제 음식을 남자 분들보다 여자 분들이 더 좋아하는 것처럼 말이죠.”

“이해해 주신다니 다행이네요. 그럼.”

그의 팔을 잡았다. 그리고 오로지 진맥으로만 이상을 파악해 보려고 했다.

‘모르겠다. 몸 관리도 꽤 철저하게 한 것 같은데.’

그의 몸은 건강 그 자체였다. 요리사가 극한 직업이라 체력은 필수라는 얘기를 얼핏 들은 것 같다.

두삼의 손이 하얗게 빛났다. 몸으로 들어간 기운은 빠르게 그의 머리 쪽으로 가며 머리를 스캔했다.

'맙소사! 이게 뭐야!'

그의 얼굴에 있는 혈 몇 곳이 막혀 있었는데 웬 기운으로 짓눌려져 있었다.

마치 두삼 자신이 교통사고를 내려고 했던 깡패의 혈도를 막아놓은 것과 같은 기술이었다.

자신만의 기술이라곤 생각하지 않았다. 놀라운 건 자신의 장갑을 통해 가능한 기술을 누군가는 장갑 없이 해냈다는 것이다.

"…듣기론 자고 일어났더니 맛을 느끼지 못했다는데 사실입니까?"

"예. 그 전날 호텔 행사에 참여해서 귀빈들에게 음식을 대접한 후 너무 지쳐 바로 잠들었는데, 뒷날부터 맛이 느껴지지 않더군요."

"행사 진행 중 특이한 점은 없었습니까?"

"음, 요리 도중 중국 요리사들이 제 말을 잘못 알아들어 실수한 것이 있었습니다. 그리고 그것과 연계되어 복숭아 알레르기가 있는 손님의 음식에 소량의 복숭아 즙이 들어가서 소란이 일었었죠. 그 외에는 하루 종일 음식 준비를 했으니 특이할 것도 없고요."

"잘 해결되었나요?"

"네. 알레르기 걸렸던 손님의 할아버지로 보이는 이에게 사과를 했고 그는 대수롭지 않게 받아줬습니다."

"혹시 그 노인과 신체 접촉이 있었습니까?"

"악수를 했습니다. 그리고 괜찮다는 듯 제 어깨를 가볍게 툭 툭 치더군요. 한데 지금 얘기가 치료와 관련이 있습니까?"

"…아뇨. 조금만 더 보겠습니다."

진맥을 하는 척하면서 생각에 빠졌다.

그 노인일 가능성이 높았다. 손녀의 복수를 사과를 받는 척하면서 한 것이리라.

'우리나라에도 숨은 실력자들이 많으니 중국이야 두말할 필요 없겠지. 어떤 사람인지 한번 보고 싶네. 그나저나 장갑의 힘을 쓰지 않고 나도 가능할까?'

생각을 해보다가 고개를 저었다. 장갑을 벗을 수 없으니 애초에 가능할지 불가능할지를 가늠할 수 없다.

'인연이 있다면 만나겠지.'

중국의 땅덩이를 생각한다면 죽기 전에 만나지 못할 가능성이 높았다.

일단은 심각한 표정으로 바라보고 있는 이경도를 안심시키는 게 우선이었다.

"얼굴에 위치한 혈이 막히면서 혀의 감각 기관을 막은 것 같습니다."

"…이 선생님도 비슷한 말을 했습니다. 치료가 가능할까요?"

"얼굴 경락 마사지와 시침, 뜸을 병행하면 사나흘이면 막힌 혈을 뚫을 수 있을 것 같습니다."

"정말입니까! 다행이군요! 저는 혹시 봉침을 맞아야 하나 했습니다."

"드라마를 많이 보셨나 보네요."

독사의 독이 약의 재료로 쓰이는 것처럼 독이 있는 봉독 역시 약효를 가지고 있다.

봉침의 대표적인 효능은 소염 진통 작용이다. 염증이 일어난 부위에 봉침을 맞으면 염증 세포가 감소하는 연구 결과가 있고 이미 많은 한의원에서 사용 중이다. 또한 항균, 혈액순환, 면역계 조절 등의 효과가 알려져 있는데 다양한 효과만큼이나 위험성을 내포하고 있다.

알레르기 테스트를 한 후 처치를 하니 쇼크가 올 일은 드물지만 봉침의 효과가 어디로 튈지 모른다는 단점이 있다.

즉, 봉침에 대해 정확하게 사용할 수 있는 의원이 아니라면 약국에서 소염제를 사 먹는 게 낫다.

"그건 드라마적 장치일 뿐입니다. 혀에 잘못 봉침을 놓으면 더 큰일 납니다. 치료는 오늘부터 시작하시죠. 일단 침대에 누우세요."

치료는 누르고 있는 기운을 제거하면 되니 지금 당장도 가능했다. 그러나 좀 더 살펴보고 싶은 게 있었다.

*　　　　*　　　　*

민규식 원장에게 전화를 걸어 약속을 정한 후 찾아갔다.

그는 수술을 마치고 왔는지 꽤 피곤한 모습이었다. 다만 입에 걸려 있는 따뜻한 미소는 똑같았다.

"이 시간이면 커피를 제법 마셨을 테니 차를 준비해 뒀네. 앉게."

"감사합니다. 그런데 언제 블랙스완의 사인을 받으셨습니까?"

그의 방 한쪽에 걸크러시, 블랙스완과 함께 찍은 사진과 사인이 걸려 있었다.

"어제. 청하 어릴 때가 생각나서 그런지 정말 귀엽더군. 걸크러시와 달리 건강은 이상 없다고?"

"다들 이십대 초반이잖습니까."

20대 초반 한창일 때는 웬만큼 몸을 혹사하지 않는 이상 피곤해도 금방 회복이 된다. 괜히 나이든 사람들이 20대로 돌아가고 싶다는 말을 하는 게 아니다.

"잘해주게. 연예계야 물 들어왔을 때 혹사시켜서라도 돈을 벌어야 하는 곳이니 어쩔 수 없지만, 일단 우리 품으로 들어온 이상 망가지는 걸 최대한 늦춰야 하지 않겠나."

"알겠습니다."

마치 아버지가 딸이 걱정되어 하는 말처럼 느껴졌다.

"본론으로 들어가지. 무슨 일 때문에 자네가 먼저 전화를 해서 만나자고 한 건가?"

"고정운 회장님이 주신 돈 때문입니다."

두삼은 그에게서 받은 보상에 대해 말해줬다.

"허허허! 그 양반 통이 큰 건 알았지만 화끈하군. 축하하네. 건물주가 됐군."

"솔직히 부담스럽습니다. 그래서 건물과 회사에서 나오는 돈을 병원 기금에 기부하고 싶습니다."

"왜? 돈이란 생기면 생길수록 더 가지고 싶어지는 것 아닌가. 솔직히 자네가 가진 돈이 많다곤 할 수 없네."

"적지도 않죠. 만일 차근차근 제가 모았다면 더 욕심이 났을지도 모르겠습니다. 아니, 어디까지 벌 수 있을까, 라는 생각도 해봤습니다. 한데 지금 이대로 가면 돈의 노예가 될지도 모르겠습니다."

"돈의 주인이 되면 모를까 노예가 되는 건 곤란하지."

"이해해 주셔서 감사합니다."

"이해는 하는데 자네 돈을 병원 기금으로 받을 생각은 없네."

"네?"

"그 돈은 자네를 위해 쓰거나 모으게. 대신 자네 의술을 병원에 주게."

"…이미 병원 소속입니다만."

"설명이 부족했군. 이제부터 자네 의술을 돈이 되지 않는 일에 쓰라고 말하는 걸세. 원래는 자네의 돈에 대한 욕망을 충분히 채운 후 말할 생각이었는데 생각보다 빨리 찬 모양이군."

두삼은 이번엔 그의 말을 이해했다.

"이제부터 무료 치료를 하라는 말씀입니까?"

"맞네. 돈이 많은 사람들보다 돈이 없는 이들이 더 많이 아프다는 건 자네도 알 걸세."

당연했다. 돈이 있는 사람들은 몸에 이상이 있으면 바로 병원을 찾지만 삶에 쫓기는 이들은 그 시간에 일을 해야 했다.

그러다 보면 자연 병을 키우게 된다. 민규식의 제안은 마음에 들었다.

"하겠습니다!"

"허허! 급하게 생각하지 말게. 자넨 아직 준비가 덜 됐네. 그러니 간단한 것부터 천천히 하세."

"부족한 게 있다는 겁니까?"

"때가 되면 알 걸세."

"…말씀을 해주셔야 더 빨리 알지 않겠습니까?"

그는 대답 대신 미소만 지었다. 말해줄 수 없다는 뜻이었다.

'직접 깨달아야 한다는 뜻인가?'

모르겠다. 문제 해결하러 왔다가 새로운 문제를 얻고 가는 것 같다.

"이만 가보겠습니다."

"부자가 됐으니 다음에 점심 한 끼 사게. 허허허!"

"그러겠습니다."

원장실을 나와 한방센터로 가는 내내 자신이 부족한 것을 생각해 봤다.

두삼이 생각하고 있는 부족함을 말하는 건 아닐 것이다. 민규식이 알 리가 없다.

'양의학의 지식? 아냐! 난 한의사인데 부족한 건 너무 당연해. 그라면 '공부하게!'라고 말했을걸.'

때가 되면 알게 될 것이라는데 말이 더 머리를 아프게 만들었다.

고민은 박기영의 등장으로 깨졌다. 그는 꽤 다급한 표정을 짓고 있었다.

"두삼아!"

"…어, 형. 방송이 더 빨리 잡혔어요?"

"아니. 부탁 좀 하려고."

"급한 일인가 본데 말하세요."

"네가 장려령 좀 만나주면 안 되겠냐?"

"어디 있는 줄 알고… 그새 알아낸 거예요?"

"응. 국내 호텔에 머물고 있어. 근데 도저히 접근할 수가 없어. 방송국 힘으로 밀어붙여 보려고 했는데, 다음 날 중국 외교부에서 항의 전화가 오더라."

"안 만나겠다는 사람을 왜 그렇게 만나려고 하는 건데요?"

방송을 통해 인기를 얻으려고 했던 사람이 할 얘기는 아니지만 국민의 알 권리라는 핑계로 뭐든 가능하다고 생각하는 점은 싫었다.

"경호원들에게 떠밀려 넘어지는 순간 나도 포기했다. 근데 엄 PD가 꼭 데리고 오라는데 어떻게 하냐. 너도 실패하면 나도 깨끗이 포기하려고."

"만나는 게 어려운 일은 아니니까요. 알겠어요. 어딘데요?"

자신이 부탁할 땐 당연히 들어주길 바라고 남이 부탁할 땐 이리저리 재는 것도 우스웠다.

한번 만나서 얘기해 보는 게 뭐가 어려울까.

34. 사람은 죽는다.

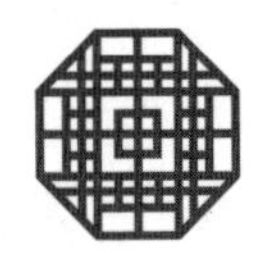

뜨거운 기운이 총알처럼 빠르게 얼굴로 향해 달려가 말랑말랑한 노폐물에 푹! 하고 박혔다.

치이익! 노폐물을 조금 날려 버린 뜨거운 기운은 곧 열기를 잃고 크기가 줄어들며 사라져 버렸다.

푸푹! 치이이익~ 연이어 다시 박히고 사라지는 기운들.

반드시 뚫고 말겠다는 기운들의 의지를 노폐물은 감당하지 못했고 결국 뚫렸다.

"휴우~ 결국 하나를 뚫었네요."

"…고생하셨습니다."

"마무리를 하죠."

두삼은 이준호의 눈 주위의 경락을 꾹꾹 누르며 마사지를 했다.

뜸, 침, 마사지, 거기에 안경까지 더해져야 오늘과 같은 작업이

가능했다. 또한 작업을 할수록 점점 묽어지고 있다는 점이 제거 가능성을 높이고 있었다.

"오늘은 여기까지 하죠. 뚫린 것이 어떤 효과를 낼지는 일단 두고 보기로 하고요."

마무리를 지은 두삼은 걸음을 빨리해 탈의실로 가서 옷을 갈아입었다. 그리고 주차장으로 향했다.

"루시, 하란이 안 바쁘면 연결해 줘."

하란은 반지에 대한 고마움으로 루시를 차에 설치해 줬다. 감시인지 감사인지 정확히 알 수는 없지만 아무튼 전화 통화하긴 편했다.

—바쁜 것 같지만 두삼 님의 전화는 꼭 연결하라고 했으니 연결할게요.

"예쁘기도 하셔라."

—누가?

신호음도 없이 바로 연결되는 건 단점이다.

"누구겠어. 바빠도 연결하라고 한 사람이지."

—난 또. 오는 중?

"아니. 오늘은 잠깐 들러야 할 곳이 있어. 박기영 형이 부탁한 건데 예전 중국에서 공부할 때 만난 장려령이란 애를 만나러 가야 해."

—풉! 무슨 설명이 그래? 그냥 일이 있다고 하면 되는 일이지.

"오해하지 말라고."

—안 해. 오빨 믿어.

"예쁘기도 하셔라."

―풉! 이번엔 뭐가?

"그냥 다. 믿음을 깨뜨리는 일은 없을 거야."

―그거면 돼. 잘 다녀와.

전화를 끊고 빙긋이 웃고 있는데 루시가 말했다.

―두 분 다 지금 똑같은 표정을 짓고 있으시네요.

"그래? 같은 기분일 테니까. 달콤한 사랑 노래로 틀어줄래?"

―같은 주문을 하시네요. 같은 노래로 들려 드리죠.

첫사랑의 설렘을 노래하는 음악이 흘러나왔다.

*　　　*　　　*

"두삼아, 여기."

호텔에 도착을 하자 로비에 있던 박기영이 반겼다.

"몇 층이에요?"

"25층. 엘리베이터에서 내리자마자 경호원이 있으니까 조심해."

"싸우러 가는 것도 아닌데 조심할 게 있나요. 대신 저도 실패하면 포기하세요."

"알았어."

그와 함께 엘리베이터에 올라 25층을 눌렀다.

"엄 PD는 도대체 무슨 생각이래요? 얼굴 예쁜 의사를 찾는 거라면 저희 병원에도 제법 있어요."

"연극과를 나와서 그런지 꽤나 극적인 걸 좋아해. 널 1회에 내보내려는 것도 그 때문이고."

"극적인 거야 그냥 만들면 되잖아요? 방송국이 그런 거 잘하지 않나?"

"가끔 그럴 때도 있지만 사실만큼 극적이지 않아. 상황은 만들 수 있지만 분위기만큼은 도저히 안 되거든. 시청자들도 본능적으로 느껴."

"그쪽 세계도 쉽지 않나 보네요."

세상에 쉬운 일은 없나 보다.

엘리베이터 문이 열리자 맞은편 벽에 기대어 서 있던 두 사내 중 한 명이 말했다.

"이 층은 전용으로 사용되고 있습니다."

"알고 있습니다. 장려령 씨 만나러 왔습니다. 중국 대학에서 같이 공부했는데 얼싼 오빠라고 전해주면 알 겁니다."

"…여기에 머무는 건 어떻게 알고… 어! 당신은 그제 방송국에서 나왔다는 작가 아냐?"

박기영을 본 경호원들의 표정이 구겨지며 분위기는 금세 험악해졌다.

하지만 두삼은 박기영과 함께 올 때 이런 상황을 염두에 두고 있었기에 얼른 말했다.

"죄송합니다. 제가 려령이 얼굴을 보고 너무 반가운 나머지 방송국의 아는 형에게 너무 무리한 부탁을 했나 봅니다. 저는 현재 한강대학병원에서 일하고 있는 한의사입니다. 소란을 피우고 싶은 마음은 없으니 만나기 싫다고 한다면 그대로 내려가겠습니다."

엘리베이터에서 내리지 않고 정중하게 얘기를 하자 경호원들은 살짝 고민했다. 그리고 잠시 후 한 명이 어디론가 손짓을 했다.

그러자 옷은 비슷하지만 분위기가 다른 사내가 다가왔다.

"중국 분인데 중국에서 공부했다면 중국어 잘할 테니, 직접 말하십시오."

"그러죠."

두삼은 중국어로 려령에게 인사를 하러 왔다고 말했다. 한데 말하다 보니 어째 낯이 익다.

"아! 대학교에서 려령이 옆에 계셨던 분 맞죠? 이름이 …황강이고요. 가끔 제가 침 연습할 때 도와주셨잖습니까?"

"아! 얼싼! …한데 얼굴이 조금 달라졌군?"

"몇 년이나 흘렀는데요. 형님도 이제 나이 든 티가 나는데요."

"하긴, 마지막으로 본 게 8년 전인가? 한동안 여름과 겨울만 되면 려령이가 너 안 오냐고 물었었지."

"다음부터는 못 온다고 말했었는데……. 많이 좋아졌습니까?"

"많이 좋아졌어. 잠깐, 이러고 있을 때가 아니지. 려령이에게 말을 전할게."

다행히 아는 얼굴을 만나 쉽게 해결됐다. 물론 당사자가 만나지 않겠다면 끝이지만 그런 일은 없었다.

"들어오래. 따라와."

황강을 따라가는데 박기영이 낮은 목소리로 물었다.

"중국 이름이 얼싼이야?"

"…아뇨. 친해지려고 제 이름이 하나, 둘, 셋이라고 알려줬더니 그때부터 얼싼이가 된 거예요."

"아! 한두삼. 이, 얼, 싼. 얼싼, 입에 착착 달라붙네."

"……."

진짜 붙어볼까 잠깐 고민했다.

"들어가 봐. 뒤에 있는 친구는 여기서 대기하고."

복도 끝에 있는 큰 문 앞에 이르자 황강이 말했다. 분위기를 느꼈는지 박기영이 쳐다봤다.

"형은 여기 있으래요. 들어가서 제가 말할 테니까 걱정 마시고 여기 계세요."

"아~ 그럼 안 되는데."

"친한 형이랑 같이 왔다고 얘기는 해볼게요."

"꼭 얘기해라, 응?"

얼싼이라고 놀린 대가로 말을 안 할 생각이었다.

문을 열고 안으로 들어가자 역시 눈에 익은 여자 경호원이 보였다.

"오랜……."

인사를 하려 할 때였다. '꺅! 얼싼 오빠!'라는 고주파 음과 함께 소녀에서 숙녀가 된 장려령이 뛰어왔다. 그리고 팔을 잡고 팔짝팔짝 뛰었다. 얼떨떨해하다가 예전 기억이 나 손을 뻗어 그녀의 머리를 쓰다듬어 줬다.

한데 예전과는 반응이 달랐다.

"어? 숙녀의 머리를 함부로 만지면 안 되지."

"아! 미안. 예전 기억 때문에, 사과할게."

"음, 특별히 얼싼 오빠니까 용서해 줄까? 오래전부터 만난 사이이니 아빠도 이해해 줄 거야. 그동안 왜 안 왔어? 내가 얼마나 기다렸는데."

"…으, 응. 한국에선 군대를 가야 하거든."

"아! 알아. 지오 오빠랑, 한타 오빠, 게로 오빠, 수현 오빠도 군대 갔지. 그래서 못 왔었구나. 난 또 날 잊은 줄 알았잖아."

그녀의 입에서 연예인 이름이 줄줄 나왔다. 군대 간 한류 스타가 이럴 때 도움이 될 줄이야.

혹시 병원을 찾아오면 잘해줘야겠다.

그런데 얘기를 하다 보니 한국어로 대화를 하고 있음을 깨달았다.

"한국말은 왜 이렇게 잘해?"

"후후! 오빠 깜짝 놀라게 해주려고 몰래몰래 배웠어. 근데 안 와서 얼마나 섭섭했는데……."

"미안."

"아냐. 배우길 잘했어. 덕분에 한국 노래 듣고 한국 드라마 보고 그랬거든. 헤헤!"

'휴우~ 이런 애를 TV에 출연시키겠다고?'

황강은 괜찮아졌다고 하지만 두삼이 보기엔 11살 정도로밖에 보이지 않았다.

하긴 예전에 7, 8살 정도였으니 나아졌다고 볼 순 있겠다.

그녀가 좋아하는 새콤달콤한 음료수를 마시며 대화를 계속했다.

"근데 내가 여기 있는 줄은 어떻게 알았어?"

"네가 음악 방송에서 사람 살리는 영상을 봤거든. 솜씨는 여전하던데?"

"아냐! 예전보다 훨씬 좋아졌어. 그나저나 얼싼 오빠는 실력 좀 늘었어?"

"물론, 가르쳐 준 사람이 누군데."

"당연히 나지! 호호호!"

과거와 달리 화장을 한 성숙한 외모로 어린애 같은 말투를 쓰니 처음엔 살짝 괴리감을 느껴야 했다. 하지만 대화를 계속하자 옛날의 어린 소녀처럼 느껴졌다.

시간 가는 줄도 모르고 한참을 얘기했다. 그러다 밖에 두고 온 박기영을 떠올리고 아차! 싶었다.

“참! 그런데 한국은 어떻게 온 거야?”

“아빠 따라왔어.”

“언제 가는데?”

“글쎄, 아빠가 현재 바보 같은 사람을 한 명 가르치고 있나 봐. 그래서 한동안 한국에 있을 거래. 근데 그 사람, 진짜 바본가 봐. 아빠가 만날 멍청하다고 욕해. 옛날 오빠보다 더 심한가 봐.”

“하하… 그래? 오늘은 늦었으니 이만 가야겠다.”

“벌써? 오랜만에 만났는데…….”

“한국에 오래 있을 거라면서. 다음에 다시 놀러올게.”

“진짜? 거짓말 아냐? 이번에도 몇 년 지나서 불쑥 나타나려는 거지? 그땐 안 만나줄 거야!”

“내가 거짓말을 왜 해. 의심스러우면 네가 전화해. 일할 땐 곤란하지만 일 끝나고 맛있는 거 사줄게.”

“아! 그러면 되겠구나! 난 또 괜히 걱정했네.”

전화번호를 교환한 후 일어났다.

작별 인사를 하고 밖으로 나가자 박기영은 보이지 않고 웬 중화풍 옷을 입은 백발의 노인이 서 있었는데 마치 앞을 막듯이 서 있었다.

“누구?”

자신이 묻고 싶은 말이다. 황강이 정중한 자세로 귓속말을 하는 거 보니 장려령의 조부가 아닌가 싶어서 얼른 말했다.

"안녕하세요. 대학 때 려령이와 알고 지내던 한……."

"자네가 얼싼이라고?"

아무래도 중국 이름은 얼싼으로 해야 할 모양이다.

"…예, 어르신."

"려령이에게 들은 적이 있어. 실력이 안 좋은 오빠한테 침술을 가르쳤다고 했었는데 그게 자네였군."

'실력이 없는 게 아니라 중국어가 서툴러서 수업을 못 따라가서 그런 것뿐입니다만.'

려령이야 애니까 그렇다고 해도 다른 사람에게 실력이 없다는 말을 들으니 발끈한다. 하지만 내뱉진 못했다. 그를 보니 할아버지같이 느껴졌기 때문이었다.

"려령이랑 친했나?"

"그렇습니다."

"그럼 한국에 머무는 동안 가끔 려령이랑 놀아주게."

"자주는 못 해도 가끔 그렇게 하겠습니다."

"혹시나 엉뚱한 생각은 말게."

"경호원들과 함께 움직일 텐데, 행여나요. 그럼 이만 가보겠습니다."

"동료는 로비에 있을 걸세. 방송에 출연시킬 생각은 없으니 그리 알고."

방송국 때문에 왔다는 걸 알고 있다니, 설마 박기영을 협박이라도 한 건가?

"…저도 그렇게 전할 생각이었습니다."

속내를 들킨 것 같아 얼굴을 살짝 붉히며 말한 후 로비로 내려갔다.

*　　　*　　　*

민규식이 처음으로 소개한 이는 발목 지뢰를 밟아 발목이 잘린 군인 출신의 환각지 환자였다.

"낮엔 그나마 괜찮은데 밤엔 술을 먹지 않으면 잠을 자지 못할 정도로 간지럽습니다."

초췌하고 술 냄새가 풍기는 듯한 자신 또래의 남자는 꽤 지친 표정으로 말했다.

"잠깐 보겠습니다. 의족을 벗어보시겠어요?"

사내는 꽤나 복잡하게 의족을 풀었다.

'쯧! 영호 아저씨와 비슷하군. 근데 의족은 저런 것밖에 없나?'

TV에서는 로봇 의족이 나오고 3D프린터로 제작된 의족을 신고 뛰어다니는 이들도 있는데 자신이 보는 사람은 하나같이 걸을 때마다 잘린 부위가 아플 수밖에 없는 의족을 쓰는 건지…….

이유는 짐작이 갔다. 비싼 가격 때문이리라.

장애 등급을 받는 이는 국가에서, 의료보험 대상자면 건강보험 공단에서 일정 금액의 지원금이 나온다. 한데 그 금액으로는 제대로 된 의족과 의수를 사는 것은 불가능하다.

결국 자비를 보태서 사야 하는데 돈이 없다면 중국제 저가 제품을 쓸 수밖에 없다.

'이런 건 국가 차원에서 저렴하게 공급해야 하는 거 아닌가? 게다가 이 사람은 군인이었잖아.'

모든 걸 국가가 할 수 없다지만 상황 자체가 조금 답답하다.

긍정적으로 생각한다면 병원이 정부 지원금을 받으니 국가에서 하는 일이라고 볼 수도 있겠다.

자신이 할 수 있는 일이나 하자는 생각으로 그의 다리에 손을 올려 주무르기 시작했다.

"…시원하군요."

외부로 빠져나가는 기운을 막느라 병실이 너무 조용해서일까 사내가 중얼거렸다.

"혈을 자극하고 길을 잃은 맥을 막는 과정이거든요. 며칠 걸리겠지만 끝나고 나면 간지럽지 않을 겁니다."

"…그랬으면 좋겠군요."

"무릎 아래론 마취를 시켜둘 생각입니다. 혹시 잠이 안 오면 수면제 처방을 해놓을 테니 간호사에게 말하면 됩니다."

띠링!

메시지가 왔다. 흘낏 보니 혈관외과의 전철희로, 남은 혈관이 거의 없는 환자가 있으니 와달라는 내용이었다.

20퍼센트쯤 막았기에 마무리했다.

"불편하게 걷다 보니 무릎, 골반, 허리가 전체적으로 좋지가 않네요. 안마실에 연락을 해놓을 테니 안마 받은 후에 쉬세요."

천 간호사에게 말한 후 마스크를 착용하고 본관 내과로 향했다.

전철희는 밖에서 기다리고 있었다.

"웬일로 마중까지 나와 계세요?"

"투석실에서 보기엔 조금 위험한 환자라서."
"많이 안 좋나 봐요?"
"그렇기도 한데 다른 병원에서 온 환자라서. 아무래도 매번 보던 환자들과는 다르니까."
치료실이라서 수련의들과 간호사들이 몇 명 있었다. 그러나 덤덤했다.
이제 마스크를 벗는다고 해도 상관이 없을 것 같다.
"부탁해."
"네, 선생님. 환자분, 손 좀 잡겠습니다."
손을 잡자 하얀 기운이 노인의 손으로 스며들었다.
'휴우~ 혈관이 완전 엉망이네. 이 정도면 동맥경화도 아주 심할 텐데.'
생각과 함께 너덜너덜한 혈관에 기운을 덮어씌웠다.
"다 됐습니다, 선생님."
"오케이! 그럼 주사를……."
전철희가 투석용 주사기를 꽂으려 할 때였다. 갑자기 뒤에 있던 모니터가 요란스럽게 소리를 내질렀다.
삐삑! 삐이이이익!
"어레스트! 기관 삽관! 바로 제세동기 준비하고! 환자 가족에게 알려!"
전철희의 반응은 마치 예상이라도 하고 있었던 것처럼 빨랐다. 심폐소생술을 하며 주변에 있는 의사들에게 말한 후 두삼을 봤다.
"원인을 찾아!"

"예!"

응급실에서의 경험 때문일까. 두삼은 침착함을 유지하면서 기운으로 내부를 살폈다.

"심근경색입니다. 오른 관상동맥이 막혔… 아! 좌회선지동맥 역시 막혔습니다!"

"일단 제세동기부터! 손 떼! 200J!"

손을 떼자마자 제세동기가 환자의 가슴에 닿았다.

순간 환자의 몸이 들썩했다. 하지만 심장은 돌아오지 않았다.

"300J!"

하지만 소용없었다. 다시 시작된 심폐소생술. 전철희는 방법이 없느냐는 듯 쳐다봤다.

"뚫어보겠습니다."

이준호의 얼굴 쪽 혈도를 뚫는 것처럼 뾰족하게 만든 기운이 혈관을 타고 들어가 오른 관상동맥과 좌회선지동맥으로 향했다.

'전체적으로 혈전과 요독 물질이 너무 심해.'

빠르게 나아가는 기운에 연속적으로 걸리는 것들이 있었다.

도착 전에 기운이 사라질 것 같았기에 몇 개의 기운을 연속적으로 만들어 뒤따르게 만들었다.

푹! 푸푹!

막혀 있는 곳을 기운들이 연신 찌르자 혈전은 버티지 못하고 뚫렸다.

"뚫렸……!"

겨우 뚫었다고 생각했다.

한데 혈액 속 혈전과 요독 물질은 혈도 속 노폐물과 달리 열기로 태워서 날려 버릴 수가 없었다.

피를 따라 돌려던 혈전은 멀지 않은 곳에서 다시 뭉쳐 혈관을 막아버렸다. 게다가 이번엔 세 곳이 동시에 막혀 버렸다.

기운을 세 곳으로 다시 보냈다. 그리고 다시 뚫었다. 한데 심폐소생술로 인해 인위적으로 돌던 혈액은 더욱 빨리 혈관을 막았다.

심장은 물론 뇌로 올라가 뇌경색까지 만들었다.

"……."

"헉헉! 왜? 상황이 안 좋아?"

"…혀, 혈전이 심장은 물론 뇌까지……."

이번에 막힌 곳은 다섯 곳. 입술을 깨물며 다시 기운을 보냈다. 결과는 눈에 그려지는 듯했다.

역시나 뚫으면 그 혈전들이 다시 다른 혈전들과 합쳐져 작은 혈관을 막아버리거나 다른 곳으로 흘러 그곳을 막아버렸다.

도저히 이기지 못할 것 같은 싸움임에도 두삼은 최선을 다해 기운을 보냈다.

기운은 빠르게 사라져 갔지만 뚫고 말겠다는 생각만 가득했다.

툭툭!

전철희가 어깨를 치지 않았다면 기운이 다 떨어질 때까지 계속했을 것이다.

그를 봤다. 전철희는 고개를 아주 천천히 좌우로 흔들었다. 그리고 두삼의 어깨를 꾹 잡으며 사망 선고를 했다.

"사망 선고하겠습니다. 이권혁 님, 15시 03분 사망하셨습니다."

"……."

갑자기 귀에 이명이라도 생긴 건지 '위이이잉!' 하는 소리가 머리 전체를 울렸다.

환자를 데리고 온 딸인지 며느린지 모를 여자가 울음을 터뜨리는 모습이 눈에 박히듯 들어왔다.

만일 전철희가 어깨를 두르고 밖으로 데리고 나오지 않았다면 언제까지고 그 모습을 봤을지도 모르겠다.

"괜찮아?"

"…아, 네……."

"얼굴색이 많이 안 좋아. 나랑 잠깐 시원한 음료수나 한잔할까?"

"아, 아닙니다. 일이 있어서……."

"가는 길에 잠깐이라도 숨 좀 돌려. 늦는다고 탓할 사람 없을 거야. 그리고 이런 말이 도움이 될지 모르겠다만… 의사는 신이 아냐. 수고했어. 와줘서 고맙고."

그는 등을 몇 번 쓰다듬어 준 후 치료실로 들어갔고 두삼은 잠시 멍하니 서 있다가 천천히 걸었다.

그저 혈관에 기운을 둘러주러 온 것뿐인데 갑자기 이게 무슨 일인지.

환자의 얼굴, 보호자의 우는 모습, 마지막으로 전철희가 수고했고 고맙다고 한 말이 울컥하게 만들었다.

두삼은 눈에 보이는 화장실로 들어갔다. 그리고 구석에 있는 칸으로 들어갔다.

"…크윽!"

참으려 했음에도 침통한 소리와 함께 눈물이 주룩 흘렀다.

“크흑! 흐으윽! 큭!”

두 손으로 얼굴을 감싸 쥐었음에도 계속해서 나오는 눈물을 주체할 수가 없었다.

과거 할아버지의 주검을 봤을 때완 달랐다. 그때는 분명 슬픔이었다.

살아생전의 모습과 다르지 않은데 두 번 다시 인사하지 못하고, 웃지 못하고, 안지 못한다는 것에서 오는 슬픔.

한데 오늘의 눈물은… 잘 모르겠다.

슬픔, 살리지 못한 데에서 오는 미안함, 무기력함, 그리고 의사가 된 후 본 환자의 첫 죽음 등이 잘 버무려져 만들어낸 울음 같았다.

특히, 응급실에서 사람을 살리고 들었던 고맙다, 수고했다는 말을 환자가 죽고 난 후에 듣게 되니 더 슬퍼지는 기분이다.

민규식도, 전철희도 환자의 삶과 죽음 여부에 상관없이 최선을 다한 것에 대한 말이었으리라.

어떤 상황에서도 흔들리지 말라고 한 말이었으리라.

“아는데… 크흑! 아는… 데…….”

눈물이 난다.

인간이 인간의 죽음 앞에 운다.

*　　　*　　　*

“안녕하세요, 한 선생님.”

양태일이 꽤 피곤한 얼굴로 인사했다.

"…어, 그래. 당직 했냐?"

"네, 그렇습니다."

하루 지나고 나니 토끼처럼 붉어졌던 눈도 괜찮아졌고 눈물도 나오지 않았다.

다만 다운된 기운은 원래대로 돌아오지 않았고, 왜 그렇게 눈물이 난 건지 지금도 이해할 수 없다.

"근데 기운이 조금 없어 보이시는데… 괜찮으세요?"

"지금 네가 날 신경 쓸 일은 아닐 텐데? 내가 시킨 건 완벽하게 하고 이러고 있는 거냐?"

"…죄송합니다."

아! 자신의 감정을 아무것도 모르는 후배에게 풀려 하다니, 최악이다.

학교 다닐 때 자신의 감정을 후배들에게 푸는 조교가 있었다.

소개팅이 잘못되거나 교수한테 깨지는 날이면 어김없이 후배들을 괴롭히는 인간이었는데 두삼이 엄청 싫어했었다.

한데 지금 자신의 모습이 그와 별다르지 않다. 더 최악이 되기 전에 얼른 바로 잡아야 했다.

"아무래도 얼마나 늘었는지 봐야겠다. 도 간호사님 커피 한 잔 가지고 진료실로 들어와."

"…예! 선생님."

실험체가 되어준다니 침울해하던 표정이 금세 밝아졌다. 입이 한 잘못을 몸으로 때우기로 했다.

도 간호사의 커피를 마시자 기분이 조금 좋아졌다. 가운과 옷을 벗고 침대에 누웠다.

"일단 오른팔부터 해보자."

"마취용 침을 사용해도 되겠습니까?"

마취용 침은 필요 이상으로 찌르지 못하도록 만든 침으로 두삼이 주문해서 만든 침이었다.

"그걸로 하면 잘할 것 같아?"

"아무래도 이거면 깊이보다 찌르는 데 더 집중할 수 있더라고요."

"실험해 봤냐?"

"안마실 안마사님들이 도움을 주셔서……."

"성공은 했고?"

"세 번 중 두 번은 성공했습니다. 아직 전신마취는 못 해봤지만요."

"그럼 해봐."

눈을 감고 있자 침이 하나둘씩 꽂혔다. 그리고 마지막 침을 꽂는 순간 오른팔의 감각이 느껴지지 않았다.

"왼팔."

기에 대한 믿음이 커진 건지 양태일은 왼팔 역시 단번에 해냈다.

"잘하네. 뽑고 이번엔 상반신을 마비시켜 봐."

침을 뽑자 혈을 막고 있던 기운이 흩어지며 양팔이 자유롭게 움직였다.

칭찬에 힘을 얻은 건지 그는 상반신, 오른다리, 왼다리, 하반신까지 단번에 해냈다.

하지만 전신 마비를 할 때 다소 위험한 혈이 있어서인지 두 번 실패했다.

실패를 했으니 무슨 말을 해줄까 잠시 고민했다. 사실 양태일 정도의 실력이라면 경험적인 것과 환자의 병명만 정확하게 파악할 수 있다면 당장 의원을 개업해도 괜찮았다.

물론 현재 병원의 과장급에 이름을 날릴 정도 되려면 부족하지만 말이다.

"음, 잘했어. 근데 잘했다고만 하고 피드백이 없으면 네가 서운할 거 아냐?"

두삼은 드레싱 카에 있는 침을 들었다.

"왠지 서운하진 않을 것 같은데……."

"너무 심하게 움직이진 마라. 잘못하면 엉뚱한 데 찌를지도 모르겠다."

"선생님, 제가 차라리 누울… 아!"

그가 말하려 할 때 손을 뻗어 그의 뒷목과 어깨로 내려오는 부분에 빠르게 침을 꽂았다.

찌를 때마다 따끔거리는지 그는 움찔댔지만 개의치 않고 마무리까지 했다. 그러자 그의 몸이 갑자기 축 처지며 무너졌다.

두삼은 얼른 그를 잡으며 말했다.

"환자가 얌전히 누워 있을 거라 생각하지 마. 그리고 환자와 너만 있는 조용한 공간에서 시침을 할 수 있을 거라는 생각도. 어떤 상황에서도 정확하게 시침을 할 수 있어야 진짜 실력이야. 시침이 잘못됐을 때 두려움? 당연히 있겠지. 그럼 없어질 때까지 연마해."

"…알겠습니다."

"좋아. 일 갔다 올 동안 네가 풀어 봐봐."

"…전신 마비 상태에서 어떻게 풉니까?"

"나도 모르지. 침대에 올려줄게."

양태일을 진료용 침대에 올려준 후 밖으로 향했다.

"선생님! 한 선생님! 야이……."

욕을 하려다 생각해 보니 공식적으로 잘 수 있는 기회 아닌가?

최근 조부가 남긴 책을 보고 두삼이 시킨 일을 하느라 잠이 부족했다. 특히 어젯밤 다른 과의 레지던트 2년 차와 함께 당직을 섰는데 어찌나 들들 볶던지 한숨도 못 자고 뺑뺑이를 돌아야 했다.

잠깐 어젯밤 일을 생각하는 사이 양태일은 잠이 들었는지 심하게 코를 골았다.

"무슨 일이에요?"

천 간호사가 양태일의 외침에 놀랐는지 물었다.

"별거 아니에요. 피곤한 것 같아서 좀 쉬게 해뒀어요. 제가 올 때까지 그냥 내버려 두세요."

"그냥 쉬라고 말하시면 될 텐데."

"청개구리 같은 사람들 있잖아요."

"양 선생님이 너무 FM적이긴 하죠."

"그럼 다녀올게요."

특실로 향했다. 한데 좋은 일도 한꺼번에 오듯이 나쁜 일도 한꺼번에 오는 모양이다.

응급실에서 연락이 왔다.

—한 선생! 지금 아파트에서 투신한 여성이 병원으로 오고 있어. 상황이 많이 안 좋다니 수술실로 가기 전까지 자네가 도와줬으면 해. 최악의 경우 같이 들어가는 것도 생각해 보고.

"…알겠습니다."

서둘러 뛰어갔다. 아직 도착 전.

대기 중이던 노상철과 레지던트, 간호사와 간단히 인사를 하고 나자 노상철이 말했다.

"마지막 인원까지 왔으니 밖에서 기다리자. 너희 둘은 안에서 대기하고."

환자가 정말 많이 위급한 모양이다. 한강대학병원의 경우 웬만큼 급한 환자가 아닌 경우 내부에서 대기하고 있다가 응급실 문턱을 들어서면 인계를 받는다.

환자를 치료할 의사가 가운을 입은 채 밖을 나가는 것은 위생상 결코 좋지 않기 때문이다.

밖으로 나가 구급차를 기다리는데 노상철이 헛기침을 하며 낮은 목소리로 물었다.

"험! 어제 좋지 않은 일 있었다며?"

"…뭐, 딱히……."

"처음이었냐?"

"……."

눈앞에서 환자가 죽은 모습은 처음이었다. 섬에서 할머니는 살려서 헬기에 태웠으니 말이다.

"철희한테 들었다. 네 표정을 보고 설마 했다는데, 진짜가 보네."

"…표정에 다 드러나나 보군요?"

"환자의 죽음을 처음으로 보면 열에 일곱은 너랑 비슷하게 얼빠진 표정을 지어. 물론 우리 쪽에서야 워낙 많은 사람이 죽으니까 첫 죽음에 대한 판단이 조금씩 다르긴 하지만."

"나머지 셋은요?"

"화장실로 달려가 울지. 지금 생각하면 좀 그런데 나는 후자였어. 하하!"

응급실 앞쪽에 있는 조경수를 초점 없이 보던 두삼이 물었다.

"…언제쯤 익숙해질까요?"

"글쎄, 익숙해지는 날이 있을까."

"…선생님 정도라면?"

"왜? 나만큼 죽음을 보게 되면 익숙해질 것 같아? 내가 이상한 건지 모르지만 그저 처음보다 덜 슬프다는 것과 더 잘 참을 수 있게 되는 정도랄까."

"…그렇군요."

"난 말이야, 죽음이 익숙해지면 그땐 이 짓 때려치울 거야. 환자의 주검을 보고도 아무렇지 않으면 내 인간성이 죽었다는 증거일 테니. 그러긴 싫거든."

"그럼 어떻게 버티십니까?"

퍽!

그는 등짝을 치며 말했다.

"술이 있잖아. 외과 의사들이 괜히 주당인 줄 아나? 다른 걸 하면 좋겠지만 그럴 시간도 없고. 쩝! 얘기는 다음에 하자. 온다! 다들 긴장해!"

노상철은 살짝 긴장한 모습으로 말했다.

문득 그의 표정을 보니 현재 자신은 어떤 표정을 짓고 있는지 궁금했다.

그와 같이 죽음에 맞서는 모습인지, 아님 죽음에 두려워하는 모습인지.

애애애애애애앵~ 애앵~ 애애애앵~

구급차가 울면서 빠르게 응급실로 다가오고 있었다.

*　　　*　　　*

지천에 깔린 각종 열매와 약재로 할아버지는 매년 술을 담갔다.

중학교 때 몰래몰래 훔쳐 먹어도 티가 나지 않을 정도로 많았다.

매년 담그는 그 많은 술을 왜 담그고 누가 먹었을까, 라는 의문을 가져본 적이 없었다. 그런데 이제 어렴풋이 알 것 같다.

어린 시절 가끔 오줌이 마려워 늦은 밤에 깨면 할아버지는 술을 기울이곤 하셨는데 어쩌면 매일 밤 그렇게 드셨는지도 모르겠다.

"할아버지도 익숙해지지 않으셨을까?"

크리스털 잔에 담긴 노란 술을 보다가 입으로 가져가 털어 넣었다.

꿀꺽꿀꺽! 단숨에 술을 비운 두삼은 다시 술잔을 채우며 중얼거렸다.

"거짓말쟁이. 술을 마시면 괜찮을 것처럼 말해놓고. …부족해서 그런가."

술잔 가득 따른 후 다시 단숨에 비웠다.

"너무 급하게 드시네요. 얼음이라도 넣어서 마셔요."

현재 있는 곳은 노대우와 함께 와서 마셨던 그때 그 바였다. 예쁜 바텐더는 미소를 잃지 않았지만 걱정된다는 표정으로 얼음을 잔에 넣어줬다.

"좀 취하고 싶은데 취하질 않네요."

"취하고 싶으면 시간도 함께 마셔야 해요. 잠깐만 기다려 봐요. 그럼 취할 거예요."

시간과 함께 마셔야 취한다라… 맞는 말이었다. 하지만 자신에겐 확신할 수 없다.

뇌전증 약효를 가진 음식을 찾기 위해 내부를 살펴보는 게 습관화가 된 건지 술을 마시는 지금도 내부를 살펴보고 있다.

한데 술이 내부로 들어가자 기운들이 열심히 간의 해독 작용을 도왔다.

"가만히 두면 시간은 절대 마시지 않을 것 같으니 제가 잠깐 도울게요."

"어떻게요?"

"제가 두삼 씨의 직업을 맞춰볼게요."

"대우 형에게 들은 거 아니고요?"

"노 주임님 요즘 저희 가게에 잘 안 와요."

"왜요?"

그녀는 대답 대신 어깨를 으쓱했다. 한데 왠지 알 것 같았다.

고백을 했는데 차인 게 분명했다.

"매몰차게 거절한 모양이군요?"

"매몰차게까진 아니지만… 확실하게 거절하는 게 서로를 위해서 좋잖아요. 그건 그렇고 손을 줘볼래요?"

손을 내밀자 그녀는 손을 잡더니 이리저리 살폈다.

"손이 여자 손처럼 부드럽네요. 험한 일을 하는 것 같진 않네요. 그리고 타고난 것도 있는데 관리를 꽤 열심히 하는 것 같고요. 그에 비해 팔의 근육은… 휘익! 소도 때려잡겠는데요."

"풉!"

눈을 동그랗게 뜨고 소도 때려잡겠다는 말이 왜 이렇게 웃긴지 모르겠다.

"계속 만지고 싶은 팔인데 더 만졌다간 오해하겠죠. 이번엔 얼굴. 음, 해를 보는 직업은 아니네요. 그리고 마지막으로 분위기."

입을 쉬지 않고 요리조리 살피는 모습에 술을 마시지 않고 기다렸다.

"팔의 근육 때문에 헷갈리네요."

"힌트를 줄까요?"

"아뇨. 이미 어느 정도 결론이 나왔어요. 오케이! 확신이 들었어요. 두삼 씨, 의사죠? 그것도 한의사."

"어떻게 알았어요?"

"호호! 많은 사람들을 보는 직업의 특성상 촉이 좋다고나 할까요. 사실 팔의 근육 때문에 마사지사인 줄 알았어요. 한데 엄지와 검지, 중지에 살짝 굳은살이 있더군요. 그리고 지금 짓고 있는 표정 의외로 많이 봤거든요. 근처에 병원이 있잖아요."

"아!"

"너무 많이 마시진 마세요. 천천히 마시게 할 분이 온 것 같으니 전 이만."

그녀는 생긋 웃곤 잔을 하나 더 세팅을 해주곤 다른 손님에게로 갔다.

'천천히 마시게 할 분?'

뭔 소린가 싶어 뒤를 돌아봤더니 민규식이 서 있었다.

"원장님! 여긴 어떻게?"

"우울한 표정으로 퇴근하는 모습을 보고 따라왔다네. 바텐더와 즐거운 시간을 보낼 줄 알았으면 그냥 갈 걸 그랬나 봐."

"바텐더가 저한테만 신경 쓸 수 있나요. 앉으세요. 스트레이트로 드려요?"

"허허! 난 술로 풀진 않는다네. 얼음 많이 넣어서 언더락으로 주게."

"…노상철 선생에게 들었습니까?"

"자긴 위로에 익숙하지 않다고 좀 해달라고 하더군. 술을 마시라고 했다며?"

"좋은 말씀도 해주셨는데 실행할 수 있는 게 술을 마시는 것밖에 없더군요."

"후후! 차츰 바뀌겠지. 마시세. 나도 젊었을 때 어지간히 마셨다네. 지금은 그저 즐기는 정도네."

즐기는 정도라는 이가 무조건 원샷이었다. 오히려 혼자 마실 때보다 더 마시는 것 같았다.

"마실 만하니 떨어지는군. 바텐더! 여기 이것보다 맛있는 걸로 한 병 더 주게."

"이런! 취하게 만들려는 오신 분이셨네요?"

"후후! 직업은 잘 맞추는데 어느 정도 술을 마시는지는 모르는 모양이군요. 걱정 마시오. 이 친구 두 병 정도 마셔도 끄떡없을 테니."

"그런가요? 그럼 드려야죠."

새로운 병이 오자 민규식은 병을 따고 술을 따랐다. 그리고 다시 원샷! 위로를 하러 온 것이 아니라 술을 먹이러 온 모양이다.

두 번째 병이 3분의 1쯤 남자 그제야 그는 속도를 늦추며 물었다.

"환자는 편하게 갔나?"

오늘 응급실에서 본 환자에 대한 얘기였다. 아니, 이젠 환자가 아닌 고인이다.

구급차에서 내리자마자 환자의 몸을 스캔한 후 출혈부터 잡으려 했었다. 하지만 그녀는 기관 삽관도 하기 전에 어레스트가 왔다.

제세동기로 멈춘 심장을 살려냈지만 5분도 되지 않아 다시 심장이 멈췄고 그게 끝이었다.

거의 모든 뼈가 골절이 되고 그 뼈들이 장기에 박혀 있었다. 거기에 뇌마저 3분의 1이 찌그러져 있는데 고통은 느껴지는지 온몸에 힘을 준 채 부들부들 떨고 있었다.

출혈? 몸의 모든 혈관을 다 막아버리지 않는 이상 멈출 수 없는 수준인데 뭘 한단 말인가.

게다가 한쪽을 막으면 압력 때문에 다른 곳에서 출혈이 일어났었다.

"…모르겠습니다. 고통스럽지 않게 마취는 시켜줬는데 편하게 갔는지……."

환자의 마지막 표정은 자살을 성공했다는 안도감인지, 아니면 고통을 없애줘서인지 편안했다.

"최선을 다했으면 그걸로 된 걸세."

"압니다. 근데 왜 이렇게 마음에 걸릴까요?"

"나도 아직 사망 선고를 내리고 나면 먹먹해지는데 뭘. 다만 기다리고 있는 환자를 위해 다시 움직이는 것뿐이야. 스스로 일어나야 해."

"그야 당연히 알죠. 근데 위로를 해주러 오신 거 아닙니까? 위로치곤 약하네요."

"난 이미 해준 걸로 알고 있는데?"

"해주긴 해주셨죠. 근데 제가 이해를 못 했으면 어쩌시려고요?"

"사람이 언젠가 죽듯이 자네 또한 언젠가 이해했겠지."

"참, 위로가 되네요. 그만 일어나시죠. 어차피 스스로 이겨내야 하는 일이라면 술을 마신다고 해결될 것 같진 않네요."

"왠지 위로가 안 되었다는 표정이네. 안아줄까?"

"…아뇨!"

화장실에 다시 가 울지언정 남자의 품에 안겨 위로를 받고 싶은 마음은 없었다.

"질색하긴. 나라고 좋아서 하는 말인 줄 아나? 혹시 집에 가서 마음이 정리되지 않거든 내일 오후 3시쯤 내 방으로 오게. 자네에게 보여주고 싶은 게 있네."

도대체 뭘 보여주겠다는 건지.

그나저나 두삼은 일어났는데 민규식은 일어날 생각이 없는지 계속 앉아 있었다.

"안 가십니까?"

"술을 남기고 가면 쓰나."

"킵해도 됩니다."

"예쁜 바텐더를 번거롭게 하면 쓰나. 그리고 오늘 나도 술로 위로 좀 받아야 할 일이 있어서."

"…원장님이 맡으신 분은 편하게 가셨습니까?"

"후후! 모르겠네. 다만 최선을 다했네."

두삼은 다시 자리에 앉았다.

"왜? 가지 않고?"

"혼자보단 둘이 낫지 않습니까? 물론 위로는 못 해드립니다. 제 코가 석 자라."

"후후! 마시세."

두 사람은 결국 세 병을 비우고 나서야 일어났다.

* * *

오후 세 시, 이방익에게 양해를 구한 후 원장실을 찾았다.

양주 세 병을 비운 사람이 맞나 싶을 만큼 멀쩡한 모습으로 민규식은 책을 읽고 있었다.

두삼은 들고 온 한약을 테이블에 올렸다.

"뭔가?"

"어제 보니 신장 쪽이 안 좋으신 것 같아서요. 한방센터 약재가 아닌 집에 있는 약재로 달인 겁니다."

"누가 뭐랬나? 아무튼 고맙네. 근데 이걸 만들 정도면 잠을 못 잤겠네?"

"술기운 때문인지 잠이 안 오더군요. 그래서 술을 담그다가 겸사겸사 달여봤습니다."

"술이 익으면 혼자 마시지 말게. 끙차! 가보세. 참! 그전에 이 옷으로 갈아입고."

그가 준 건 평범한 체육복이었다.

웬 도깨비장난인가 싶다가도 민규식의 진지한 표정에 말없이 갈아입었다. 그리고 다 갈아입고 그를 따라나섰다.

그가 향한 곳은 수술실. 한데 수술실 입구에서 갑자기 방향을 틀더니 보호자 대기실로 들어갔다.

"저기 구석 자리에 앉아서 1시간만 있게."

"……?"

"부탁함세. 1시간만 이 방에 있는 이들을 잘 살펴보게."

"…알겠습니다."

그가 가리킨 곳은 멍하니 앉아 있는 부인 옆이었는데 누군가가 위급한 수술을 하는지 얼굴이 좋지 않았다.

'후우~ 뭔가 의도가 있겠지.'

자신이 양태일에게 하는 명령과 비슷했기에 대기실에 앉아 사람들을 살폈다.

대기실 사람들의 행동은 대체로 비슷했다.

이름의 마지막 글자가 별표로 표시된 환자명과 수술실 시간이 적혀 있는 전광판을 안타까운 표정으로 바라보거나, TV 혹은 스마트폰을 보면서 안절부절못하는 이들.

어떤 수술인지 전광판에 나와 있진 않았다. 그러나 그들의 표정에서 위급 정도를 어렴풋이 알 수 있었고 수술이 잘되길 바라는 간절함을 느낄 수 있었다.

'보호자들의 간절함을 느끼고 기분을 털어내라는 뜻인가?'

조금 이상하긴 했지만 느끼는 바는 있었다.

"…죽어줘. 아니, 경훈아, 엄마가 미안해. 살아줘."

옆에 앉아 주의 깊게 듣지 않으면 들리지 않을 낮은 목소리였다.

곁눈질로 옆을 봤다. 들어올 때와 다름없이 멍한 모습으로 전광판을 보고 있는 아주머니.

다른 점은 그녀의 눈에서 눈물이 흐르고 있다는 점이다.

중얼거림은 때론 들리지 않았고 때론 들렸는데 제정신이 아닌 듯했다.

"이런 생각하는 엄마를 원망해도 좋아. 근데 아빠와 날 위해서… 그만 편안해지렴. 아, 아냐! 엄마가 미쳤나 봐. …용서해 주렴. 이겨내. 제발… 제발… 이겨내."

"……!"

도대체 무슨 사연이 있기에……. 듣고 있는 자신마저 감정을 주체할 수 없을 정도로 슬퍼지는 음성이었다.

두삼이 보기에 그녀는 오열을 하며 끊임없이 자신의 자식이 죽기를, 살기를 바라고 있었다.

두삼은 계속 듣고 있을 수가 없었다.

그녀의 말투, 표정, 꼭 쥔 손에 담긴 절절함에 더 들었다간 눈물이 날 것 같았다.

얼른 일어나 대기실을 나갔다. 그리고 심호흡을 하며 감정을 진정시켰다.

어느새 1시간이 지났을까, 민규식이 왔다.

“표정을 보니 들었나 보네.”

“예? 혹시 저기 저분이 하는 말 들으라고 보내신 겁니까?”

대기실의 아주머니를 가리키며 묻자 민규식은 고개를 끄덕였다.

“도대체 무슨 사연이 있기에 그런 겁니까?”

“따라오게.”

그는 이번엔 수술실로 들어갔다. 그리고 수술실 한 곳의 창 앞에 서서 말했다.

“저 애가 경훈이야. 제거해도 계속해서 커가는 뇌종양으로 벌써 뇌의 3분의 1을 덜어냈지.”

“아무리 그렇다고 해도…….”

“경훈이가 처음 뇌종양 판정을 받은 건 5살 때였어.”

“네? 지금 보기엔 10살이 넘어 보이는데요.”

“12살이야. 수술만 다섯 번째지. 문제는 첫 번째 수술에서 이지를 잃었고, 두 번째 수술에서 다리를 잃었네. 그 다음 딱한 사정에 우리 병원의 기금을 받아 무료로 치료를 받고 있지.”

“…….”

“근데 말이야. 모든 돈을 다 대줄 수가 없다네. 두 번의 수술로 빚진 돈을 갚기 위해, 최소한의 생계를 위해 저 애 아버지는 공장에서 일을 하고 있네. 야간 작업을 마다하지 않고 비는 날엔 대리운전도 한다네. 엄만 꼼짝없이 아이에게 모든 시간을 할애해야 하고. 게다가 아이가 좋아질 확률이 있느냐 하면 그것도 아닐세. 현재 엄마, 아빠도 알아보지 못하고 동물적인 본능만 살아 있지. 또한 더 나빠질 가능성은 있지만 더 좋아질 가능성은 기적이 일어나지 않는 한 없네.”

오랜 병 수발에 효자, 효녀 없다고 한다. 자식이라고 다를까.

아무래도 내리사랑이다 보니 조금 더 오래갈 수는 있을 것이다.

하지만 끝은 존재한다.

경훈이 엄마가 죽음을 기도함과 동시에 삶을 기도하는 모습이 이해가 됐다.

“한 선생 자네에게 경훈이네 가정의 상황을 보여주는 건 그들의 상황을 가여워하라고 보여주는 건 아니네. 의사 입장에서 생각해 보게. 자네가 경훈이의 담당 의사라면 자넨 어떻게 해야겠나.”

“전…….”

말을 할 수가 없었다.

이성적으로는 더 이상의 수술을 거부하고 아이에게 안식을 주는 것이 그 가족을 위해서라도 옳았다.

하지만 감성은 아이를 살리라고 말한다.

‘그 아주머니와 다를 바가 없군.’

대답을 못 하자 민규식이 말을 이었다.

“나라면 말일세. 포기했을 거네. 물론 현재 수술하고 있는 담당의는 다른 생각이지. 최선을 다해 살리는 것이 정말 최선일까? 물론 답은 자네가 정해야 하네. 그리고 답이 정해진다면 말해주게. 그땐 자네의 도움이 필요한 사람들을 가리지 않고 소개하겠네.”

“제가 준비가 덜 되었다고 하신 게… 환자의 죽음에 대한 문제였군요?”

“한의사라서 그런지 몰라도 자넨 환자의 죽음을 너무 두려워해. 언젠간 마주할 거라는 걸 알고 있었지만 이렇게 빠를 줄은 솔직히 몰랐네. 내가 밀어붙이고 있다면 사과하겠네. 한데… 이 말 한마디만 하지. 사람은 죽네. 나도, 자네도, 저 아이도, 그 부모도.”

사람은 죽는다는 간단한 진리가 오늘따라 심장을 울린다.

두삼은 창 안쪽에서 호흡기를 달고 수술을 받고 있는 경훈이란 아이를 하염없이 봤다.

그리고 의사가 아닌 한 인간으로 기적이 있다면 저 아이가 무사히 수술을 마치고 건강해지길 바랐다.

* * *

“오늘 하늘 정말 좋다.”

아직 푸른 새싹들이 만개하진 않았지만 날씨는 포근하고 하늘은 깨끗했다.

"오늘따라 왜 그렇게 하늘만 보고 있어?"

운전, 아니, 운전석에 앉아 휴게실에 산 오징어를 찢고 있는 하란이 물었다.

"글쎄, 하늘나라에선 아픈 사람이 없지 않을까 싶어서. 하하하!"

"강제 휴가를 얻었다며? 그럼 병원 생각은 그만하지? 왜, 두고 온 환자가 걱정돼?"

"아니. 어제 떠난 환자가 지금은 잘 뛰어놀고 있었으면 해서."

"아이를 고쳤나 봐? 아이 걱정은 그만하고 오징어나 씹으며 옆에 있는 사람 걱정해 주는 건 어때? 자!"

두삼은 그녀가 내미는 오징어를 앙 물었다. 그리고 다시 한번 하늘을 보고 피식 웃은 후 하란에게 시선을 고정했다.

"근데 루시에게 운전을 맡겨놔도 되는 거야? 아무래도 내가 하는 게 나을 것 같은데?"

—어머! 지금 절 무시하시는 거예요? CPU 개수는 500개에 불과하지만 초당 1,000조의 연산을 처리할 수 있어요. 물론 네트워크가 불안해서 자동 주행을 할 때는 그에 훨씬 못 미치긴 하죠. 하지만 그렇다고 해도 어떠한 상황에서도 안전하게 목적지까지 안내할 수 있어요.

"널 무시하는 게 아니라 돌발 상황에선 인간의 반사 신경이 훨씬 빠르거든."

—아니거든요. 아무리 인간의 반사 신경이 빨라도 전후좌우에서 오는 차량의 속도…….

"시끄러워, 루시. 운전에나 신경 써. 그리고 오빠도 기계랑 싸우지 마. 내 프로그램 실력을 못 믿는 거야?"

"…헤헤! 그럴 리가. 근데 요즘 드론은 어쩌고 자율 주행 차에 관심을 보이는 거야?"

"둘 다 비슷해. 드론의 경우, 정부에서 비밀리에 연구하길 원해서 집 내부에서만 운용되고 있어."

"에? 갑자기 웬 정부?"

"한동안 집 근처에 수상한 사람들이 어슬렁거린다는 얘기 못 들어봤어?"

당연히 들어본 적이 있다. 그 때문에 옥탑방에 사는 한미령을 위해 올라가는 곳에 안전문과 철망까지 만들어서 달았으니 말이다.

"설마 그 사람들이?"

"응. 남산 정보부처에 이상한 신호가 감지되어서 와봤대. 그러다 나에 대해 알아보고 접근한 거고."

"그래서 드론 기술을 넘긴 거고?"

"놀이 삼아 시작했는데 세금 감면해 주고 놀이는 알아서 하라고 하는데 마다할 이유가 없지."

어째 대단한 사람을 애인으로 둔 것 같다.

그러다 문득 떠오르는 것이 있었다.

"아! 근데 집에 있는 3D 프린터는 드론밖에 못 만드는 거야?"

"아니. 프린터에 맞는 3D 도면만 있으면 뭐든 만들 수 있어."

"그럼 의수나 의족은?"

"가능해. 한동안 3D 프린터로 아프리카 내전 지역의 손발 없는 아동들을 위해 20불 정도면 의수를 만들 수 있다고 해서 유명해지기도 했지. 물론 튼튼한 재료를 쓴다고 하면 가격은 올라가겠지만. 근데 그건 갑자기 왜?"

"병원에 지뢰를 밟아 발목을 잃은 군인을 치료하고 있거든. 근데 의족이 너무 조악해서."

"그래? 한번 만들어 볼까?"

"…그게 그렇게 쉬워?"

"어려울 것 없어. 이미 의수, 의족에 대한 정보는 인터넷에 있을걸. 센스랑 칩은 구매하면 되고. 프로그래밍이야 내가 하면 돼."

이미 그녀의 머릿속은 의족과 의수를 만들 생각으로 가득한 것 같았다.

루시가 운전하는 차는 빠르게 악양으로 달렸다.

민규식이 준 강제 휴가. 말이 휴가지 토, 일 쉬는 거다. 아무튼 덕분에 악양에 들리기로 했다.

마음을 정리하는 데 이곳만 한 곳이 있을까.

악양에 들리기 전에 먼저 들른 곳은 항상 들르는 제첩국 가게였다.

"이야~ 여기 보니 오빠 만났던 게 생각난다. 이곳에 들렀던 덕분에 오빨 만났고 엄마를 살리게 된 거잖아."

"그러게……."

"그때 오빠 참 까칠했었는데. 나중에야 좋은 사람이라는 걸 알게 됐지만."

"지금처럼 될 줄 알았으면 그때 점수 좀 더 딸 걸 그랬다."

"피이~ 엄마 구해주는 순간 만점이었거든."

"그래?"

두삼은 숨기려 해도 숨겨지지 않는 미소를 지었다.

가게로 들어가 제첩을 먹고 이봉래와 노혜자에게 줄 제첩을 산 후 악양으로 출발했다.

"만수 씨 가게에 들를 거지?"

악양에 이르자 하란이 물었다.

"들러야지. 매번 이것저것 보내주는데 인사는 해야지. 희진이가 아프지 않은지도 확인하고."

오토바이 가게 앞에 차를 대자 누군가 싶어 백만수가 문을 열고 나왔다. 그러다 차에서 내리는 두삼을 보곤 눈이 엄청 커졌다.

그러고는 얼른 다가와 안았다.

"이 자식, 추석이랑 설날 땐 내려올 줄 알았더니 코빼기도 안 보이고."

"잘 지냈죠, 형?"

"잘 지내다마다. 근데 야이, 나쁜 놈아! 그때 그렇게 가버리면 어떻게 하냐?"

"하하! 덕분에 매번 좋은 것들 받아먹고 있잖아요. 치료비 줄 생각 말고 앞으로도 종종 보내줘요."

"그거야 당연한 거고. 가만 있어봐라. 너 올 때 주려고 통장에 차곡차곡 모아두고 있었다."

"됐어요! 주려고 하면 앞으론 형 피해 다닐 거예요. 삼촌이 조카 치료도 못 해줘요?"

"그래도……."

“돈 얘기는 여기서 끝! 퉤퉤퉤!”

어릴 때 장난하듯이 말을 하자 백만수도 어쩔 수 없는지 ‘고맙다’는 말로 마무리를 했다. 그리고 그제야 하란을 봤는지 놀란 표정을 지었다.

“어, 근데 저 아가씨는……!”

“안녕하세요!”

“…아, 네. 안녕하세요. 혹시 두 사람?”

“네. 사귀고 있어요.”

두삼이 말하기도 전에 하란이 먼저 밝혔다.

백만수는 처음 두삼을 봤을 때보다 더 놀란 눈으로 축하를 해줬다.

“우와! 두삼이 너 땡잡았네.”

“땡은 무슨… 삼팔 광땡이죠.”

“…지랄을 한다. 자자! 누추하지만 들어와요.”

오토바이 가게 내부는 예전과 크게 다를 것 없었다. 자리를 잡고 앉자 백만수는 다방에서 커피를 시키려고 했는데 마시고 왔다고 거절했다.

“희진이는요?”

“어릴 때 못 한 거 다 해볼 생각인지 요즘 애 엄마가 쫓아다니기 힘들 정도로 나다닌다. 오늘은 휴일이라고 진주 실내 수영장에 갔다.”

“이상 증상은 없고요?”

“전혀.”

“혹시 이상 증상이 있으면 바로 연락해요.”

"그래. 근데 무슨 일 있는 거냐?"

"무슨 일은. 그냥 고향 구경 온 거지. 잠깐만, 형네 딸내미들을 위해 몇 가지 사왔는데 줄게."

선물을 건네준 후 조금 더 대화를 하고 나서 할아버지 댁으로 향했다.

이봉례와 노혜자는 집에 없었다.

"두 분 다 어디 가셨나 본데? 일단 짐은 놔두고 방에서 쉬고 있어. 얼른 성묘 다녀올게."

간단하게 술과 음식, 풀을 베기 위한 낫을 챙기는데 하란이 말했다.

"할 일도 없는데 나도 갈래."

"험하진 않은데 풀이 있어서 바지로 갈아입어야 할 거야."

"갈아입지, 뭐. 저 방 쓰면 되나?"

그녀는 작은 짐 가방을 들고 들어가서 편하지만 단정한 옷으로 갈아입고 나왔다. 뭐랄까, 부모님께 첫인사를 가는 복장 같다고나 할까.

'고마운 여자.'

할아버지께 성묘를 같이하기 위해 준비한 것이 틀림없었다.

두삼이 생각하기도 전에 먼저 생각하고 행동하고 사소한 행동에도 배려와 위함이 담겨 있었다.

"고마워."

"뭐가?"

"이것저것 다. 그리고 옆에 있어줘서."

"…새삼스럽게. 나도 오빠가 옆에 있어줘서 고마워."

두삼은 하란의 손을 잡고 성묘를 위해 뒷산으로 올라갔다.

사실 두삼은 몰랐지만 하란의 행동은 그녀가 두삼에게서 느끼는 배려와 위함을 따라 하고 있는 것이었다. 하란은 두삼이 일하는 모습에 호감을 가지게 되었고, 몸에 배여 있는 배려할 줄 아는 행동과 생각에 마음을 주게 되었다.

'오빠는 정말 괜찮은 사람이야.'

약간 앞에서 걸으며 자신은 험한 길로 가면서 하란은 편안한 길을 걷게 하는 두삼을 보며 하란은 마음속으로 중얼거렸다.

배영옥 역시 두삼을 좋게 봤는지 하란을 볼 때마다 어찌나 칭찬하는지, 두 사람이 사귀게 된 것은 배영옥의 칭찬도 한몫했다.

물론 걱정한 부분이 없진 않았다.

좋아하고 있음을 연신 알렸음에도 고백하지 않는 모습에 혹시 사귀게 되면 무뚝뚝한 경상도 남자처럼 행동하지 않을까 생각했다.

한데 모든 경상도 남자가 그러지는 않듯이 두삼은 꽤 달콤하고 애정 표현도 잘했다.

바쁜 게 흠이라면 흠이랄까.

"오빠, 저기 봐요."

"어디? 드론?"

하란은 팔짱을 껴오며 드론을 보라고 했다. 드론은 하란의 말을 들은 듯 아래로 내려오면서 사진을 찍으려 했다.

"흥! 편하긴 하네."

두삼은 손으로 V를 만들었다. 틈틈이 사진을 찍으며 대나무

숲을 지나자 언덕이 나왔다.

할아버지 산소는 언덕에서 살짝 올라가다가 사람이 다니면서 만든 작은 길을 따라 아래로 내려가야 있었다.

"이쪽으로 조금만 내려가면 있어. 조심."

15미터쯤 내려가자 산소가 나왔다. 아저씨가 자주 오시는지 깔끔하게 정돈되어 있었다.

상석(죽은 자의 밥상 역할을 하는 네모반듯한 돌)에 작년 백만수가 보내줘서 담근 도라지 술과 명태포, 과일을 놓은 후 하란과 함께 절을 올렸다.

절을 마친 후 봉분으로 다가가 막 자라기 시작한 잡초를 뽑으며 말했다.

"할아버지, 저 왔어요. 여긴 제 애인이에요. 우하란이라고 하는데 이름만큼 얼굴도 예쁘죠? 자주 왔어야 하는데, 바쁘다는 핑계로 명절 때 인사도 못 드렸네요. 제가 무슨 일 때문에 온지 아시죠? 다 커서도 일이 있을 때마다 할아버지를 찾네요."

잡초 뽑기를 한 후 봉분 한쪽에 작은 홈을 만들어 담뱃불을 붙여 올려뒀다.

할아버지는 담뱃잎을 직접 말아 가끔씩 태우셨는데 담배로 대체했다.

텁텁한 입을 몇 번 쩝쩝거리며 봉지 안에 넣고 온 방석을 꺼내 바닥에 깔았다.

"앉을래?"

"응."

봉분을 등지고 할아버지가 매일같이 보는 풍경을 바라보며 앉았다.

“여기 풍경 좋다.”

“그런가? 어릴 때 항상 보던 곳이라 그런지 나한텐… 음, 뭐랄까. 표현이 안 되네. 하하! 그냥 고향이야.”

“고향. 멋진 말이네. 고향이라고 할 수 있는지 모르지만 서울 쌍문동이 내겐 그래. 뛰어다니던 골목, 언덕 아래 있던 학교, 문방구. 그곳에 가면 하나하나 기억이 나. 지금은 비록 아파트촌으로 변해 버렸지만.”

“이곳도 그럴까?”

“글쎄? 워낙 외진 곳이라 크게 바뀌긴 않겠지만 조금씩 바뀌겠지. 근데 아까 할아버지랑 대화하는 거 들어보니 무슨 고민 있는 것 같은데?”

말할까 말까 잠시 고민했지만 금세 결정을 내리고 입을 열었다.

“병원에서 사람이 죽었어.”

묻지 않았다면 모를까 묻는다면 감추는 것 없이 말해주는 것도 나쁘지 않다고 생각했다.

당시 느꼈던 자신의 마음까지 얘기를 하다 보니 얘기는 제법 길었다. 하란은 손을 잡고 조용히 들었는데 가끔 손을 꽉 잡아주거나 토닥거려 주자 많은 위안이 되었다.

얘기가 끝나자 하란은 살포시 웃으며 말했다.

“그 때문에 그제 술 냄새가 그렇게 풍겼구나.”

“그랬나? 정신은 멀쩡했는데.”

“마시는 거야 사회생활하다 보면 당연해. 대신 너무 많이 마시진 마. 솔직히 내가 의사가 아니라 오빠 마음을 다 이해하진 못해. 괜찮은 충고 역시 못 하겠고. 다만 오늘처럼 들어줄게. 함께 술도 마셔주고."

어설픈 위로보다, 마음에 닿지 않는 위로보다 더 마음을 편안하게 만들었다.

"응, 그럴게. 이만 일어날까. 할아버지도 이제 다 드셨겠다."

어느새 꺼져 있는 담배를 땅에 묻고 술과 음식은 고수레로 뿌린 후 산에서 내려왔다.

이봉래와 노혜자도 일을 마치고 와 있었다.

"아저씨! 아주머니! 잘 지내셨어요?"

"두삼이 왔구나! 허허! 우리야 항상 그렇지. 할아버지 뵙고 오는 거야?"

"네. 항상 잘 관리해 주셔서 감사해요."

"늘상 하는 일인데, 뭐. 그리고 작년이랑 올 초엔 만수가 기계 가지고 와서 싹 해주고 갔어. 그나저나 서울 가서 잘됐나 보네? 아가씨도 잘 지냈지?"

이봉래가 옆에 있는 하란을 보며 물었다.

"네, 어르신. 또 폐 끼치러 왔네요."

"폐는 무슨. 여보, 저녁에 고기나 구워 먹읍시다. 면에 가서 고기 좀 사와."

"알았어요."

"어르신, 저랑 같이 가요."

"아이고~ 아니에요. 손님은 가만히 있어도 돼요."

"아니에요. 차로 가면 금방인데요. 오빠, 다녀올게."

하란은 노혜자를 데리고 장에 다녀오겠다며 쌩 하니 가버렸다. 그 모습을 보며 이봉래가 흐뭇하게 말했다.

“얼굴도 예쁜 아가씨가 마음은 더 예쁘네. 저 아가씨 놓치지 마. 내가 보기에 저만 한 아가씨 없다.”

“…아저씨도 참. 사귄 지 얼마 안 됐어요.”

“사귄 기간이 중요한 게 아냐. 딱 보면 모르겠냐? 그리고 저 아가씨 예전에 여기 머물 때부터 너 마음에 들어 했었어. 너도 마찬가지였잖아.”

이럴 땐 그저 네네 하고 인정하는 게 속편하다. 그리고 틀린 말도 아니었고.

“참! 김 원장 집 아들내미 그 누구지? 면에 한의원 차린 녀석 말이야.”

“김장혁이요?”

“그래, 그 녀석.”

“그 자식이 왜요? 행패라도 부렸어요?”

“행패는… 너 어디 사느냐고 두어 번 찾아왔다가 의원 접고 다른 곳으로 갔다고.”

“그래요? 아버지 따라 진주에 간 거 아니에요?”

아직도 정신을 못 차린 건가? 다음에도 이상한 짓 하면 그땐 본때를 보여줄 생각이다. 물론 지금은 관심조차 없지만 말이다.

“그럴지도. 아무튼 조심해라. 그 집 인간들, 그 할아버지 때부터 상종 못 할 인간들이야. 그리고 얼마 전에 네 할아버지랑 친했던 중국 양반이 왔다 갔다.”

“예? 할아버지께 친한 중국 지인이 계셨어요?”

"너 태어나기 한참 전에 한동안 이 집에서 머물렀단다. 오려면 좀 일찍 올 것이지. 쯧쯧!"

"혹시 연락처라도 남기셨습니까?"

문득 할아버지의 젊은 시절이 궁금했다. 그 사람을 만나면 얘기를 들을 수 있지 않을까 싶어 물었다.

"아니. 할아버지께 인사드리고 마루에 멍하니 앉아 있다가 갔단다."

"뵐 수 있었으면 한번 뵀으면 했는데, 아쉽네요."

"다음에 혹시 오면 연락처 받아놓으마. 이제 슬슬 고기를 먹으려면 간단히 채소라도 준비해 둬야겠구나."

"저도 도울게요."

"됐다. 쉬러 왔으면 쉬어."

"몸을 움직이는 게 쉬는 거죠."

별채 한쪽에 마련된 비닐하우스에서 상추와 대파들을 따서 씻고 있는데 하란이 돌아왔다.

한데 백만수 가족과 함께였다.

"삼촌!"

불과 1년도 안 되어서 훌쩍 큰 희진은 토끼처럼 뛰어와 안겼다.

"얼굴이 새까만 게 아주 건강해 보이네."

"다 삼촌 덕분이에요."

"하하하! 아빠, 엄마 덕분이기도 하지."

가볍게 머리를 쓰다듬어 주며 혹시 다시 꼬이고 있는 건 아닌지 몸의 상태를 살폈다.

열심히 뛰어노는 아이답게 튼튼했다.
낯을 가리는 희진의 동생과도 인사를 한 후 저녁 준비를 서둘렀다. 별채의 평상으로 부족해 본채에 있는 평상까지 옮겨서 자리를 마련하고 상을 차렸다.
해가 지기 직전인 이른 저녁.
치이익!
한쪽에서 고기가 구워지고 다른 한쪽에선 희진과 그 동생이 깔깔거리며 뛰어다니고 어른들은 한 손에 맥주 혹은 소주를 들고 간만의 만남을 즐거워했다.
하하하! 호호호!
말주변이 좋은 백만수의 너스레에 다들 배꼽을 잡고 웃었다. 한데 혼자 말하기 지겨웠을까.
"두삼아, 너도 재미있는 얘기 좀 해봐. 옛날에 너 말 잘했잖아. 병원에서 재미있는 일 없었어?"
"음, 많았죠. 환자 중에 장에 가스가 잔뜩 쌓여서 온 사람이 있었어요. 진맥을 해보니 출구 앞에 딱딱하게 굳은 변이 막고 있더라고요."
"야야! 밥 먹을 때 꼭 더러운 얘기를 해야겠냐?"
"비위 약하신 분은 귀를 막으셔도 돼요. 아무튼 관장을 하려고 했더니 너무 딱딱해서 호스가 안 들어가는 거예요. 이럴 땐 긁어내야 하는데 그러긴 싫더라고요."
"으으~ 상상해 버렸어."
형수가 인상을 찌푸리며 질겁했다.
물론 다른 사람들도 비슷한 표정. 하지만 얘기를 멈추라는 말은 없었기에 계속했다.

"그래서 본능적으로 꽉 다물고 있는 괄약근을 풀어서 관장약과 호스가 들어갈 공간을 만들어야 했죠. 경락으로 괄약근을 풀었어요. 그러고는 여유 공간이 있는지 알아보기 위해 배를 살짝 눌렀어요. 그 순간 '삐이이익!' 하는 피리, 바이올린 소리가 들리는 거예요. 환자나 저나 간호사나 모두 민망한 순간이었죠. 이럴 때일수록 머뭇거려선 안 된다 싶어 배를 주물렀죠. 한데 누르는 강약에 따라 조금씩 다른 소리가 나더라고요. 멋진 곡을 완성하고 나서야 겨우 뒤처리를 할 수 있었어요. 전 그때 의사가 아닌, 음악가인 줄 알았다니까요."

호호호! 하하하!

다행히(?) 사람들은 웃어주었다.

그에 기운을 얻어 병원에서 있었던 즐거웠던 일들을 하나씩 풀어냈다. 그러다 문득 깨달았다.

병원에서, 아니, 환자를 고치면서 아팠던 기억보다 재미있고, 뿌듯하고, 기쁘고, 행복했던 기억이 훨씬 더 많았음을.

어느새 어두워져 많아지고 있는 밤하늘의 별처럼.

35. TV 출연

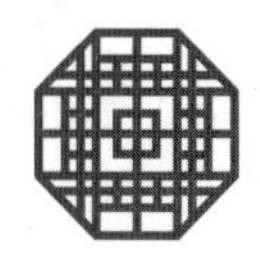

이틀간 강제 휴일을 마치고 병원에 왔다. 군인의 병실을 가장 먼저 들러 물었다.

"주말 동안 어떠셨어요?"

"진통제 없이도 편히 잤습니다. 이제 다 나은 건가요, 선생님?"

"예. 제가 할 수 있는 조치는 다했습니다."

"퇴원해도 되는 겁니까?"

"그러기에 앞서 한 가지 말씀드릴 게 있습니다. 혹시 3D 프린터로 의족 테스트를 해볼 생각인데 참여할 생각 있으십니까?"

하란은 생각하는 일은 바로 해야 하는지 바로 의수, 의족 만드는 일에 관심을 보였다.

"의족 테스트라… 병원에서 하는 겁니까?"

"아뇨. 일단은 개인적으로 하는 겁니다. 테스트에 참여하시면 지금보다 편안한 의족을 얻을 수 있을 겁니다."

"해보고 싶은데, 이젠 일터로 복귀를 해야 해서요."

"오늘 점심때쯤 병원으로 한 사람이 올 겁니다. 그 사람에게 협조해 주신 후 그다음부터는 필요할 때, 그 사람이 회사로 방문할 거예요."

"…그렇다면 해보고 싶네요."

"감사합니다. 그럼 그렇게 알고 연락하겠습니다."

병실을 나와 민규식에게 전화를 걸어 원장실에 있다는 걸 확인하고 올라갔다.

그가 던진 화두에 대답도 할 겸 의족에 대한 말도 해야 했다.

"어서 오게. 앉지. 목소리도 표정도 좋네."

그는 흐뭇하게 웃더니 말을 이었다.

"그래 정리는 됐나?"

"예. 이기적으로 들릴지 모르지만 저를 위해 환자를 치료할 생각입니다."

"자네를 위해서라……. 정답은 없는 문제니 이기적으로 들리지 않네. 확신이 선 것 같으니 다시 묻지. 자네라면 경훈일 어떻게 했겠나?"

"이미 영면에 든 아이 얘기는 하기 싫군요. 다만 비슷한 경우가 있다면 제 치료 능력 밖이라면 보호자에게 충분히 설명하겠습니다. 전 고치는 사람이지 결정은 보호자의 몫이니까요. …만에 하나 제가 결정할 일이 온다면 그 순간 최선의 일을 할 겁니다."

"자네의 결정에 후회는 없겠나?"

"없습니다!"

"자네 생각은 잘 들었네. 지금이라면 어떤 환자라도 맡길 수 있겠어. 역시 쉬는 것만큼 좋은 위로가 없었나 보군. 허허!"

"그리고 한 가지 말씀드릴 게 있습니다."

두삼은 의수, 의족에 관한 얘기를 했다.

"오! 주변에 능력자가 있나 보군?"

"능력자긴 하죠."

"해도 좋네. 다만 테스트가 끝나고 회사를 만들 땐 병원 이름으로 하게."

"회사가 아니라 자선단체로 만들 생각입니다."

"미안하지만 그렇게는 안 되네."

"…네?"

좋은 일을 한다는데 그의 입에서 처음으로 안 된다는 말이 나오니 당혹스러웠다.

"오해 말게. 자네의 생각이 잘못됐다고 말하는 게 아니네. 자선단체를 무작정 만들면 좋을 것 같지만 그렇지 않다네. 의족, 의수에 투자하고 운용하는 회사도 생각해야지."

"그들의 경영을 고려하자는 말입니까?"

"아니. 만일 자네가 대단한 물건을 값싸게 만들어내면 어차피 그들은 시장에서 퇴출될 수밖에 없어. 근데 그렇지 않고 무작정 자선단체를 만들어 공짜로 물건을 준다면 어떻게 될까? 그들은 당연히 반발할 걸세. 그리고 자넬 괴롭히려 들 걸세."

"…복잡하군요."

"세상은 원래 그렇다네. 수많은 이해관계가 얽히고설켜 있어서 선의로 하는 일도 문제가 되네. 그러니 일은 나에게 맡기고 자네는 치료에 전념하게. 그리고 자네 재산이 얼마나 된다고 몇 명에게 해택이 갈 수 있겠나? 이런 일은 나라에서 주는 지원금을 적당히 받고 해야 최대한 많은 이들이 혜택을 누리게 되네."

알 수 없는 영역이다. 하란과 얘기해 봐야겠지만 민규식의 말대로 하는 게 나을 것 같았다.

"알겠습니다. 그 친구에게 전화를 걸어보겠습니다."

"허허! 그러게. 그나저나 휴가를 자주 보내줘야겠구먼. 아주 기특한 생각도 하고 말일세."

민규식은 아주 흡족하다는 듯 말했다.

일이 갑자기 커지는 것 같긴 했지만 신경 쓸 일은 오히려 줄어드는 것이니 나쁠 것 없었다.

전화를 했다. 혹시 하란이 사업으로 생각하고 있으면 어쩌나 싶었는데 아니었다. 자긴 개발만 하면 된다고 오히려 좋아했다. 두삼 자신 때문에 허락은 했지만 생각할 것이 많았던 모양이다.

"그 친구도 좋아하네요."

"다행이군. 그럼 그렇게 하기로 하고. 방송 촬영이 이번 주인가?"

"네. 수요일입니다."

"잘하고 오게."

노형일의 방송 날짜가 잡혔다. 다른 건 이미 다 찍어뒀으니 스튜디오에서 촬영만 하면 됐다.

원장실에서 나와 엘리베이터를 앞에서 기다렸다. 한데 엘리베이터 문이 열리며 민청하의 모습이 보였다.

"어! 오빠. 아빠 만나고 오는 길이에요?"

"응. 너도?"

"하아~ 퇴근을 못 해서요. 아빠 편으로 옷 좀 부탁했거든요."

그녀는 옷이 잔뜩 든 쇼핑백을 들어 보이며 말했다.

"고생이 많네. 시간 빌 때 와. 마사지해 줄게."

"오빠도 바쁘잖아요. 몇 번 갔다가 그냥 왔어요."

"그랬어? 미안. 다음엔 안마실에 말해둘 테니 내가 없으면 그곳에서 받아."

"본관 의사들 안마실 출입 금지된 거 몰라요? 아니, 한방센터 내에 쓸데없이 출입 금지예요."

매일같이 들르는 곳인데 금시초문이었다.

"한방센터 선생님들 중에 본관 선생님들이랑 안면이 있는 분들이 오빠처럼 얘기했고 그래서 몇 분이 갔나 봐요. 그러다 아빠한테 걸렸어요. 직원을 누가 마음대로 부리냐고 난리 났죠. 뭐, 덕분에 휴게실에 안마 의자가 생기긴 했지만."

"그랬어? 난 왜 몰랐지?"

"바쁘니까요."

정답이었다.

"난 부탁하면 정당한 대가를 지불했어. 가게 했던 사람이 공짜로 설마 공짜로 부려먹겠어?"

"아무튼 출입 금지. 다음에 갈 땐 전화하고 갈게요."

"그게 낫겠다. 참! 너 혹시 임동환 선생이랑 사귀냐?"

"…왜요?"

민청하의 얼굴에 회심의 미소가 살짝 떠올랐다가 사라졌다. 그리고 얼른 말을 이었다.

"에이~ 일 때문에 만나는 거예요. 임 선생님이 마취술을 질

하잖아요. 우리 흉부외과가 이미 침 마취술로 수술을 한 경험이 있고요. 그래서 다시 임상 수술을 계획하고 있거든요."

"아하~ 그랬구나."

"근데 그게 왜요?"

"아냐! 그냥 궁금해서. 엘리베이터 다시 왔다. 가볼게. 수고해."

"오빠도요."

엘리베이터를 타고 내려가는 두삼을 보며 민청하는 묘한 표정을 지었다. 그러고는 중얼거렸다.

"이 정도 됐으면 미끼를 물 때도 된 것 같은데 쉽지가 않네. 질투 작전을 더 해야 하나? 아님 내가 매력이 부족한가?"

그녀는 반짝이는 엘리베이터 문에 비친 자신의 모습을 살폈다.

"크! 다크서클. 게다가 냄새나는 옷가지나 들고 다니는 사람에게 무슨 매력을 느끼겠어. 악! 벌써 시간이 이렇게 됐네. 또 혼나겠다."

민청하는 옷을 받으러 서둘러 원장실로 뛰어갔다.

*　　　　*　　　　*

오늘은 촬영일.

차를 타고 방송국으로 향했다. 이른 시간이라 차가 막히지 않아 좋았는데 주차장 입구가 제법 막혔다.

드나드는 이들을 철저히 검문을 하다 보니 생기는 일이었다.

자신의 차례가 되어 창을 내렸다.

"오늘……."

"아! 요즘 재미있게 보고 있어요. 촬영 잘하세요."

무슨 일로 왔는지 물을 거라 생각하고 대답하려는데 주차장 관리인이 다른 연예인이라 착각을 한 모양이다.

"얼굴 때문은 아닐 테고 차 덕분인가?"

비싼 차를 타고 다니다 보니 차선을 옮기면 신기하게 잘 피해주고 어딜 가든 더 친절한 기분이다.

아무튼 편하게 들어왔으면 되는 일, 주차를 하고 옷가지가 든 가방을 챙겨 방송국으로 들어갔다.

방문증을 받아 박기영이 말해준 층으로 올라가자 스태프들이 부지런히 움직이고 있었다.

"'뉴라이프' 촬영 때문에 왔는데 어디로 가면 됩니까?"

"제가 그쪽으로 가는 중이니 따라오세요."

그를 따라가면서 주변을 살펴보니 안내 표시만 따라가면 되는 것임을 알 수 있었다.

"여기가 출연진 대기실입니다. 이름이 적혀 있는 방에서 쉬고 계시면 됩니다."

"번거롭게 해드렸네요. 감사합니다."

방문 앞에 붙어 있는 종이를 보다가 자신의 이름만 붙어 있는 방을 발견하곤 안으로 들어갔다.

넓지는 않지만 편안해 보이는 소파가 놓여 있었다.

테이블에 놓인 커피를 하나 딴 후 스마트폰을 하고 있는데 노크 소리와 함께 박기영이 들어왔다.

"와 있었네?"

"방금 왔어요."

"그럼 오늘 방송에 대해 간단히 설명할게."

"피곤해 보이는데 숨 좀 돌려요."

"촬영 끝날 때까진 그럴 틈이 없다. 잠시 후에 분장 팀이 올 거야. 분장받으면 바로 촬영 팀이 와서 간단히 인터뷰를 딸 거야. 질문은 대략 스무 개쯤인데 이거야. 읽어보고 대답할 거 생각해 둬. 그다음 좀 쉰 후에 촬영에 들어갈 거야. 촬영은……."

말하다가 숨넘어가겠다 싶을 정도로 그는 빠르게 설명을 했다.

"궁금한 점은?"

"촬영 전에 노형진 씨 봐야 해요. 할 게 있거든요."

"촬영 들어가기 전에 보내줄게. 다른 질문 없으면 나중에 보자."

수고하라는 말을 하기 전에 그는 사라졌다.

"다들 바쁘게 사네."

곧장 스마트폰으로 시선을 돌려 카페에 들러 출석 체크를 하고 연예 면을 살폈다. 그러다 나연섭의 팀이 데뷔를 하기 전이라는 기사를 봤다.

"헐~ 이 자식, 데뷔를 하는데 형한테 연락도 안 해? 다 나으면 끝이라는 거냐?"

마침 시간도 있겠다 연락을 했다.

웬일로 즉각 받았다.

—왓썹, 맨!

"…안 보는 사이에 세상 살기 좋아졌나 보다?"

—하하하! 형 덕분이죠. 하란이 누나랑, 효원이 누난 잘 있죠?

"궁금하면 찾아오든가. 갈 때 헤어지기 싫다면서 징징거리던 놈이 연락도 없냐?"

—형, 그동안 아파서 못 한 거 따라잡으려고 죽을 둥 살 둥 노력해야 했어요. 거짓말 안 하고 화장실 가는 시간 빼곤 연습만 했다고요.

억울해하는 말투가 거짓말은 아닌 것 같다.

"축하한다. 데뷔한다며?"

—헤~ 그 기사 보고 연락했구나. 고마워요, 형. 데뷔하고 시간 되면 꼭 찾아갈게요.

"그래, 형이 맛있는 거 사마. 근데 데뷔하고 또 얼굴에 손댈 생각하는 거 아니지?"

—제가 미쳤어요! 또 수술을 하게. 그냥 이 얼굴로 평생 살 겁니다. …뭐, 시술은 조금 받아야겠지만.

"죽기 전엔 못 고친다더니. 네가 무슨 꼴을 당했는지 그새 잊은 거냐?"

—결심은 했는데 여기 오니 또 슬그머니 부족하다고 느끼네요. 하게 되더라도 형한테 상담받고 할게요. 약속해요.

어려서 겁이 없는 건가. 한숨이 나왔다. 그러나 어쩌겠는가, 악연도 인연인 것을.

"후우~ 시술받고 싶으면 연락해. 형이 엄청 실력 좋은 선생님 알게 됐으니까. 다른 사람에게 받으려고 해도 연락하고."

—헤헤! 역시 형밖에 없네요. 이제 연습실 들어가 봐야 해요. 나중에 봬요.

"그래. 열심히 살아라."

다시 성형을 생각하는 건 마음에 들지 않았지만 열심히 살고 있는 것으로 만족하기로 했다.

"아! 질문지."

너무 정신없이 말하고 가는 통에 잠깐 잊고 있었던 질문지를 봤다. 그냥 바로 질문을 받았다고 해도 대답할 수준.

"카메라 앞에선 좀 다르겠지."

나름 대답을 생각하고 있는데 분장사가 들어왔다.

"한두삼 선생님이시죠? 분장해 드릴게요. 혹시 원하는 스타일 있으세요?"

"분장사님께 맡길게요."

약은 약사에게, 분장은 분장사에게.

"그럴게요. 선생님처럼 동안에 피부가 하얀 분은 옆머리를 바싹 치고 윗머리는 약간 러프하게 하는 게 어울리실 거예요."

머리 손질과 화장이 끝났을 때 왜 분장사, 스타일리스트라고 불리는지 이유를 알 수 있었다.

"평소에도 이렇게 하고 다니세요. 그럼."

"…수고하셨습니다."

거울 속에 보이는 자신의 모습에 놀라 문을 열고 나갈 때쯤 인사를 할 수 있었다.

얼른 셀카를 찍었다. 그리고 하란에게 보냈다. 남들이 할 땐 유치한 짓으로 보였는데 지금은 그저 즐겁다.

번개같이 온 문장과 사진 한 장.

[우와! 내 애인 잘생겼네. 종종 그런 스타일을 해도 되겠는걸. 촬영 잘하고 와.]

"하란인 일상이 화보네."

그저 책상에서 웃는 얼굴로 찍은 사진에 불과한데 화보가 따로 없었다.

잠시 메시지를 주고받으며 노닥거리고 있는데 엄 PD와 촬영 팀이 들어왔다. 촬영 팀이 방 한 켠에 검은 막을 설치하는 동안 잠깐 얘기를 나눴다.

"한 선생, 꾸며놓으니 마스크 좋은데? 의사 패널로 계속 나오는 거 어때?"

"입에 발린 칭찬 같지만 그래도 기분이 좋네요. 한데 어울리는 옷을 입어야죠."

"왜, 잘 어울리는데."

"엄 PD님이 좋게 봐주시니 그렇죠."

"농담이 아냐. 생각해 봐. 정 힘들면 괜찮은 의사 좀 소개시켜 주든가."

장려령을 말하는 것 같다. 하여간 어지간히 집요하다. 그래서 딴 사람을 소개했다.

"성형외과 선생님 중에 괜찮은 분 있어요. 40대이긴 하지만 PD님이 말하는 마스크가 좋으신 분이죠."

"음, 성형외과 쪽은 지원자도, 의사도 너무 많아. 그리고 썩 내키지도 않고."

"그럼 어쩔 수 없죠."

"준비됐네. 옷 갈아입어요."

포기한 건지 한발 물러선 건 화제를 바꿨다.

검은 천을 배경으로 자리에 앉자 카메라 한 대가 앞에 놓였다.

"이곳을 보면 돼. 시작하자."

조연출이 카메라 앞에 다가와 슬레이트를 쳤다.

"노형진 씨를 처음 봤을 때 어땠나요?"

"솔직히 좀 놀랐습니다. 초고도비만으로 당장 쓰러져도 이상하지 않을 정도로 내부가 엉망이었습니다. 스스로 걷는 것조차 힘겨워할 정도였으니 말 다했죠."

"고칠 수 있다고 생각하셨나요?"

"노형진 씨가 도와준다면 가능하다고 생각했습니다."

"도와주지 않았다면 어떻게 하실 생각이었죠?"

"하하! 강제로라도 살이 빠지게 만들었을 겁니다. 물론 방송에 출연하기로 결심한 상황이었으니 그럴 일은 없었겠죠."

대답이 부족하다고 생각하면 엄 PD가 대답을 하도록 유도하면서 어렵지 않게 끝낼 수 있었다.

똑똑똑! 똑똑똑!

인터뷰 촬영을 마치고 잠깐 쉬는 사이 또다시 노크 소리가 들렸다. 촬영 팀이 아닌지 계속 노크를 했다.

"들어오세요!"

"실례합니다."

의사 가운을 입은 처음 보는 사내가 들어왔다.

"혹시 오늘 나오는 환자를 담당한 한 선생님?"

"그렇긴 한데 누구세요?"

"하하하! 안녕하세요. 현성병원의 일반외과 전문의 이상윤입니다. 반갑습니다! 하하하!"

"…아, 네. 한두삼입니다."

"하하하! 젊은 분이 실력이 아주 뛰어나다고 들어서요. 한번 뵙고 싶어서 찾아왔습니다."

"무슨 말을 어떻게 들었는지 모르지만 그렇게 뛰어나다곤 생각하지 않습니다만."

"하하하! 겸손하시네요."

두삼은 헤프게 웃는 이상윤이 참 실없다는 생각이 들었다. 그리고 별로 마음에 들지 않았다. 갑자기 찾아와 번잡스럽게 구는 것도 한 이유였는데 무엇보다도.

'서문희 선생님 덕분에 하라 얼굴을 이리저리 봐서 그런가? 얼굴과 목소리는 웃고 있는데 눈빛은 전혀 웃고 있지 않는 느낌이야.'

착각일 수도 있었다. 게다가 인사나 하자고 찾아온 사람을 박대하면서 쫓아내는 것도 이상했다.

"겸손이 아니고 사실이죠. 앉으세요. 이왕 오셨으니 촬영 전까지 얘기나 나누시죠."

"하하하! 화통하시네요."

"제가 준비한 건 아니지만 드세요. 근데 일반외과도 현성병원이라면 세분화되어 있을 텐데, 아닌가요?"

"하하하! 맞습니다. 내분비 및 유방, 간담도, 위장 및 소장, 대장항문으로 나누어져 있죠. 하지만 저는 한 가지 분야만으로 성이 차지 않아서 현재 일반외과 전부를 아우르고 있습니다."

"대단하시네요."

"제가 타고난 재능이 괜찮아서… 하하하! 이건 은근히 자랑하는 거 같아서 민망하네요."

민망하다기보단 우쭐해 보이는 건 착각일까.

'서른 초중반에 불과한데 자부심인지 자만심인지 모르겠네. 그러나 방송에 출연할 정도면 실력이 상당한 건 사실이겠지.'

엄 PD라면 웬만한 의사는 쓰지 않았을 것이다.

문득 두삼의 얼굴이 붉어졌다. 그의 실력을 가늠하기 위해 한 생각인데 자신의 자랑이 되어버렸기 때문이다.

'낯 뜨거워라. 저렇게 스스로 자신의 실력을 떠벌리는 것도 능력이라면 능력이네.'

"내가 담당했던 환자는 위암이 소장, 대장은 물론 간까지 번진 상태였죠. 다른 병원에서 모두 포기했지만 난 포기하지 않았습니다."

"성공했나 보군요?"

"물론이죠. 수술도 잘됐고 현재 경과도 좋습니다."

"다행이네요."

"그런데 말입니다! 왜 내 환자가 다이어트하는 환자에게 밀려야 했을까요?"

"…네?"

"왜 내 환자가 첫 회에 나가지 못하는지 아무리 생각해 봐도 이해가 되지 않아 묻는 겁니다. 생명을 구한 것과 살을 뺀 것, 어떤 것이 중요하고 어떤 것이 더 감동적일 것은 빤한데 말입니다."

'하아~ 이 인간 설마 그걸 따지러 온 거야? 자신이 첫 회가 아닌 것에 자존심이 상한 모양인데…….'

어이가 없었다. 생각이라는 게 있으면 자신이 아닌 다른 사람에게 따져야 했다.

"…그걸 왜 저한테 묻죠? 엄 PD에게 물어보세요."

"엄 PD는 오늘 촬영을 하면서 직접 보라고 하더군요. 그래서 기다리지 못하고 왔습니다."

“저도 엄 PD처럼 직접 보라고 말하는 수밖에 없군요. 무슨 설명을 할까요? 그냥 다이어트를 시켰고 방송하라는 대로 한 것뿐인데 설명을 하라니 뭘 설명하는 건지 모르겠네요. 그리고 한 가지만 더 말하죠. 생명을 구한 것 대단합니다. 하지만 제 환자보다 당신의 환자가 더 중요하다는 말에는 동감할 수 없네요.”

“생명이 걸린 일이니까 당연히 더 중요하죠!”

“치료의 우선 순위를 정한다면 그쪽 환자를 먼저 치료하는 게 맞겠죠. 하지만 생명은 동등합니다.”

“…하아~ 환자의 죽음을 안 겪어봤을지도 모를 한의사라 그런가 말이 안 통하는군요.”

이 인간이! 뭔가 울컥 치솟았다. 그러나 그의 말이 사실이니 반박은 할 수 없었다.

‘하긴 이번에 겪었던 일은 양의학 의사들에겐 인턴이나 늦어도 레지던트 2년 안에 겪고 지나갈 일이지.’

인정을 하고 나자 마음이 편했다. 그에 차분하게 그의 말에 대처할 수 있었다.

“말하자고 찾아온 건 이 선생님인데 그런 말을 하니 어떻게 반응을 해야 할지 난감하네요. 말이 통하지 않는다니 굳이 더 얘기할 필요가 없겠네요. 이만 가보시죠. 촬영 전에 조금 쉬어야겠네요.”

“안 그래도 그럴 생각이었네요. 뭔가 배울 게 있을 거라 생각한, 방송에서 공정성을 기대한 내가 어리석었습니다.”

마지막 말은 하지 않았으면 좋았을 텐데. 꾹 참았던 게 억울해진다. 싸우겠다고 온 거라면 그에 걸맞게 상대해 주면 된다.

"일반외과라 해도 한의학에서 배울 게 많을 텐데요. 하긴 찾지 않는데 보일 리가 없겠죠. 그러니 환자가 우리 병원으로 왔는지 모르겠네요."

"…무슨 말입니까? 우리 과에서 고치지 못했던 환자를 한강대학병원에서 고쳤다고 말하는 겁니까? 내가 기억하기로 그런 환자는……."

없다고 말하려다 보니 그런 환자가 있었다. 자신이 담당했던 VIP 환자였는데 실패하고 한강대학병원으로 옮겼고 최근 그가 나았다는 얘기를 전해 들었다. 무슨 수를 썼는지 당장 한강대학병원으로 달려가고 싶었지만 자존심이 상해 그러지 못했었다.

"…나연섭을 고친 게 한의사라는, 아니, 당신이라는 얘기요?"

비꼬기 위해 나연섭의 일을 들먹인 거다. 한데 이상윤이 나연섭을 언급할 줄은 생각도 못 했다. 두삼이 놀라자 사실이라고 생각한 건지 이상윤의 얼굴은 처음으로 구겨졌다.

"……."

그는 시시각각 표정을 바꾸며 노려만 볼 뿐 아무 말도 없었다. 그러다 획 하니 돌아서 나가 버렸다.

쾅! 하고 닫힌 문을 보던 두삼은 두 손을 올리며 중얼거렸다.

"이겼다!"

두삼은 싸움은 바닥에 쓰러진 사람이, 말싸움은 말을 못 하고 돌아서는 이가 진 것이라 생각했다. 물론 초등학생보다 못한 인간이 칼을 쥐고 있다는 생각이 들어서인지 이겼다고 기분이 좋진 않았다.

이상윤 때문에 살짝 기분이 안 좋을 때 노크 소리와 함께 노형진이 들어왔다.

"선생님, 안녕하세요. 절 보자고 하셨다고요?"

"형진 씨? 와아~"

만일 복도에서 만났다면 모르고 지나갈 정도로 바뀌어 있었다. 자신이 받은 분장이 예술이라면 노형진의 분장은 마법이었다.

성형수술을 하지 않았는데 분장으로 또렷해진 눈매와 콧날, 턱선, 거기에 헤어스타일이 더해지자 완전히 딴 사람이다.

"많이 바뀌어서 몰라보겠어요!"

"…저도 거울을 보면 제가 아닌 것 같아 어색해요. 얼른 지워 버리고 싶습니다."

"왜요? 전 보기 좋은데요. 가급적 앞으로도 오늘처럼 하고 다녀요."

"머리부터 발끝까지 분장만 3시간 걸렸는걸요. 집에선 절대 못 할 일입니다."

"…3시간이면 무리긴 하겠네요."

"근데 무슨 일로 보자고 하셨어요?"

"아! 내 정신 좀 봐. 배 쪽의 처진 부분 잠깐 보려고요."

"너무 빨리 뺐죠?"

"약간요. 촬영 끝나고 현재 몸무게를 유지하면서 병원에 계속 와요. 마무리는 확실히 지어야죠. 오늘만 살짝 꼼수를 쓰자고요."

"……."

노형진은 잠시 말이 없었다. 그러고는 정중하게 고개를 90도로 굽히며 말했다.

"선생님, 감사합니다. 정말이지… 제 인생을 바꿔주셨어요. 이

은혜를 어떻게 갚을지…….”

두삼은 그의 행동에 검지로 이마를 긁었다. 기분이 뿌듯해지면서 쑥스러운 순간이다. 무슨 말을 할까 하다가 최근 느끼고 있는 말을 했다.

“행복해지세요. 그러면 저도 기쁘겠네요.”

“…그러겠습니다. 꼭! 그러겠습니다.”

“흠! 이제 옷 벗어봐요. 이런 곳에서 이런 말을 하니 꽤 이상하네요.”

“선생님도 참…….”

농담으로 조금은 가벼워진 분위기에서 노형진은 와이셔츠를 풀고 바지를 살짝 내렸다. 보기 싫은 처진 뱃살을 혈을 꾹꾹 눌러 최대한 당기게 만들었다.

“살짝 당기네요. 근데 선생님, 그냥 이렇게 하면 되는 거 아닙니까?”

“안 돼요. 계속 이러다가 당기는 힘이 사라지면 어떻게 될까요? 고무줄이 터진 팬티처럼 되어버려요.”

“…상상만으로 끔찍하군요.”

치료를 거의 마쳤을 때쯤 다시 노크 소리와 함께 문이 열리고 스태프로 보이는 여자가 들어왔다.

“선생님, 촬영 시간이……! 죄, 죄송, 하시던 일 계속 하세… 요.”

스태프는 어찌할 바를 모르겠다는 듯 귀까지 붉어진 얼굴로 더듬거리며 말했다. 두삼은 자리에 앉아 있고 노형진은 그 앞에 서서 바지를 반쯤 까고 있으니 무슨 그림처럼 보일지 빤했다.

“그런 거 아니거든요!”

"치료하고 있습니다!"

두삼과 노형진은 동시에 소리쳤다.

오해(?)를 풀고 스튜디오로 이동했다.

MC가 서게 될 무대 중앙을 기준으로 좌측엔 연예인 패널들이, 우측은 의사들이 앉게 배치되어 있었다.

"안녕하세요. MC를 맡게 된 개그맨 은주열입니다. 잘 부탁드릴게요."

잘생긴 개그맨으로 코미디보다 MC를 더 자주 맡고 있는 은주열은 예의 바르게 인사하며 손을 내밀었다. 나이로 보자면 어린 자신에게도 깍듯이 대하는 걸 보니 왜 그가 많은 인기를 누리는지 알 것 같았다.

"방송 잘 보고 있습니다. 저도 잘 부탁드리겠습니다."

그와 악수를 한 후, 자신의 이름이 적힌 테이블로 가서 앉았다. 속속 도착하는 의사들.

두삼은 일어나 그들을 향해 인사했다.

어느새 헤픈 웃음을 지으며 여기저기 인사하고 다니는 이상윤은 물론 패스했다. 스튜디오는 한동안 인사하는 소리로 시끌벅적했는데 엄 PD의 소리에 정리가 됐다.

"촬영 시작 2분 전입니다. 작가들에게 설명은 들었겠지만 다시 말씀드립니다. 불이 꺼져 있는 상태에서 MC인 은주열 씨가 핀 조명을 받으며 멘트를 하며 나올 겁니다. 그리고 패널, 의사님들 순서로 소개할 거고 그때 스튜디오 전체에 불이 들어올 겁니다. 앞 테이블에 모니터 보이시죠? 거기에 작가의 글이 올라오는 거 보시면서 말하거나 행동하면 될 겁니다. 자! 어차피 오늘 하루 종일 촬영할 생각을 하고 있으니 마음 편하게 가지십시오. 빨리 퇴근하고 싶으면 긴장하시고요. 카메라 다 준비됐죠? 시작합시다."

불이 꺼졌다. 오로지 카메라와 촬영 장비의 불빛만 번쩍이고 있다.

번쩍! 무대 뒤편의 '뉴라이프'라 적힌 글이 비치며 핀 조명이 MC 은주열을 비췄다.

"안녕하십니까, 시청자 여러분! 오늘부터 시작하는 새로운 의학 예능 프로그램 뉴라이프의 은주열입니다."

휘익! 짝짝짝! 와아!

패널과 의사들은 일제히 박수와 환호성을 내질렀다.

"의학 예능이라고 하니 생소하시죠? 하지만 감동과 잔잔한 웃음이 함께할 수 있는 뉴라이프를 보시면 의학 예능의 진수를 보실 수 있을 겁니다. 자! 그럼 저를 도와 함께 희로애락을 함께할 패널분들을 소개합니다!"

패널 쪽에 불이 들어왔고 그들은 카메라를 향해 고개를 숙였고 은주열은 한 명씩 소개를 한 후 근황과 프로그램에 임하는 자세 따위를 물었다. 실수가 있거나 해도 나중에 편집으로 정리하면 된다고 생각했는지 '컷!' 소리는 없었다.

"음, 이거 꽤 지루하군."

뒤에 있는 오십대 초반의 의사가 낮은 목소리로 중얼거렸다.

그의 말처럼 TV를 보면 고작 길어야 5분 정도 나올 장면을 30분 넘게 찍고 있었다.

[혼잣말하지 마세요!]

아직 의사 소개 시간이 안 되어서 모니터로 내용을 전할 수 없었는지 박기영이 큰 스케치북을 맞은편에서 들어 올리며 조용히 하라는 제스처를 취했다.

"자! 다음은 사연 신청자들에게 새로운 삶을 주실 의사 군단을 소개합니다! 한 분, 한 분 각자의 분야에서 대한민국 최고라고 평가받는 분들로 시청자 여러분께 감동을 선물할 것입니다!"

드디어 불이 들어왔다. 살짝 눈이 부셨지만 인상을 찌푸릴 정돈 아니었다.

"상단 좌측에 계신 이명호 선생님부터 간단히 시청자분들께 자신에 대해 알려주시겠습니까?"

"안녕하세요! 세명대학병원 흉부외과 전문의 이명호입니다. 저는……."

때론 길게 때론 짧게 자신의 소개를 했다. 하단 가장 좌측에 앉은 두삼은 마지막 차례였다.

'내 차례군.'

자신의 차례가 오자 두삼은 패널 뒤쪽에 위치한 카메라를 보고 인사했다.

"안녕하세요, 뉴라이프 시청자 여러분 한강대학병원 한방센터의 한의사인 한두삼입니다. 저희 병원을 대표로 해서 나왔지만 최고는 아니고, 되기 위해 노력하는 중입니다."

"크으~ 한 선생님, 제가 최고라고 소개했는데 그렇게 말씀하시면 제가 어떻게 됩니까?"

MC 은주열이 너스레를 떨며 물었다.

“최고로 소개하시면 제가 병원에 어떻게 출근을 할 수 있겠습니까?”

“…에?”

두삼의 말에 은주열은 특유의 놀란 표정을 지었다. 그러자 패널 중 개그맨 한 명이 재빨리 치고 나왔다.

“푸하하하! 선배님, 임자 만나셨네요. 한 선생님의 말이 옳습니다. 만일 제가 다른 프로그램에서 최고라고 소개를 받으면 선배님은 어떻겠습니까?”

“댁은 최고가 아니니 최고라고 소개받을 일은 없을 텐데?”

이번엔 다른 패널이 끼어들었다. 그리고 한참을 이 일로 수다를 떨었다.

‘휴우~ 농담도 못 하겠군.’

평범하게 뱉은 한마디가 이렇게까지 될 거라곤 두삼은 예상하지 못했다.

은주열이 나서서 정리를 하고 나서야 다시 정상 진행되었다.

“다들 절 물어뜯지 못해 난리네요. 특히 너! 너! 주의 깊게 지켜보겠어! 흠! 아무튼 한 선생님 말씀을 들으니 제가 실수를 했네요. 그저 엄청난 실력의 소유자라고만 말하죠. 설마 이 표현도 마음에 안 드십니까?”

“그 정도에서 타협을 볼까요?”

“헐~ 의외로 뻔뻔한 면까지… 농담입니다. 여러분도 곧 보시겠지만 오늘 사연자를 담당하게 된 한 선생의 실력을 보시게 되면 제가 왜 엄청난 실력의 소유자라고 말했는지 알 수 있을 겁니다.”

“어느 정도인데요? 선배님?”

또다시 말을 치고 나오는 개그맨 패널들.

“벌써 말해주면 재미가 없지. 직접 확인하세요.”

“그리 말하시니 궁금해지네요. 그나저나 한 선생님 잘생기지 않았어요?”

“그걸 인제 봤어요? 난 아까부터 보고 있었는데. 호호호!”

…….

TV로 패널들을 볼 땐 편하게 앉아서 말 조금 하고 많은 출연료를 번다고 생각했었다. 한데 처절하다 싶을 만큼 말을 하려고 노력하고 있었다.

말 중엔 재미없는 말이 더 많았는데 편집이 해결해 줄 것이다.

“저희들끼리 떠드는 건 그만하고 이제 어떤 사연자가 새로운 삶을 살기 원하는지 보기로 하죠.”

촬영 팀 위에 달린 커다란 TV 화면이 켜지며 처음 봤을 때의 노형진의 모습이 나타났다.

‘재수 없는 새끼!’

이상윤은 웃는 얼굴로 영상 속 노형진을 마사지하고 있는 두삼을 보고 속으로 중얼거렸다.

‘나연섭을 낫게 했다고 우쭐대는 꼴이라니… 나을 때가 되었을 때 맡게 되어 운 좋게 고쳤을지 모르지. 아니, 분명 그럴 거야! 그렇지 않고서야 병원에서 이름 있는 선생님들이 다 붙었음에도 고치지 못한 걸 한의사 따위가 고쳤을 리가 없지.’

방에 찾아갔을 때 이렇게 말하지 못한 게 못내 분했다. 삐딱하게 보기 시작하자, 영상에 나오는 모습 하나하나 마음에 들지 않았다. 침을 이용해 피부를 수축시키는 장면 역시 시골 시장에서 가끔 보이는 사이비 약장수처럼 보였다.

'한의사라기보단 마사지사 같잖아. 저렇게 주물러 놓고 뭔가 한 것처럼 해서 플라시보 효과를 노리는 걸 거야. 저 봐. 운동하라고 하잖아. 저런 식이면 누구라도 가능하겠다.'

한데 그의 생각과 달리 연예인 패널과 의사들은 상당히 놀랍다는 표정을 짓고 있었다.

"허어~ 코를 잠깐 만졌다고 냄새를 못 맡게 되다니. 대단한 재주군요, 한 선생."

"전 그보다 신체의 신진대사를 약이 아닌 안마로 조절할 수 있을지는 몰랐습니다."

사람들의 말이 많아지자 영상이 멈추고 자연스럽게 대화하는 시간이 되었다.

이런 상황마저 불만인 이상윤은 문득, 이런 기회에 망신을 주는 것도 나쁘지 않을 것 같았다. 방송에서야 나가지 않겠지만 여기 있는 사람들만 제대로 알게 하는 것만으로도 소문이 날 게 뻔했다.

'네 실력이 진짜라면 어렵지 않을 거다.'

음흉한 생각은 감추고 틈을 봐서 말했다.

"진맥으로 많은 걸 알아보고 주무르는 것만으로도 치료를 하는 것 같은데 직접 해보는 건 어떻습니까?"

"그거 괜찮은 생각이네요! 제가 며칠 전 병원에 다녀왔거든요."

칭찬하는 분위기는 이상윤의 말 한마디에 삽시간에 검증을 해보자는 분위기로 바뀌었다.

두삼이 이상윤을 흘낏 봤다.

'뭘 봐! 실력이 있다면 진짜임을 스스로 증명해 봐.'

그의 속마음을 읽기라도 한 건지 두삼은 자리에서 일어나 무대로 나갔다.

"해보죠. 먼저 병원에 다녀왔다는 김종환 씨부터 할까요? 아! 혹시 의심하는 분! 이 있을 수 있으니 종이에다가 병원에서 진료받은 결과를 적어두고 나오세요."

의심하는 분이라고 말할 때 두삼의 시선은 이상윤을 향하고 있었다.

'흥! 어디까지 잘난 척할 수 있나 보자.'

개그맨 김종환은 제작진이 건네는 종이에 병명을 적고 무대에 섰고 두삼은 바로 진맥에 들어갔다.

"요즘 위가 안 좋으시네요. 그리고 장 역시 기능이 떨어진 상태입니다. 화장실을 자주 가셨겠네요. 그러다 보니 자연스럽게 치질이……."

"악! 거기까진 말하면 안 돼요!"

화들짝 놀라 떨어지려고 하자 MC인 은주열이 그의 팔을 잡았다.

"나올 땐 자유지만 들어갈 때는 마음대로 못 들어갑니다. 일단 제작진에게 건넨 종이엔 뭐라고 적혀 있나 볼까요?"

[위장 장애.]

"오! 정확하네요. 한데 뒤에 치질이 있다고 말했는데 김종환 씨 사실입니까? 혹시 거짓말을 할 생각이면 안 하는 게 좋을 겁니다."

"…저, 절대 아닙니다!"

"건드려 볼까요?"

"어, 어딜! 건드린다는 겁니까? 건드리면 절대 용서하지… 히

억! 깜짝이야!"

은주열이 손을 뻗으려 하자 김종환은 팔짝 뛰며 놀라했다. 은주열은 장난기 가득한 표정으로 물었다.

"손을 댄 것도 아닌데 왜 놀라죠?"

"그게… 에이! 맞아요. 치질이에요. 됐어요?"

"치질이면 어떻습니까. 이 프로그램 이름이 뭐죠. 바로 뉴라이프, 새로운 삶 아닙니까. 이제부터 새 삶을 살면 되죠. 선생님, 혹시 치질에 좋은 침이나 안마가 있습니까."

"물론이죠. 한데 김종환 씨의 경우 상습적인 치질이 아닌 화장실에서의 오래 앉아 있는 습관으로 인한 치질일 가능성이 높습니다."

"손목을 잡아 진맥하는 것으로 그런 것까지 알 수 있습니까?"

"혈액이 얼마나 힘차게 움직이는지를 파악하면 됩니다. 외치질의 경우 항문으로 내려가는 세 개의 핏줄이 제대로 올라오지 못해 발생하는 경우가 많습니다. 즉! 화장실에서 오래 앉아 있으면 내려간 혈액이 압력으로 올라가지 못해 치질이 발생하는 거죠."

"그럼 치료는 어떻게?"

"여기서 간단히 할 수 있는 것은 내려가는 혈액을 일시적으로 막아 더 이상 커지지 않게 하는 것이죠. 아마 사흘 정도 지나면 아래에서 원래대로 돌아갈 겁니다. 사실 지금 급한 건 위와 장입니다. 잔뜩 약해져 있어서 위장약을 먹어도 효과가 없습니다."

"좋아질 방법이 있을까요?"

"안마와 이후론 며칠간 식단 조절만 하면 금방 나을 겁니다. 간단히 여기서 해볼까요? 다만 치료 이후엔 바로 화장실로 달려갈 겁니다."

"…나중에 병원으로 가겠……."

"당장 해보죠!"

김종환은 빼려 했지만 꼼짝없이 잡혀 제작진이 준비한 침상에 누워야 했다.

'빌어먹을! 진짜란 말인가? 제작진과 미리 손발을 맞춘 거 아냐?'

두삼은 김종환에 이어 다른 패널과 의사들의 상태까지 척척 알아맞혔다. 그러고는 적당한 우스갯소리와 함께 간단히 치료할 방법까지 설명했다.

과연 자신에겐 무슨 소리를 할까 궁금했다.

"저도 봐주세요, 한 선생님."

"오늘 인기가 많으시군요, 한 선생님. 그럼 현성병원의 이상윤 선생님까지 보고 영상을 계속 보기로 하죠."

"네. 잘 부탁드립니다, 한 선생님."

다가오는 두삼을 향해 웃는 얼굴로 손을 내밀었다. 그리고 무슨 말을 할지 기다렸다.

"이 선생님은 양기가 많이 부족하시네요. 양기를 보할 한약을 드셔야겠습니다."

'이 자식이! 복수를 하는 거냐!'

마치 당신은 정력이 부족해라는 말에 이상윤의 표정이 살짝 굳었다. 아니나 다를까 패널들 중 일부가 짓궂은 말을 했다.

"남자는 힘인데……. 선생님은 운동 좀 하세요."

"마른 장작이 꼭 잘 타는 건 아닌가 보네요."

"장작과 사람이 같을 수가 있나요."

하하하! 호호호!

방송에 나갈 수 있을까 걱정될 만큼 질펀한 얘기를 하는 이도 있었다.

'으득! 비겁한 놈! 휴식 시간에 보자.'

당장 아니라고 소리치고 싶었다. 하지만 이럴 때 그런 말을 해봐야 놀림감만 더 될 게 빤했다. 차라리 촬영이 끝난 후 제작진에게 편집을 요구하는 게 나았다.

"20분 쉬었다가 다시 촬영에 들어가겠습니다."

따질 시간은 금방 왔다.

구석으로 가서 물을 마시고 있는 두삼에게 갔다. 그리고 다른 사람들이 듣지 못하게 낮게 이죽거렸다.

"날 엿 먹여서 고소합니까?"

"…무슨 말인지 모르겠네요. 제가 뭣 하러 이 선생님을 엿 먹입니까. 혹시 이 선생님이 절 엿 먹이려고 했던 겁니까?"

"헛소리! 내가 양기가 부족하다고 한 게 엿 먹이려는 게 아님 뭡니까? 내가 말을 안 하려고 했지만 내 정력이 얼마나 절륜한지……."

이상윤은 병원에서 받는 스트레스를 섹스로 풀었다. 자연 스트레스가 많은 날에는 두 번, 세 번에 걸쳐 새벽까지 하는 경우도 많았다.

그런 그에게 양기가 부족하다는 헛소리를 하니 참을 수가 없었다. 그래서 설명하려는데 두삼이 먼저 입을 열었다.

"섹스를 자주 오래한다고 말하려는 거면 안 해도 됩니다. 이미 알고 있으니까요. 젊고 정상인 총각 의사가 양기가 부족하다? 과도한 섹스나 자위 행위가 아니라면 설명할 수 없죠."

"……"

"적당한 소모는 몸에 좋지만 과도한 소모는 자신을 깎아먹는 겁니다. 뭐, 믿지 않을지 모르지만 그래도 진단을 했으니 정확히 말씀드리죠. 섹스 후 손발이 떨리고, 가끔 코피가 날 겁니다."

"…허, 헛소리!"

헛소리라 외치는 이상윤의 목소리는 조금 전과 달리 힘이 없었다. 그가 말한 증상이 최근 심해졌기 때문이다. 하지만 영양제만 잘 챙겨먹으면 괜찮을 거라 생각하고 별로 신경 쓰고 있지 않았다.

한데 두삼이 그걸 정확하게 짚은 것이다.

"섹스를 멈추고 한동안 양기를 보할 수 있는 음식을 많이 먹어요. 더 심해지면 잘못하면 침대 위에서 쓰러질 수도 있습니다. 휴우~ 이왕 말했으니 확실하게 하죠. 도대체 왜 분야도 다르고 병원도 다른 나에게 적의를 가지는 겁니까? 같이 방송을 해서 그런 거라면 걱정 마세요. 오늘 이후로 방송 출연은 자제할 생각이니까. 그리고 각자 다른 곳이 아픈 환자를 치료하는 데 이기고 지는 게 어디 있습니까."

정곡을 찔린 이상윤은 입만 실룩일 뿐 아무 말도 못 했다. 하지만 그렇다고 두삼의 말에 동의하는 건 아니었다. 오히려 더욱 오기가 솟았다. 두삼은 두 손을 꼭 쥔 채 고개를 숙이고 있는 이상윤을 보고 고개를 저었다. 구제 불능이라고 판단을 내린 것이다.

적당한 욕심은 스스로를 키우고 더 발전시키는 원동력이 되지만 과한 욕심은 결국 스스로를 다치게 만드는 법이었다.

'그래도 같은 길을 걷는 사람이라고 말해줬더니만. 신경 끄자.'

대기실에서 약 올렸던 것에 대해 약간 마음에 걸렸는데 그마저도 완전히 지워 버렸다.

휴식 후 이어진 촬영.

130킬로까지 빠지는 영상을 보고 난 뒤 주인공인 노형진이 가림막 뒤에 서서 사람들과 대화를 주고받는 시간을 가졌다.

자신감 넘치는 목소리와 얼핏얼핏 그의 실루엣이 가림막에 의도적으로 보일 때마다 사람들의 기대감은 커졌다. 그리고 점심시간을 가진 후 마침내 노형진이 무대에 모습을 드러냈다.

와아!

패널들은 기립을 해서 박수를 쳤고 의사들 역시 그의 변화에 놀라워했다. 특히 깔끔하게 꾸며진 그가 보디빌더처럼 옷을 벗었을 땐 스튜디오 전체가 술렁였다.

수술 자국도, 처짐도 없는 노형진의 잘 빠진 근육질 몸매를 만들어낸 한방의학의 부작용 없는 다이어트 시술은 놀라움을 주기에 충분했다.

촬영은 그 후로도 늦게까지 계속됐다. 그가 먹는 장면에선 다들 입맛을 다셨고 93kg인 현재 몸무게를 만들기 위해 노력하는 영상에선 모두 감동했다.

12시간 동안 이어진 촬영 내내 노형진은 수십 번도 더 두삼과 제작진에게 고마움을 표했다.

"한 선생님, 감사합니다!"

촬영이 끝나고 가려는데 노형진이 조르르 달려와 다시 감사를 표했다.

"…고맙다는 인사 이제 그만해도 되지 않을까요?"

"평생 할 생각인데요?"

"그럼 1년만 쉬고 해요. 그때쯤이면 다시 받아도 귀가 괜찮을 것 같네요."

"하하하! 선생님 농담도 잘하시네요. 전 아직 촬영이 남아서 다시 가봐야 해요. 조심히 들어가세요."

진심으로 한 말인데…….

씩씩하게 스튜디오로 다시 들어가는 그의 뒷모습을 잠시 보다가 돌아섰다.

얼른 집에 가서 쉬고 싶었다.

*　　　*　　　*

증조부, 조부모, 부모, 작은아버지들이 전부 의사인 집안에서 태어난 이상윤은 어린 시절 장난감 대신 의료 기기들을 가지고 놀았고 동화책 대신 의서를 읽을 정도로 타고난 바가 있었다.

당연한 듯 전액 장학금으로 의대에 진학했고 최우수 학생으로 졸업했다. 가장 버티기 힘든 때가 인턴 때였는데 힘들어서가 아니라 당장 메스를 쥐고 싶다는 생각 때문이었다.

그의 재능이 꽃피기 시작한 건 레지던트 때였다. 또래엔 견줄 사람이 없다고 할 만큼 수술을 잘했고 교수들마저 놀랄 정도로 완벽했다.

실력은 수술을 거듭할수록 늘었다. 주위에선 천재가 나타났다고 말했다. 한데 그의 실력이 늘어날수록 시기하는 이들도 많아졌다. 아니, 대부분이 그를 시기했다고 하는 것이 맞을 것이다.

상관없었다.

배경 덕분에 겉으로 그를 괴롭히는 이들은 없었고 수술만 할 수 있다면 그것으로 족했다.

한데 겉으로 완벽한 그도 사람이었다.

수술이 많아질수록 더 어려운 수술을 하게 되었고, 더 어려운 수술이 많아질수록 그가 사망 선고를 해야 하는 사망자가 하나 둘씩 늘어났다.

자신이 아닌 다른 누군가가 했어도 죽을 수밖에 없었다는 걸 안다. 하지만 그렇다고 해서 마음 깊숙한 곳에서 일어나는 죽음에 대한 미안함이 사라지는 건 아니었다.

그 스트레스를 술과 여자로 풀었다.

"…건방진 새끼, 나이도 똑같은 놈이 마치 손윗사람이라도 되는 양 훈계를 하다니!"

그는 꽉 쥔 잔에 담긴 술을 단숨에 들이켰다.

제법 마셨는지 살짝 어지러웠다. 그러나 그는 다시 잔을 채웠다. 석 잔을 더 마셨을 때쯤 삐비빅거리는 문 열리는 소리가 들렸다.

"어머! 오빠 오늘도 왔네?"

여자는 한 달에 얼마간의 돈을 주고 함께 지내고 있는 일명 스폰녀였다.

"…얼마나 기다렸는지 알아? 어디 갔었어?"

"오빠는, 내가 매일 기계처럼 오빠를 기다리고 있으면 좋겠어? 나도 가끔 나가서 술도 먹고 놀아야 오빠한테 잘해줄 수 있잖아. 안 그래?"

"…알았어. 나 급해."

이상윤은 술잔을 비우고 스폰녀에게 다가갔다.

"나 클럽 갔다 와서 땀 많이 났어. 씻고 올게."

"괜찮아. 어차피 또 땀 흘릴 텐데, 뭐."

"아, 알았으니까 찢진 마. 이거 명품이야. 아잉~ 참 내가 한다니까."

여자는 꽤나 능숙하게 흥분한 이상윤을 상대했다. 그리고 곧 두 사람은 반쯤 벌거벗은 채 침대 위로 쓰러졌고 달뜬 신음 소리가 방을 채우기 시작했다.

'네까짓 게 감히! 감히!'

신음 소리를 내며 아래에 깔려 있는 여자의 표정을 보면 묘한 승리감이 들었는데 그를 섹스에 중독되게 만든 이유이기도 했다.

이마에서 땀이 뚝뚝 떨어질 때 첫 번째 쾌감이 그의 뇌를 관통했다.

"표정을 보니 더 할 모양이네? 피곤해 보이는데 그냥 쉴래?"

"…아직 부족해."

"네네~ 지쳐 쓰러질 때까지 해야 성이 풀리죠?"

여자는 가슴부터 천천히 애무를 하며 아래로 내려갔다. 그리고 잠시 후 다시 피가 쏠리는 게 느껴졌다.

다시 시작된 열풍.

"헉! 헉!"

두 번째 쾌락을 얻기 위해선 더 많은 땀과 힘이 필요했다. 자연 그의 숨은 당장 쓰러질 사람처럼 헐떡거렸다.

'감히! 감히! 가~ 암~ 히!'

"크읏!"

이상윤은 쾌감이라기엔 이상한 신음을 토해냈다. 그리고 서서히 여자 위로 쓰러졌다.

두 번째 쾌락은 지금까지 수없이 느꼈던 쾌락과 달랐다. 뇌를 관통했지만 짜릿함이 아닌, 찌릿한 느낌이었다. 그리고 온몸에 힘이 하나도 들어가지 않았다.

노곤함이 아닌 무기력함. 게다가 좌측 뇌에서 우측 어깨, 팔로 찌릿함이 점점 내려왔다.

'…뭐, 뭔가 잘못됐어. 119를 불러!'

"……."

입을 열려고 했지만 입도 마비가 된 듯 제대로 열리지가 않았다.

여자는 자신의 가슴으로 쓰러진 후 일정 시간이 지났음에도 일어나지 않자 끝났다고 생각했는지, 그를 밀어 옆으로 눕혔다.

"드디어 끝났어요? 이제 그만 자요. 난 샤워를 하고 거실에서 술 한잔 먹어야겠네요. 쪽!"

'아냐! 당장 119를 불러! 당장!'

아무리 외치려 해봤지만 소용이 없었다. 침대에 누워 있는 그의 몸은 점점 굳어갔다.

36. 당신이 어떻게 여기에?

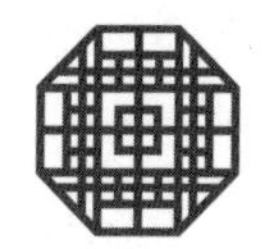

다다닥!

누군가가 급하게 다가오는 소리가 들린 후 문이 벌컥 열렸다.

잔뜩 흥분한 모습의 이준호였는데 안경을 벗고 있었다. 안경에 대해 말하려는데 그가 먼저 외쳤다.

"한 선생님! 보, 보여요. 예전보다 더 명확하게 사물이 보인다고요! 세수를 하기 위해 안경을 벗었는데 글쎄, 많이 좋아진 거 아니겠어요. 하하하… 하하하!"

씻은 후 닦지도 않고 단숨에 진료실로 달려온 이준호는 금세 기쁨의 눈물을 흘렸다.

잠깐 얼떨떨해하던 두삼은 빙긋이 웃으며 말했다.

"흥분하지 말고 이리와 앉아봐요. 그렇게 급하게 오다가 다치면 어쩌려고 그래요?"

"…아! 제가 너무 흥분을 했네요. 죄송합니다."

"마음껏 흥분하고 기뻐해도 돼요. 대신 울진 말아요. 우는 것이 어떤 영향을 미칠지 모르거든요."

"아! 그, 그럴 수도 있겠군요."

그는 서둘러 눈물을 닦았다.

"그리고 안마실에선 자제하고요. 잠깐 살펴볼게요."

안마실에서 일하는 안마사들이 속이 좁아 그의 눈이 나아지고 있다는 걸 시기할 거라곤 생각지 않았다. 오히려 기뻐해 줄 것이다.

다만 그들의 마음속 묵은 상처를 헤집는 것은 자제하는 것이 좋았다.

의자를 보고 자리에 앉은 이준호의 눈 부위를 살폈다. 말랑말랑했던 노폐물들은 흐물흐물해졌고 눌려서 죽었다고 생각했던 시신경들이 어느새 새로이 살아나고 있었다.

언제 봐도 인간의 몸은 신비하다. 망가지는 것도 금방이지만 살아나는 것도 한순간이다.

'그나저나 노폐물을 한꺼번에 날려 버릴 수 있을까?'

굵직한 혈도는 어느 정도 뚫었다. 문제는 세맥들. 일일이 뚫기에는 너무 오래 걸릴 게 빤하다.

걸크러시 하라의 몸속 마약 성분을 날려 버렸듯이 뜨거운 기운으로 한꺼번에 날려 버리는 게 나을지 아님 좀 더 기다릴지 고민했다.

'시도를 해보자!'

왠지 느낌이 좋았다. 결심을 마치고 말했다.

"오늘 밤 남아 있는 노폐물들을 제거해 보죠."

"드디어……."

"섣부른 희망은 금물이에요. 무척 긍정적으로 보이지만, 혹시 모를 일이니까요."

"예! 알겠습니다."

제대로 알아들은 게 맞을까? 잔뜩 들뜬 표정으로 진료실을 떠나는 이준호.

노형진에 이어 마지막 남은 이준호마저 끝을 향해 가고 있으니 약간 서운한 느낌이 들었다.

그에 두삼은 화들짝 놀라 고개를 저어 서운한 느낌을 털어버리고 자책했다.

'헐! 미쳤군, 미쳤어. 한가하면 좋은 거지. 일중독자가 꿈이냐!'

특별히 신경 써야 할 환자가 아니더라도 할 일은 많았다. 거기에 모레 방송이 나가고 나면 얼마만큼의 손님이 밀려올지는 미지수였다.

천 간호사의 말에 상념에서 깼다.

"선생님, 예약 손님이 안 오셨는데 선생님을 기다리는 분 들여보낼까요?"

"그러세요."

80~85kg 정도 되어 보이는 여자가 살짝 주춤거리며 들어왔다.

"앉으세요, 오미나 씨. 음, 비만클리닉으로 신청을 하셨네요?"

모니터에 띄워진 정보를 보고 말했다.

"…네. 제가 방송국 편집실에서 일하거든요. 선생님 영상을 편집하다가… 오게 되었어요.”

“잘 오셨어요. 음, 일단 진맥 좀 해볼까요?”

간단히 진맥을 해보니 내장 지방에 비해 근육량이 너무 적었다. 겉으로 보는 것보다 더 심한 비만이었다.

“거의 안 움직이시는군요?”

“직업이 직업이다 보니 앉아 있는 시간이 많아서요. 일이 끝나면 바로 잠들기 일쑤고요.”

“살을 빼는 건 노형진 씨에 비해 훨씬 쉽습니다. 한데 오미나 씨의 경우 근육량이 너무 적어 지방을 빼고 근육을 키우지 않으면 요요가 올 가능성이 높고 건강에도 좋지 않습니다.”

“운동은 반드시 해야 한다는 얘기네요?”

“네. 그렇지 않으면 피부 처짐 역시 어쩔 수 없게 되고요.”

“노형진 씨처럼 뛰기를 해야 하나요?”

“아뇨. 근육운동이요. 일주일에 적어도 사흘, 하루 두 시간씩은 해야 돼요. 그게 불가능하면 다이어트보다 식이요법으로 조금씩 살을 빼는 게 나아요.”

“해볼게요.”

“하셔야 합니다. 운동을 멈추는 순간, 치료도 멈춘다는 걸 잊지 마세요. 먹는 건 어때요?”

“편집하면서 배고프면 먹어요. 특히 잘 부탁한다고 이것저것 갖다주는 게 많아서, 제가 편집은 제법 잘하거든요.”

“일 잘해준 대가가 살로 가면 곤란하죠. 오늘 이후론 먹는 것을 기록해 주세요. 체크해서 다음엔 식단도 정해 드릴게요. 오늘은 신진대사를 빠르게 하는 것만 하기로 하죠. 겉옷만 벗고 침대에 누우세요."

TV 출연 이후에 찾아올 비만클리닉 손님들을 어떻게 할지는 이미 정해뒀다. 노형진 때완 달리 시간에 쫓기지 않으니 차근차근 진행할 생각이었다.

오미나의 진료가 끝나자마자 이어지는 환자들.

정신없이 일하는데 천 간호사가 전화기를 내밀었다.

"원장님 전화예요. 선생님 전화가 끊겨 있다고."

"아! 충전을 해둔다는 게 잊고 있었네요. 여보세요?"

—한 선생, 환자 한 명 맡아줘야겠네.

"아! 역시……."

—뭐가 역시란 말인가?

"하하. 아닙니다. 바로 그리로 가겠습니다."

—아니, 이쪽으로 올 필요 없네. 10분 후쯤 구급차가 한방센터 앞으로 갈 테니 병실로 안내하고 자네가 맡으면 된다네.

"듣던 중 반가운 얘기네요."

VIP실을 왔다 갔다 하는 시간도 만만치 않았다.

—친한 친구의 부탁이야. 현성병원에서 치료를 받다가 자네에게 치료를 받겠다고 해서 보내는 거니 잘 부탁함세.

또 현성인가? 이상윤이 알게 되면 또 자존심이 상해서 펄쩍 뛸지도 모르겠다.

만날 일 없으니 상관없는 일이긴 했다.

"알겠습니다. 한데 병명이?"

—허혈성 뇌졸중이네.

허혈성 뇌졸중은 뇌혈관이 막혀서 발생하는 뇌경색으로 한의학에서는 중풍 증상과 유사했다.

―뇌수술은 제대로 한 모양인데……. 아무튼 자네가 잘 살펴보게. 참! 뇌수술과 관련된 조치는 신경외과에서 서포트를 해줄 걸세.

환자에 대해 더 물어보려다가 10분 후, 아니, 이젠 8분 후면 의료 기록을 들고 올 테니 직접 확인하는 것이 빠를 것 같았다.

"양 선생, 뇌졸중 환자 이송해 온단다. 나가자."

"네? 한방센터로 환자가 이송돼 온다고요?"

"환자가 온다는데 어쩌겠어. 수술 후 후유증이 낫지 않았나 보지."

뇌졸중 후유증은 많았다. 대표적인 것이 마비로 물리치료 말고는 특별한 방법이 없었다.

"완연한 봄이네요. 가운을 벗었는데도 춥기보단 포근합니다."

한방센터 앞마당에 핀 개나리를 보고 양태일이 중얼거렸다. 이제 제법 친해졌다고 가끔 이런 식으로 말을 걸어왔다.

류현수처럼 달라붙는 스타일은 아니었지만 제법 귀여운 구석이 있는 녀석이다.

두삼은 피식 웃으며 말했다.

"그러게. 그렇다는 건 슬슬 인턴 순환할 때가 됐다는 말이네. 이번엔 좀 똑똑한 녀석이 왔으면 좋겠다."

"…제가 똑똑하지 못했다는 것처럼 들리는군요."

"그걸 이제야 알았냐? 기도 믿지 않으면서 한의사가 된 녀석이 무슨 할 말이 있다고."

"…이젠 믿습니다."

"당연히 그래야지. 아직도 안 믿었으면 이미 쫓아냈을 거다."

"서운합니다. 전 안마과를 지원할까 했는데……."

"헐~ 누가 받아나 준대? 김칫국은. 난 더 일 잘하는 사람을 받고 싶거든."

"인턴 중에 저만 한 사람은 없을 겁니다."

"누가 그래?"

"제가요!"

"풉! 도대체 그 자신감은 어디에서 오는 거냐? 과연 내가 환자를 너한테 맡길 날이 올까 걱정되는구만."

"……."

"뭐, 진짜 그렇다면 생각해 보고."

스스로를 채찍질해서 더 잘되라고 한 말이었는데 어떻게 이해할지 모르겠다.

물론 약간 놀리려는 의도도 있었다. 얼굴이 붉으락푸르락 하는 걸 보니 확실히 놀리는 재미가 있다.

"근데 선생님… 혹시 지금 안마과를 선택하게 되면 순환 근무를 하지 않을 수 있나요?"

"글쎄다. 너희가 첫 인턴이니까 아마 가능은 하지 않을까? 한데 난 네가 순환 근무를 했으면 해."

"…왜요? 좀 전에 말씀하신 것처럼 다른 인턴이 궁금하십니까?"

"아니. 다른 과에 가면 그곳에서 또 배울 것이 있을 테니까. 내가 토요일마다 침구과 장인규 과장님께 뜸을 배우고 있는 건 알지?"

"네."

"다들 수십 년간 한의학에 몸담고 계셨던 분들이야. 그런데 배울 점이 없을까? 물론 실력이 썩 좋지 않은 분도 계시겠지. 하지만 그럼에도 살아남을 수 있었던 비결 역시 배울 만할 거야. 그러니 다른 곳에 가서는 지금보다 더 열심히 해."

양태일은 두삼의 말에 아버지가 떠올랐다.

'난 여전히 좁게 살고 있구나.'

느끼는 바가 많았다. 그리고 눈앞에 있는 두삼이 더욱 크게 느껴졌다.

"…알겠습니다."

"최대한 많이 배워. 나중에 만났을 때 지금과 다름없으면 내가 얼마나 매서운 사람인지 가르쳐 줄 테니까. 그나저나 차가 막히는 건가? 왜 이렇게 안 와?"

호랑이도 제 말하면 온다더니 구급차가 입구로 들어서며 다가왔다.

현성병원 마크가 찍힌 구급차 뒷문이 열리자 의사 복장의 사내가 내려와서 서류를 건넸다.

두삼은 서류를 받으며 물었다.

"환자 상태는 어떻습니까?"

"수술은 잘됐습니다. 다만 후유증이 남아 있는 상태입니다. 의료 기록 보시고 혹시 궁금한 점 있으면 거기 명함도 함께 드렸으니 연락 주십시오."

"수고하셨습니다. 인계하겠습니다."

일단 구급차에서 침상을 내렸다. 그리고 준비해 둔 침대로 옮기려는데 환자의 얼굴이 보였다.

"…어! 이상윤 선생?!"

그는 시선을 피하며 인상을 찌푸렸다. 한데 왼쪽 얼굴만 찡그려지는 거 아닌가.

불과 일주일도 안 돼서 이렇게 된 이유를 물어보고 싶었다. 하지만 선선한 바람도 문제가 될 수 있었기에 일단 옮기는 게 우선이었다.

"양 선생은 내려가 있어. 이 간호사님은 잠깐만 밖에 계셔주시고요."

1인실로 옮겨 모니터를 장치하고 링거를 다는 동안 서류를 살피던 두삼이 말했다.

현성병원에서 작성한 의료 기록엔 어떻게 뇌졸중이 왔는지에 대한 기록이 없었기 때문이다.

단둘이 남게 된 방. 두삼은 그의 얼굴 쪽으로 다가가 물끄러미 바라보다가 물었다.

"이 선생님, 말은 제대로 해요?"

"…그러저러."

"간단한 건 고개를 끄덕여도 돼요. 그럼 물어볼게요. 어쩌다가 뇌졸중이 온 겁니까?"

"……."

"의사이니 비밀을 지키겠다는 고리타분한 말은 하지 않겠습니다. 다만 저에게 치료를 받을 생각으로 왔다면 협조를 해야 하지 않을까요?"

그는 한참을 망설이다가 짧게 입을 열었다.

"…성관계를 매따가."

"침대에서 쓰러졌다는 말이네요. 한데 상태를 보니 꽤 치료가 늦은 모양이네요? 진료 기록엔 그 때문에 몸의 절반이 마비가 되었을 가능성이 높다고 적혀 있네요. 혹시 상대가 몰랐던 겁니까?"

끄덕!

분명 몸이 정상적으로 될 때까지 참고 관리를 하라고 충고를 했음에도 참지 못하고 하다가 이 지경이 되다니 어이가 없었다.

그러나 상처 입은 사람에게 소금 뿌리는 짓을 할 만큼 모질지 못했다.

"진료를 해볼게요."

일단 목의 맥을 짚어 몸 상태를 살폈다.

맥이 불규칙하고 약한 것이 방송 중 진맥을 했을 때보다 더 나빠져 있었다.

진맥으로 알 수 있는 건 한계가 있었기에 두삼은 기운을 그의 몸으로 넣었다.

아껴 쓰는 버릇이 생겨서인지 약간의 기운으로 일단 뇌경색이 일어난 뇌부터 살폈다.

'출혈 부위가 작아서 생명을 구할 수 있었고, 수술 역시 무사히 잘됐다고 되어 있더니 정말 그렇군.'

불행 중 다행이랄까 터진 실핏줄의 2배만 더 큰 혈관이 터졌다면 그는 침대에서 죽거나 식물인간이 되었을 가능성이 높았다.

'전기적 신호는 이 정도면 나랑 비교해도 나쁘지 않은데 왜 마

비가?'

기운을 더 추가해서 마비된 부분을 살피려 했다. 한데 시작부터가 좋지 않았다. 곳곳이 막혀 있었다. 결국 기운을 왕창 불어넣어 작은 세맥들과 혈관, 근육 등을 이용해 경맥을 살폈다.

'…지진이 난 도로가 이럴까? 경맥이 완전히 뒤틀려서 막혀 버렸어!'

물기를 빼기 위해 수건을 쥐어짜듯이 기운을 뽑아 쓰다가 경락이 모두 뒤틀리고 꼬여 버린 것이다. 그리고 그것이 마비를 만들어낸 것이다.

이상윤의 현 상태는 뇌졸중으로 인한 마비가 아니라, 중풍으로 인한 마비로 봐야 했다.

'물론 나에겐 후자가 더 낫고.'

뇌는 두삼에겐 여전히 미지의 영역이었는데 뇌가 고장 났다면 두 손, 두 발 다 들어야 했을 것이다.

"…어대?"

시간이 길어지자 그는 참지 못하고 물었다. 어때? 라고 말하는 것 같았다.

"다행히 뇌 쪽 문제는 아니네요. 그랬다면 나도 손을 쓸 수가 없었을 겁니다."

"…그럼?"

두삼은 물에 젖은 걸레를 비유해서 설명했다. 중간에 걸레라는 말이 나오자 그가 인상을 찌푸려서 아차! 싶었지만 이미 뱉은 거 어쩌겠는가.

"제일 궁금한 게 치료가 가능한지겠죠?"

끄덕! 끄덕!

"유사한 경우는 있었지만 지금처럼 심하지 않았고 처음 치료해 보는 증상이에요. 하지만 실망하긴 일러요. 제가 알고 있는 분이 이런 증상에 많은 경험이 있으셨어요."

처음 치료해 보는 증상이라는 말에 실망하던 그는 금세 관심을 보였다.

"…누구?"

"돌아가신 제 할아버지요. 진료 기록과 관련된 치료법을 남기셨어요. 즉! 치료 방법은 제가 알고 있다는 거죠. 단점이라면 내 실력이 할아버지에 미치지 못한다는 정도겠네요."

"…부, 부탁드려요."

"걱정 말아요. 방송국에서 했던 사소한 말다툼 때문에 당신에게 소홀히 할 일은 없을 겁니다. 그리고 치료는 당장 할 수 없어요. 당신의 기운부터 북돋은 후에 바로 시행할 겁니다."

"……."

무슨 생각을 하는 걸까?

이상윤은 물끄러미 두삼을 봤다. 그러다 갑자기 시선을 돌렸는데 그 순간, 그의 왼쪽 눈에서 눈물이 주룩 흘러내렸다.

"일단 오늘 저녁은 죽으로 먹어요. 내일 아침부턴 제가 정해 주는 식사가 올라올 거예요. 편히 쉬세요."

두삼은 못 본 척 일어나 밖으로 나왔다.

*　　　*　　　*

"선생님, 감사합니다!"

안마실과 안마과 의사, 간호사를 위해 먹을거리를 잔뜩 사온 노형진이 즐거운 간식 타임이 끝나자 일어나 진짜 마지막 감사 인사를 했다.

오늘로 그의 치료는 종료였다.

"또 소파에 누워서 비비적거리고 싶으면 들러요. 이번과는 비교도 안 될 만큼 아프게 해줄 테니까."

"에이~ 벼룩도 낯짝이 있죠. 무료로 이만큼 신세졌으면 됐지 어떻게 그래요. 다음엔 정식으로 치료받으러 오겠습니다. 그럴 일이 있을까 싶지만요."

"당연히 돈 받아야죠. 고통을 돈을 주고 사고 싶지 않으면 현재처럼 사는 거, 알죠?"

"그래야죠. 참! 오늘 방송은 보실 거죠?"

"글쎄요. 아마 못 볼 것 같아요."

할 일이 있는데 끝마치고 집에 가면 볼 수 있을지 모르겠다.

"꼭 보세요. 제가 선생님을 위해 한 말이 있거든요."

"하하! 그럴게요. 들어가요."

"그럼 가볼게요, 선생님."

노형진은 다시 한번 고개를 숙인 후 떠났다.

두삼은 바로 안마실로 향했다. 오늘 퇴원하는 이가 한 명 더 있었다.

안마실도 간식을 다 먹었는지 정리를 하고 퇴근 준비를 하고 있었다. 이준호에게 다가갔다.

이준호의 눈에 있는 노폐물은 다 제거했다. 이제 남은 건 지켜보는 것뿐. 더 이상 병원에 머물 이유가 없었다.

"오늘 퇴원이죠?"

"아! 선생님, 오셨어요. 안 그래도 선생님께 내려가려던 길이었어요."

"병원 짐은 어떻게 했어요? 정리 안 됐으면 도와줄까 해서 왔어요."

"오전에 부모님이 오셔서 가지고 가셨어요."

"그랬군요. 약 함부로 먹지 말고 꼭 저랑 상담해요."

"끝까지 신경 써주셔서 감사합니다."

"아직 끝난 건 아니잖아요. 안마실에 올라올 때 잠깐씩 봐줄게요. 버스 기다릴 텐데 이만 가세요. 전 또 일해야 해서. 퇴원 축하해요."

고개를 숙이는 그의 어깨를 가볍게 토닥인 후에 돌아섰다.

"후우~ 끝나고 나니 바로 새로운 일이네. 그래도 밥은 먹어야겠지. 이것도 일이니까."

다양한 재료로 만든 음식을 먹는 것은 즐거움과 동시에 뇌전증에 효과가 있는 물질을 찾는 일이었다.

물론 가끔 일을 하는데 난입을 하는 사람도 있었다.

달그락! 하는 소리와 함께 식판이 놓이고 임동환이 맞은편에 앉았다.

오늘 해가 서쪽에서 떴나? 평소 지나가도 말도 안 하는 인간이 왜?

"TV 방송이 오늘이냐?"

"네. 근데 선배는 퇴근 안 했어요?"

"누구완 달리 당직을 하거든."

"딱히 일도 없는데 과장님들까지 당직 세우긴 좀 그렇죠."

"……."

"왜 그렇게 보세요? 저요? 에이~ 저 당직까지 시키면 병원이 양심이 없는 거죠. 특실 담당하고 있어서 제 시간에 퇴근한 적이 없는데요. 근데 그 얘기하려는 건 아닐 테고 무슨 일이에요?"

"너무 들뜨지 말라고."

"네?"

"방송 출연한다고 당장 스타 의사가 될 거라는 생각, 대부분 하지 않나? 한데 현실은 그렇지 않거든. 혹시나 그럴까 봐 방송 선배로서 충고해 주는 거야."

진짜 충고를 하기 위해 하는 말 같진 않고, 배가 아픈 건가? 아님 잘못되라고 기도라도 하는 건가?

별로 상대하고 싶지도 않은 사람이라 문득 장난기가 들었다.

"방송 선배? 에에~ 선배, 방송 출연했었어요?"

"…많이 했었다. 인기 프로그램도 있었고."

"근데 왜 전 한 번도 못 봤을까요?"

"……."

임동환의 얼굴이 딱딱하게 굳어지는 것이 재미없다. 놀리는 것도 마음에 맞는 사람끼리 해야 재미있나 보다.

싫지도 좋지도 않은 사람인데 장난이 아닌 놀림감으로 만들고 싶진 않았다. 그래서 얼른 말을 덧붙였다.

"하긴 생각해 보니 제가 한동안 TV를 안 봤네요. 선배가 하려는 말 무슨 뜻인지 알겠어요. TV 출연했다고 우쭐대지 말라는 거죠? 걱정 말아요. 계속 출연하라는 것도 거절했을 만큼 관심이 없으니까요."

하란이 있는 곳까지 가보려고 한 일이었다. 한데 옆에 있다는 걸 알게 되고 이미 함께하고 있는데 무슨 미련이 있겠는가.

"알면 됐다. 나 먼저 일어날게."

그는 용건이 끝나자마자 일어났다.

문득 떠오르는 것이 있어 물었다.

"혹시 흉부외과 민 선생이랑 사귀는 건 아니죠?"

"…그게 너랑 무슨 상관인데?"

"상관이야 없죠. 근데 현재 형이랑 사귀고 있는 해인이가 과 동기잖아요."

"…그게 아니라 전 남친으로서 묻는 것 같은데?"

"제가 그리 질척거리는 스타일은 아닌데. 그런데 선배 입에서 전 남친이라는 말이 나오니 좀 그러네요. 남친일 때도 신경 쓰지 않았잖아요?"

"…그게 무슨 말이야?"

"여기저기서 헛소문들이 돌아서요."

"헛소문이야. 그리고 내 일엔 신경 꺼."

자신이 하고 싶은 말을 한 후 임동환은 가버렸다.

"쳇! 오늘 저녁 식사는 망쳤네."

3분의 1쯤 남은 식판을 들고 일어났다.

식사 후 찾은 곳은 이상윤의 병실이었는데, 병실엔 그 말고 나이 든 노부부가 있었다.

"안녕하세요, 이상윤 선생 할아버지, 할머니 되시나 보군요."

"허허허. 그렇습니다. 일이 이제 끝나서 잠깐 들렀어요. 식사는 하셨습니까?"

손자는 안하무인인데 그 조부는 무척이나 선비였다. 게다가 말투는 사람의 마음을 편하게 해줬다.

"그렇습니다. 어르신."

"한데 한 선생은 퇴근 시간 아닙니까?"

"그게… 이상윤 선생을 치료할까 해서요."

"이 시간에 말입니까?"

"입원하고 이틀간 부족한 기운을 약간이나마 채웠습니다. 다 채울 때까지 기다리면 마비가 더 굳어질 게 빤하니 부족하더라도 지금 시행해야 합니다. 자세히 말씀드리자면……."

"아니에요. 우리에게 설명할 필요 없어요. 한 선생이 하고픈 대로 하세요. 현성병원에서 수술 후 이 녀석이 어떤 진단을 받았는지 알고 있어요. 지켜보자는 거였지요. 말이 지켜보자는 거지 원인을 알 수 없다는 것임을 우리 부부도, 이 녀석 부모도 다 알고 있습니다. 솔직히 한의학 쪽은 설명을 해줘도 잘 모르겠고요. 허허허."

조부모도, 부모도 의사인 모양이다.

어설프게 아느니 확실히 아는 편이 좋긴 하다.

"그리 말씀해 주시니 마음이 한결 편해지네요."

"왜 녀석이 이쪽으로 오자고 했는지 한 선생을 보니 알 것 같군요. 우린 손주 얼굴 봤으니 이만 가볼게요. 부디 잘 부탁드리리다."

"최선을 다하겠습니다."

조부모는 이상윤에게 인사를 한 후 바로 떠났고 두삼은 이상윤을 보며 중얼거렸다.

"두 분은 참 좋으신데……."

"…무스 으도로 하는 마리에요?"

"나랑 비슷해서 하는 말일 뿐이네요. 나도 할아버지 속 많이 썩혔거든요. 그리고 성질 좀 죽이세요, 이 선생님. 화는 몸에 좋지 않아요."

"…다신이 뭐져 글 거자나."

"아! 내가 먼저 긁었나? 사과할게요. 자! 몸의 기운부터 살펴봅시다. 시키는 대로 먹었다면 오늘 할 수 있을 것이고 안 먹었다면 내일로 미룰 거예요. 그럼 누구 손해다?"

"…야, 양이 너무 마나써!"

"병원에서 할 일도 없잖아요. 먹어요. 이 선생님이 성관계에 쏟은 열정과 시간만큼. 아님 낫는다고 해도 얼굴이든, 팔이든, 다리든 한 곳은 못 움직일 수 있어요. 어서 팔 줘요."

이상윤은 두삼이 먹으라고 보낸 음식을 다 먹지 않았다. 항상 체크하는데 왜 모를까.

불과 며칠 전까지 멀쩡한 몸이었는데 숟가락 들기도 힘들고 입에 넣기도 힘들고, 씹기도 힘들다는 건 안다.

자신이라도 분명 숟가락을 던져 버렸을 것이다.

하지만 치료를 위해선 먹어야 했다. 그래서 협박 비슷하게 말하는 것이다. 물론 쇼는 조금 더 해야 했다. 앞으로 편하려면 말이다.

두삼은 그의 팔을 놓으며 긴 한숨을 뱉었다.

"후우~ 말도 지지리도 안 듣네."

"…이이~ …너, 너……."

"뭐? 반말했다고? 너도 은근슬쩍 하잖아. 그리고 지금은 의사와 환자가 아닌 인간과 인간으로 말하고 있는 중이야. 마침 동갑이니 잘됐네. 한 가지만 더 단도직입적으로 묻자. 너 낫기 싫으냐?"

"……."

"무언은 긍정이라고 치고. 근데 무슨 배짱으로 내 말을 안 듣는 거냐? 혹시 나한테 치료받는 게 불편해서 그러냐? 아! 할아버님 말씀대로라면 네가 나한테 치료받겠다고 말한 것이니 그건 아니겠고."

"아, 아니거드!"

"발끈하는 거 보니 맞네. 아무튼 그럼 왜 말을 안 듣는 건데? 혹시 자존심 때문인가?"

또 말이 없다.

자존심 때문이라는 걸 인정한다는 건가? 지 발로 걸어 들어와서 뻗대는 건 무슨 생각인지.

아무리 막나가기로 했다지만 여기까지다. 그냥 내보낼 것이 아니라면 이젠 당근을 줄 차례다.

'어떤 당근을 줘야 만족할까? 자존심 때문이라면 자존심을 세울 기회를 주는 게 맞겠지?'

생각을 정리한 두삼이 말을 이었다.

"지금 환자와 의사 관계에서 서로 자존심 싸움을 해봐야 아무 소용이 없으니 이렇게 하자고. 네가 내 말을 잘 들으면 내가 널 최선을 다해 낫게 해줄게. 그리고 네가 다 낫게 되면 그때 진짜 대결을 해보자."

"…어떠게?"

"한의사와 양의사의 대결이니 수술로는 안 될 테고. 음… 일단 너도 나도 천천히 생각해 보자. 오케이?"

끄덕끄덕!

"그러려면 약속을 해야 해. 넌 나에게 협조를 하고 난 널 낫게 해주고. 만일 협조를 안 하면 네가 지는 거고. 내가 못 고치면 내가 지는 거야. 오케이?"

끄덕끄덕!

고개를 끄덕이는 걸 보니 자존심으로 똘똘 뭉친 바보가 확실했다. 무조건 협조해야 하는 상황이다. 안 하면 자기만 손해다.

물론 내색하지 않았다.

"좋아! 대결을 하려면 빨리, 완벽하게 널 낫게 해야 하니 특별히 오늘은 내 기운을 왕창 소모해서 널 치료해 줄게. 단! 오늘만이야. 기운 없을 땐 해주고 싶어도 못 해준다. 하루가 늦어질 때마다 완벽한 치료 확률이 뚝뚝 떨어진다는 걸 기억해. 왼쪽으로 누워."

치료 방법을 숨겨놓길 좋아하는 할아버지가 마비에 대해서만큼은 확실하게 적어 놨다.

특별한 건 아니다. '아프도록 주물러라' 이게 다였다. 처음 악양에서 봤을 땐 뭔가 했는데 지금은 알 것 같다.

비틀어진 경락을 기를 머금은 손으로 주물러서 바로잡으라는 뜻이리라.

두삼은 준비해 온 마우스피스를 그에게 건넸다.
"많이 아플 거야. 착용해."
"…차믈수 이써."
"그건 의사인 내가 판단해. 방금 전에 한 약속 잊지 않았겠지?"
"……."
이상윤은 잠시 망설이다가 마우스피스를 입안에 넣고 물었다.
"시작한다."
하얗게 빛나는 손으로 두삼은 그의 목과 어깨를 주무르기 시작했다.

*　　　*　　　*

노형진이 말쑥한 모습으로 무대 뒤에서 나타나는 것으로 끝난 '뉴라이프' 첫 회 방송은 7퍼센트의 아주 좋지도 나쁘지도 않은 시청률을 기록했다.
한데 화제성은 시청률과 달랐다. 실시간 검색어에 한강대학병원과 노형진, 한두삼, 한방 다이어트 등이 순위를 채웠고 특히 예고편에 몇 초간 보인 노형진의 벗은 영상은 폭발적이었다.
그런 화제성은 곧장 비만클리닉 손님으로 이어졌는데 조짐은 센터 문이 열리고 접수처에서부터 시작됐다.
센터 문이 열리자마자 중량감 있는 이들 몇 명이 재빨리 번호표를 뽑았다.
직원이 상냥히 물었다.

"무엇을 도와드릴까요?"

"여기 의사 중에 한두삼 씨라고 있죠? 그분에게 비만클리닉을 받고 싶어서요."

"선생님 지정은 접수 후 안마과 접수대에서 문의하시면 됩니다. 신분증을 보여주시겠어요?"

사내는 신분증을 건넸고 처리는 금방 됐다.

"들어가셔서 첫 번째 오른쪽 복도로 들어가면 안마과입니다. 그곳에서 이 카드를 접수하시면 됩니다."

"감사합니다."

카드를 받자마자 남자는 안마과로 빠르게 걸었다. 그리고 접수대가 보이자마자 카드를 내밀었다.

"헉헉! 한두삼 씨에게 진료받으러 왔습니다!"

아침 업무를 시작하며 느긋하게 커피를 마시고 있던 도 간호사는 가쁜 숨을 몰아쉬며 카드를 내미는 남자를 보고 깜짝 놀랐다. 하지만 금세 손님임을 알고 카드를 리더기에 꽂으며 말했다.

"한두삼 선생님의 경우 보통 오전 10시 30분부터 진료를 시작합니다. 저희 비만클리닉의 경우 세 분의 선생님이 계신데 모두 동일한 시술을 하고 있으니 시간이 없으시다면……."

"아뇨. 한 선생님을 기다리겠습니다. 근데 순서가 바뀌거나 하진 않죠?"

"물론이죠. 손님께서 첫 번째입니다. 그럼 자리에 앉아 기다려 주시겠습니까."

남자가 비켜서고 나자 이번엔 통통한 여자가 카드를 내밀었다.

"한 선생님께 진료 받으러 왔습니다."
"…아, 네……."
도 간호사는 당황했다. 진료 카드를 내민 여자 때문이 아닌 그녀 뒤로 늘어선 줄 때문이었다.
업무를 처리하면서 막 옷을 갈아입고 나오는 천 간호사에게 손짓했다.
"한 선생님께 전화해서 가급적 빨리 오라고 말씀드려. 아무래도 우리가 생각했던 것보다 방송 효과가 큰 모양이야."
"알았어요, 언니!"
두삼이 천 간호사의 연락을 받은 건 뇌전증 환자를 보고 있을 때였다.
기껏 아침 시간대로 당겼는데 혹시 방송을 보고 비만클리닉 환자들이 늘지도 모른다는 생각에 오전에 일부 치료하고 저녁에 일부 치료하기로 했다.
―선생님, 빨리 와보셔야 할 것 같아요. 예약 환자분들이 많아 벌써 오전 예약은 꽉 찼어요. 오후에도 금방 찰 것 같아요.
예상보다 손님이 많은가 보다.
남은 환자는 저녁에 하기로 하고 바로 안마과로 달려갔다. 한데 들어서자마자 '헉!' 하고 숨을 토할 만큼 이미 대기 의자가 가득 차 있었다.
"한두삼이다."
"TV로 볼 때보다 훨씬 어려 보이는데 진짜 실력자 맞긴 한 건가?"
두삼을 본 사람들이 웅성거렸지만 두삼은 바로 접수대 뒤로 가서 도 간호사에게 물었다.
“얼마나 온 거예요?”
“이미 오후 예약 시간까지 꽉 찼어요. 그런데도 계속 밀려드나 봐요.”
“헐! 그럼 이제부터 접수받지 말아요.”
“이미 접수처에도 연락을 해서 예약으로 돌리라고 해뒀어요.”
“다른 선생님들도 똑같은 진료를 한다고 말했어요?”
“당연하죠. 한데 TV를 보고 온 사람들이라 그런지 선생님에게만 진료를 받겠다고.”
“하아~ 미치겠네. 방송 시청률이 그럭저럭해서 많지 않을 거라 생각했는데…….”
머리를 벅벅 긁고 있는데 이방익이 커피를 든 채 느긋하게 다가와 말했다.
“난 어제 방송 보고 이럴 줄 알았는데?”
“아! 오셨어요. 한데 예상하셨다고요?”
“당연하지. 먹을 거 먹으면서 하는 다이어트야. 게다가 살 처짐도 거의 없지. 나라도 다이어트한다면 한 선생을 찾을 거야.”
“무슨 말씀인지 이해는 됩니다만 어째 선생님은 여유로우시네요.”
“하하! 내 일이 아니잖아. 시간이 조금 지난다면 모를까 한동안 사람들이 한 선생만 찾을걸. 걱정 말게. 나도 겪어봐서 아는데 한동안 계속 늘다가 기다림에 지쳐 떨어지기 시작하면 차츰 한가해질 걸세.”
“…위로치곤 꽤 무섭네요. 제가 선생님이 더 실력이 좋다고 다

보내도 그런 말을 하실 수 있을까요?"

"권해보게. 그렇게 되나. 하하! 고생해."

이방익은 얄미운 소리만 하고 그의 진료실로 들어가 버렸다.

"하아~ 현실을 인정할 수밖에 없다는 얘기네. 천 간호사, 진료실로 들어가서 준비할 테니까 5분 뒤부터 순서대로 들여보내주세요."

고민한다고 대기실을 가득 채우고 있는 이들이 사라지진 않을 터, 결국 진료를 빨리하는 수밖에 없었다.

*　　　*　　　*

아침부터 시작해 점심은 간단히 때우고 업무 종료 시간까지 한시도 쉬지 못하고 뱅뱅이 돌길 사흘.

환자는 줄어들 기미가 보이지 않았다. 게다가 담당 환자가 늘어날수록 체질에 맞게 식단을 짜는 것 따위의 진료 외적인 일이 늘면서 환자를 보는 시간이 줄었다.

불행(?) 중 다행이랄까, 언제나 그렇듯이 막상 다이어트를 하겠다고 마음을 먹다가도 포기하는 사람들 덕분에 잠깐 숨 쉴 틈이 생겼다.

"나 15분만 휴게실 가서 음료수 한 잔 먹고 올게요."

천 간호사에게 말한 후 서둘러 휴게실로 뛰어갔다. 왔다 갔다 4분. 11분이라도 여유를 찾고 싶었다.

처음 보는 인턴들이 인사를 했지만 잠깐 손을 흔들어주곤 음료수를 뽑았다.

치익!

탄산이 터져 나오는 소리가 오늘 따라 시원함을 주는 느낌이다.

벌컥벌컥! 캬아~

절반을 단숨에 마시고 나니 조금 기운이 살아났다. 한데 10분의 여유를 방해하는 이가 있었다.

"한 선생, 오랜만이야! 흐흐흐!"

한때 자신의 정신이 망가질 때까지 무던히도 괴롭혔던 목소리를 어떻게 잊을까.

돌아봤다.

흰머리가 섞여 있는 덥수룩한 머리, 며칠간 수염을 깍지 않아 지저분하게 난 수염, 기분 나쁜 미소와 웃을 때 나타나는 누런 이.

섬에서 죽은 할머니의 아들, 조해수였다.

"…당신이 어떻게 여기에?"

『주무르면 다 고침!』 6권에 계속…